राजेश जोशी

राजेश जोशी का जन्म 18 जुलाई, 1946 को नरसिंहगढ़, मध्य प्रदेश में हुआ। उनकी प्रकाशित कृतियाँ हैं—*समरगाथा* (लम्बी-कविता); *एक दिन बोलेंगे पेड़*, *मिट्टी का चेहरा*, *धूपघड़ी* (*एक दिन बोलेंगे पेड़* और *मिट्टी का चेहरा* का संयुक्त संस्करण), *नेपथ्य में हँसी*, *दो पंक्तियों के बीच*, *चाँद की वर्तनी*, *कवि ने कहा*, *ज़िद* और *उल्लंघन* (कविता-संग्रह); *मैं हवा पानी परिन्दा कुछ नहीं...* (कहानी-संग्रह); *अब तक सब* (नाटक); *एक कवि की नोटबुक*, *एक कवि की दूसरी नोटबुक : समकालीनता और साहित्य*, *कविता का शहर* (आलोचनात्मक टिप्पणियाँ और नोटबुक); *क़िस्सा कोताह* (आख्यान); *गेंद निराली मीठू की*, *ब्रह्मराक्षस का नाई* (बाल साहित्य); *वह हँसी बहुत कुछ कहती थी* (कथेतर); *पतलून पहिना बादल* (मायकोवस्की की कविताओं का अनुवाद); *भूमि का कल्पतरू यह* (भर्तृहरि की कविताओं की अनुरचना)।

उन्होंने त्रिलोचन के कविता-संग्रह *ताप के ताए हुए दिन*, *नागार्जुन संचयन*, *मुक्तिबोध संचयन*, शरद बिलौरे के कविता-संग्रह *तय तो यही हुआ था* तथा नाटक *अमरू का कुर्ता* का सम्पादन किया है। *नया पथ* के *निराला शताब्दी अंक* के साथ पाँच अंकों का सम्पादन। *वर्तमान साहित्य* के *कविता विशेषांक* का सम्पादन तथा कुछ वर्ष तक *इसलिए* पत्रिका का प्रकाशन एवं सम्पादन भी किया। उनकी कविताएँ अनेक भारतीय तथा विदेशी भाषाओं में अनूदित हुई हैं।

उन्हें *साहित्य अकादेमी पुरस्कार*, *श्रीकान्त वर्मा स्मृति सम्मान*, *पहल सम्मान*, *शमशेर सम्मान*, *मुक्तिबोध पुरस्कार*, *माखनलाल चतुर्वेदी पुरस्कार*, *शिखर सम्मान*, *मुकुटबिहारी सरोज स्मृति सम्मान*, *निराला स्मृति सम्मान*, *क़ैफ़ी आज़मी सम्मान*, *प्रो. आफ़ाक़ अहमद स्मृति सम्मान*, *जनकवि नागार्जुन स्मृति सम्मान*, *शशिभूषण स्मृति नाट्य सम्मान* तथा *परिवार सम्मान* से सम्मानित किया गया है।

सम्पर्क : 11 निराला नगर, दुष्यन्त कुमार त्यागी मार्ग, भदभदा रोड, भोपाल-462 003

ई-मेल : rajesh.isliye@gmail.com

क़िस्सा कोताह

[एक गप्पी का रोज़नामचा]

राजेश जोशी

राजकमल पेपरबैक्स

पहला पुस्तकालय संस्करण
राजकमल प्रकाशन प्राइवेट लिमिटेड द्वारा
2012 में प्रकाशित

राजकमल पेपरबैक्स में
पहला संस्करण : 2012
दूसरा संस्करण : 2023

राजकमल पेपरबैक्स : उत्कृष्ट साहित्य के जनसुलभ संस्करण

राजकमल प्रकाशन प्रा.लि.
1-बी, नेताजी सुभाष मार्ग, दरियागंज
नई दिल्ली-110 002
द्वारा प्रकाशित

शाखाएँ : अशोक राजपथ, साइंस कॉलेज के सामने, पटना-800 006
पहली मंजिल, दरबारी बिल्डिंग, महात्मा गांधी मार्ग, प्रयागराज-211 001
1, अनमोल सोराबजी संतुक लेन, धोबी तलाव, मरीन लाइंस, मुम्बई-400 002
वेबसाइट : www.rajkamalprakashan.com
ई-मेल : info@rajkamalprakashan.com

विकास कंप्यूटर एंड प्रिंटर्स
ट्रॉनिका सिटी-201 102
द्वारा मुद्रित

मूल्य : ₹299

KISSA KOTAH
by Rajesh Joshi

ISBN : 978-81-267-2179-5

हमसे वो रतजगों की अदा कौन ले गया
क्यूँ वो अलाव बुझ गए, वो क़िस्से क्या हुए

शीन काफ़ निज़ाम

अखिलेश के लिए

उपन्यास लिखना एक कछुआ कर्म है जबकि क़िस्से सुनाना खरगोश की प्रजाति में आता है, थोड़ी दूर तक लम्बी-लम्बी छलाँग मारी, फिर एक नींद निकाली, नींद खुली तो फिर एकाध चौकड़ी भर ली।

क़िस्सों का नगर, ऐसा नगर है जहाँ हमारे पूर्वज हमेशा जिन्दा रहते हैं। वे जिन्दा लोगों के साथ, जिन्दा लोगों की तरह बोलते-बतियाते, हँसते-गाते हैं और बाज वक़्त नाराज़ भी होते हैं। हालाँकि क़िस्सों के शहर की गलियाँ, चौराहे, घर, चीज़ें और लोगबाग ठीक-ठीक वैसे ही नहीं होते जैसे वो वास्तव में थे। क़िस्सों का नगर क़िस्सों ने रचा है, उसमें आना है तो तथ्यों को ढूँढ़ने की जिद छोड़कर आओ।

(क़िस्सों के बारे में एक भरतवाक्य)

जिस किताब का प्रारंभ ही भरतवाक्य से हो रहा हो, उसके बारे में इस अंदेशे को खारिज नहीं किया जा सकता कि वह एक ऊटपटाँग-सी, औंधी-सीधी किताब होगी। अव्वल तो यह समझाना मुमकिन नहीं कि सौ सवा-सौ पृष्ठों में फैली यह चीज़ क्या है, हाँ एक हद तक यह बताना आसान है कि यह क्या नहीं है। मसलन यह उपन्यास नहीं है। आत्मकथा नहीं है। शहरगाथा नहीं है और कोरी गप्प भी नहीं ही है। लेकिन यह इन्हीं तमाम चीज़ों की गपड़तान से बनी एक किताब है। गप्प और गल्प के बीच चली आती रिश्तेदारी का जो बारीक-सा तागा है वो अगर टूट गया तो गप्प का भी बेड़ा गर्क़ और गल्प का भी। एक अजीब-सी लत हम सब में याने हर पाठक में चली आती है कि किसी भी चीज़ को पढ़ने से पहले वह जान लेना चाहता है कि वह जिस किताब को पढ़ रहा है, वह क्या है। याने पहले उसकी विधा तय होना चाहिए। अरे भाई विधा तय हो जाने से क्या हो जाएगा। अब कौन-सी विधा साबुत बची है। कहानी, कहानी की तरह नहीं रही। उपन्यास, उपन्यास की तरह नहीं रहा...और कविता तो ख़ैर... ।

शुरू में यह समस्या तो मेरी भी थी। मैं जो लिख रहा हूँ वह आखिर है क्या। लेकिन अखिलेश ने कहा कि आप लिखना शुरू कर दीजिए...वह क्या है इसे बाद में तय कर लेना। मैंने भी सोचा कि चलो यूँ ही सही। लिखना शुरू करता हूँ, जो शक़्ल बनेगी उससे तय कर लूँगा कि...क्या बन रहा है। कुछ बात न बनी तो एकाध अंश लिखूँगा और छुट्टी पा लूँगा। पर न तो तय ही कर पाया और न उससे छुट्टी पा पाया। अखिलेश ने ऐसा होने नहीं दिया। उसका भी आग्रह बढ़ता रहा और फिर मैं भी कुछ मज़े में आ गया। एक के बाद एक किश्त लिखता रहा। दोस्तों के दबाव भी कई बार सृजन प्रक्रिया में ज़रूरी भूमिका अदा करते हैं। क़िस्से इतने दिमाग में थे कि उनमें क्या छोड़ो और क्या समेटो यह तय करना मुश्किल लगता था। किसी

कथा का सूत्र केन्द्र में नहीं था। आख्यान के सारे ज़रूरी बंधन ढीले हो चुके थे। बंधन ढीले होते ही क़िस्से आवारगी शुरू कर देते हैं। एक हाथ आता है तब तक दूसरा नदारत। मेढकों को तौलने जैसा काम था। क़िस्सों को कतार में खड़ा करना मुमकिन नहीं। वो सिलसिलेवार ढंग से याद नहीं आते। इसलिए मैंने वर्ष और तारीख़ों की सारी पर्चियाँ बनाकर दिमाग के डिब्बे में डालकर गड्डमड्ड कर डालीं। जैसे कुर्रा निकाला जाता है उसी तरह मैं उसमें से निकाल-निकालकर रखता गया। इसलिए न क़िस्सों में कोई सिलसिला है, न तारीख़ों में। सब कुछ आगे-पीछे, दायें-बायें है।

तर्क से खेलने लगो तो उसे कुतर्क बनने में देर नहीं लगती। इसलिए अब और अधिक तर्क मैं नहीं दूँगा। यह मुक्त-सा गल्प एक कवि की बहक भी लग सकता है। हालाँकि कई बार सतर्कता से ज़्यादा बहक में काम की बातें मिल जाती हैं। ज़्यादा सतर्कता कभी-कभी शातिर बना देती है, बहक मुक्त करती है। बहक में उजाला है। बहक में रचने का सुख है। बहक में मज़ा ही मज़ा है। हर शहर के और उसके चिरपरिचित चेहरों के बारे में अनेक क़िस्से होते हैं। ज़रूरी नहीं कि ये सारे क़िस्से सही ही हों। वक़्त के साथ-साथ ये बदलते रहते हैं। इनमें बहुत कुछ जुड़ता-घटता रहता है। क़िस्से अक्सर दर्ज़ नहीं किए जाते। वो सिर्फ लोगों की स्मृति और ज़बान पर बने रहते हैं और एक से दूसरे और दूसरे से तीसरे के पास आते-जाते रहते हैं। जितने मुँह और जितने कान से वो गुज़रते हैं, उतनी ही उतनी शक्लें बदलती रहती हैं। किसी का मज़ाक उड़ाना या किसी का मन दुखाना क़िस्सों का मक़सद कभी नहीं रहा। क़िस्से तो महज शहर की फितरत और उसके एक समय को समझने का आईना हैं। मेरा मक़सद भी इससे ज़्यादा कुछ नहीं।

यक़ीन कीजिए इतने पृष्ठ सिलसिलेवार ढंग से मैंने कभी नहीं लिखे। आत्मकथा लिखने का साहस और उपन्यास लिख सकने का आत्मविश्वास मुझमें कभी नहीं रहा। हालाँकि तमाम लेखकों की तरह उपन्यास लिखने की ललक मुझमें हमेशा रही। शायद यह उसी ललक की क्षतिपूर्ति से पैदा हुआ कुछ है...यह भी कहा जा सकता है कि कुछ तो भी है...।

हमारा शहर इन दिनों

गुज़रे वक़्त के क़िस्से, जब बड़े बुज़ुर्ग सुनाते थे
सुनते-सुनते अक्सर हम, सपनों में खो जाते थे

मनवा नाम का अंधा भाँड, कभी यहाँ पर रहता था
कहते हैं इस शहर की गाथा, कभी-कभी वो गाते थे

न वैसा वो ताल रहा, न वैसे वो दरख़्त रहे
जिन पर बैठ परिन्दे, कभी-कभी सुस्ताते थे

सड़कें तो बस गिनती की थीं, गलियों का था जाल बिछा
यहाँ के बाशिन्दे अक्सर, गलियों से आते-जाते थे

ख़त्म हो गये सारे किस्से, पागल और भिखमंगों के
रात-रात भर पटियों पर, जो दोहराए जाते थे

कभी कभी यह शहर, बहुत ही सूना-सूना लगता है
लोग पुराने आये दिन, गायब होते जाते थे।

क़िस्सों की पहली किश्त से पहले

क़िस्सों के शहर में जाने के लिए क़िस्से के भीतर जाना पड़ता था।

क़िस्सों का शहर क़िस्से के ताश-पत्तों से बना था। उसका सारा फैलाव क़िस्से की सीमाओं तक ही महदूद था। क़िस्से से बाहर आकर उसे देखने की कोशिश करो तो वह देखते ही देखते हवा में अदृश्य हो जाता। एक अदृश्य शहर। क़िस्सों के शहर में जाने के लिए क़िस्से के भीतर जाना पड़ता था। क़िस्से के शहर की गलियाँ गप्पों से बनीं थीं और चौराहे चार बेंत से। उसमें कई बड़े-बड़े मैदान थे जो बातूनी औरतों की कभी न खत्म होनेवाली बातों से बने थे। शहर की रातें शायरों और आवारा नौजवानों के रतजगों से बनी थीं और सुबहें गौरैयों की चिल्ला चोंट से। सुबह जहाँ थोड़ी-सी उठंगी-सी थी और रात जहाँ बरसाती की छत की तरह झुकी हुई थी वहाँ एक छोटा-सा अंदर को धँसी हुई चाय की दुकान थी और बगल में ही सिगरेट पान की गुमटी थी। गलियों के पटियों पर, नेकी और बदी का हिसाब रखनेवाले फरिश्तों जैसे सफेद और काले मोहरों से शतरंज खेलनेवाले बीच-बीच में चाय की दुकान से चाय और पान और सिगरेट की गुमटी से सिगरेट, पान मँगाते रहते।

क़िस्सों के शहर के बीचों-बीच सपनों से बना एक तालाब था जो कभी सपने की तरह लगता और कभी एक डबडबाई आँख की तरह। उसमें चलती नावें बचपन की काग़ज़ की नावों से पैदा हुई थीं। तालाब के भीतर ढलते हुए सूरज और उगते हुए चाँद का एक घर था। वह इतना सुंदर था कि आत्महत्या के इरादे से उसके पास आया व्यक्ति जैसे ही उसकी तरफ आँख उठाकर देखता तो भूल जाता कि वह तालाब पर किसलिए आया था। इसलिए सदियों की दास्तानों में उस तालाब में किसी के आत्महत्या करने का कोई हादिसा दर्ज़ नहीं था।

गप्पी क़िस्सों के इस शहर के पास ही एक गाँव में पैदा हुआ था और एक दिन इस शहर में आ गया था। इस शहर को उसने नहीं, उसके बाप-दादों ने खोजा था। लेकिन एक बार इस शहर में आने के बाद गप्पी ने अपनी सारी उमर इसी में खर्च कर डाली...।

पहली किश्त

जीवन क़िस्सों की एक ऐसी पोटली है जिससे कितने ही क़िस्से निकालो, वह कभी खाली नहीं होती।

क़िस्सा और कहानी जुड़वा भाई बहन थे। दोनों की शक्ल में उन्नीस बीस का फ़र्क़ तो था लेकिन उनकी माँ कभी-कभी क़िस्सा को फ्राक पहना देती, दो चोटियाँ बाँध देती, छोटी-सी टिकी भी लगा देती और कहानी को निक्कर और कमीज़ पहना देती तब दोनों में फ़र्क़ करना मुश्किल हो जाता। क़िस्सा कहानी की तरह लगता और कहानी क़िस्सा की तरह। दोनों थे भी बहुत शरारती। क़िस्सा कहानी जैसी हरकतें करने लगता और कहानी क़िस्सा जैसी। जब लोग पहचानने में गलती करते तो दोनों को बहुत मज़ा आता।

(गप्पी की डायरी : क़िस्से और कहानी के रिश्ते के बाबत पहला रूपक)

क़िस्से न होते तो कहानियाँ भी न होतीं। क़िस्सा क्या है? कहानी का कच्चा माल। किस्से को कहानी बनने में वक़्त लगता है, एक पूरी प्रक्रिया से गुज़रना पड़ता है। क़िस्सा सुनानेवाले, एक से एक धुरंधर। सुनाने पर आयें तो दिन को रात कर दें और रात को सुबह। सुननेवाले का दम निकल जाये पर उनके माथे पर शिकन न आये। क़िस्सा खतम हो जाये तो वो क़िस्सा क्या। तो असल चीज़ है क़िस्सा। कहानी जैसे झंझट नहीं। कहीं से भी सिरा पकड़ो, कहीं भी छोड़ दो। एक क़िस्सा छोड़ो और दूसरा पकड़ लो। दोनों में किसी सिलसिले की, किसी तालमेल की ज़रूरत नहीं। बस कील काँटे दुरुस्त हों तो कहते जाइए, कहते जाइए। अतीत से लेकर भविष्य तक एक खुला गलियारा है। चहलकदमी करने की खुली छूट। आगे जाइए, पीछे जाइए, कोई रोकटोक नहीं। कोई पूछताछ नहीं। मन करे तो बचपन में चले जाओ, मन करे तो जवानी में। और ज़्यादा ही मन भटके तो बुढ़ापे में भी ताकझाँक कर लो। कोई पाबन्दी नहीं। कोई जवाबदारी नहीं। मुझे लगता है यह मेरे स्वभाव के सबसे ज़्यादा नज़दीक है। सच पूछो तो कहानी लिखने की चीज़ है और क़िस्सा सुनाने की...।

(गप्पी की डायरी : क़िस्से और कहानी के रिश्ते के बारे में एक अधूरा कथन)

मैं हर जगह गप्पी की प्रॉक्सी करता था,
यहाँ तक कि पिटने में भी।

मैं गप्पी का हायर सेकेण्ड्री का सर्टीफिकेट हूँ। मुझे अपने बारे में ऐसा ही लगता है। मेरे और उसके जन्म की तारीख एक थी, महीना भी एक। सिर्फ वर्ष अलग था। वह मुझसे एक साल बड़ा है। हम बच्चे थे तो ऐसा चलन था। माँ-बाप...हालाँकि माँ-बाप कहना सिर्फ एक मुहावरा है। हक़ीक़त यह थी कि ज़्यादातर पिता अपने बच्चों के जन्म की तारीख एकाध साल बढ़ाकर लिखवाते थे। जन्म प्रमाणपत्र का कोई चलन नहीं था। न तो बनते थे न बनवाए जाते थे। पिता स्कूल में जाकर बच्चे के जन्म की जो तारीख बताता वही लिख ली जाती। बिना पढ़े-लिखे पिता बच्चे की ठीक से उमर नहीं बता पाते। तब मास्टर बच्चे से कहता कि अपना दाहिना हाथ सिर के ऊपर से घुमाकर अपना बायाँ कान पकड़ो। बच्चा अगर पकड़ लेता तो उसकी उम्र छह साल लिख ली जाती। बच्चे का हाथ अगर छोटा पड़ जाता तो मास्टर कहता अभी छह का पूरा नहीं हुआ है, इसे ले जाइए अगले साल भरती कराना। गप्पी के पिता पढ़े-लिखे थे। गप्पी की उम्र जान-बूझकर एक साल कम लिखवाई थी जबकि वह मुझसे एक साल बड़ा था। मैं उसकी सर्टीफिकेट की उमर का था।

गप्पी के पिता को लगा होगा, जैसा उन दिनों सभी माँ-बाप को लगता था कि पता नहीं बेटा पढ़ने में कैसा निकले। एकाध साल रुक गया तो नौकरी लगने की उमर निकल जायेगी। सरकारी नौकरी नहीं मिली तो प्राइवेट में न जाने कहाँ-कहाँ धक्के खाना पड़े, जाने किसकी चाकरी करना पड़े। गप्पी का एक लंगौटिया यार था–डुग्गी। बात-बात में मुहावरे बोलता था। प्राइवेट नौकरी के बारे में उसका प्रिय डायलाग था–प्राइवेट नौकरी में हथेली पर थूक झेलना पड़ता है। पिता को लगता कि लड़का पढ़ने में अच्छा निकला तो सेवानिवृत्ति के समय एकाध साल का लाभ मिल जायेगा। गप्पी के पाँव पालने में ही दिख गये थे। उसे ऐसे किसी सहारे की ज़रूरत नहीं थी। लेकिन एहतियात के तौर पर उसकी उम्र एक साल कम लिखा दी गयी। गप्पी और मैं इतने ज़्यादा एक साथ रहते कि अक्सर हम एक दूसरे की चड्डी, एक दूसरे की बनियान और एक दूसरे के मोजे पहन लेते। एक दूसरे के तो कहने की बात है। सच यह था कि मैं ही उसके कपड़े पहनता था। कमीज़ और पेन्ट तो अक्सर मैं उसी के पहनता था। उसका पतलून पहनते हुए मुझे अक्सर उसके पाँयचे मोड़ने पड़ते। राजकपूर की फिल्म 'आवारा' तब तक नहीं बनी थी इसलिए पाँयचे मोड़कर जब उसका पेन्ट पहनता तो अजीब-सा कार्टून लगता। मैं सारे समय नज़रें झुकाए मुड़े हुए पाँयचों को ही देखता रहता। मुझे हमेशा लगता कि लोग मेरी पतलून देखकर हँस रहे हैं। दूसरों की हँसी पीठ में सेई के काँटों की तरह चुभती। पर कोई दूसरा उपाय नहीं था। मैं गप्पी की उतरन पहनता और उसी की किताबों से पढ़ता था।

कॉलेज के दिनों में गप्पी अक्सर ही क्लास से गोल मार देता, हाजरी के समय मैं ही उसकी प्रॉक्सी लगाया करता। जीवन में भले कोई किसी की प्रॉक्सी न कर पाये। लेकिन कॉलेज में सब चलता था। मुझे लगता है कि जीवन में कई बार हम किसी दूसरे की ही नहीं, अपनी भी प्रॉक्सी कर रहे होते हैं। अक्सर जब गप्पी को मार पड़नी होती मैं उसकी प्रॉक्सी करते हुए पिट जाया करता। उसकी माँ या पिता को कभी पता ही नहीं चला कि वे मुझे गप्पी के एवज में पीट रहे हैं। बच्चों को बीच-बीच में पीटते रहने को बहुत ज़रूरी काम माना जाता था। स्कूलों में मास्टर भी बच्चों को मौका और बहाना निकालकर पीट दिया करते थे। बच्चों को पीटना एक किस्म से एहतियात बरतने की तरह था कि कहीं बच्चा बिगड़ न जाये। हमारे स्कूल में कुछ मास्टर ज़्यादा मरखने थे और कुछ कम। जो कम मरखने थे उन्हें अच्छा मास्टर माना जाता था। गणित हम दोनों की ही कमज़ोर थी और तेरह का पहाड़ा हमें कभी याद नहीं होता था। स्कूल में पिटने या मुर्गा बनाये जाने का यह एक स्थायी कारण था।

हम दोनों बहुत कम ही अलग और अकेले होते। मुझे गप्पी की दुम कहा जाता तो मैं एक झेंपी-सी हँसी-हँसकर रह जाता। कभी-कभी बुरा भी लगता। मैं तय करता कि अब मैं गप्पी के साथ रहना कम कर दूँगा। तय करके मैं पीठ मोड़ता तभी गप्पी की आवाज़ सुनाई पड़ती और मेरा निश्चय धरा का धरा रह जाता। मैं चुपचाप उसके साथ चल देता। वह मुझे अपने जूते पहनने का समय भी नहीं देता। अक्सर मुझे सामने पड़ी उसकी चप्पल घालकर चल देना पड़ता। गप्पी की चप्पल मुझे एकदम ठीक आ जाती थी। मुझमें नहीं कहने की ताकत नहीं थी। माना जाता था कि क्यों और नहीं, नहीं कह पानेवाले बच्चे कभी बड़े नहीं होते। उनमें कहीं न कहीं बचपन कुछ ज़्यादा मात्रा में बचा रहता है। उनमें जिज्ञासा कम होती है और निर्णय लेने में वो अक्सर चूक जाते हैं। मुझे तो आज भी लगता है कि मैं गप्पी का बचपन हूँ। गप्पी में हर चीज़ को जानने की ललक थी और किसी भी बात से नट जाने में तो उसे एक मिनट भी नहीं लगता। किसी के बुरा मान जाने की उसे रत्तीभर परवाह नहीं थी। वह बहुत जिद्दी था और पिन्ना भी। बात-बात पर पिनपिना जाता। उसकी नानी जब फजीता बनातीं तो राई पीसने के लिए गप्पी की पुकार होती। नानी कहती कि पिनपिनों के हाथ से पिसी राई अच्छी उठती है। राई अच्छी उठने का मतलब था कि फजीता खाते ही राई का झन्नाटा ज़बान और नाक में महसूस हो। कभी-कभी ताजा अचार खाते हुए जैसे सरसों का तेल सीधा नाक में चढ़ जाता है। ऐसे ही कभी-कभी राई का झन्नाटा भी चढ़ता था। अमरस बनता तो फजीता ज़रूर बनाया जाता। अमरस के लिए गुठलियों को निचोड़ने के बाद चुसनी आम की उन गुठलियों

और आम के छिलकों को उलटकर दही में धोया जाता और फिर राई का छौंक...। ऐसा ही कुछ होता था। फजीते का नाम शायद इसीलिए फजीता पड़ा होगा कि उसमें आम की आखिरी फजीहत हो जाती थी।

एक दिन गप्पी के पिता ने गुस्से में डाँटते हुए मुझसे कहा तुम उल्लू की दुम फ़ाख़्ता हो। मैं कोने में जाकर बहुत हँसा। हँसने की बात थी। फ़ाख़्ता की इज्जत कम-से-कम उल्लू से ज़्यादा थी। मुझे वह एक सुन्दर चिड़िया लगती थी। फीके से मटमैले गुलाबी रंग की चिड़िया। इस रूपक में उल्लू गप्पी ही ठहरता था। मैंने एक बार सोचा कि मैं गप्पी को बता दूँ पर जाने क्या सोचकर रुक गया। रास्ते में कभी किसी को मैं अकेला मिल जाता तो पहला सवाल वह यही पूछता—गप्पी कहाँ है? जेब में हाथ डालकर मैं उसे ढूँढ़ने का अभिनय करता, कहता अभी तो यहीं था, इसी जेब में पता नहीं...इतनी देर में सामनेवाला समझ जाता और आगे बढ़ जाता। मुझे नहीं मालूम की गप्पी से किसी ने मेरे बारे में कभी पूछा या नहीं। पूछा होता तो वह भी शायद ऐसा ही कुछ करता। गप्पी को लगता कि वह बताये या न बताये वह जो कुछ सोच रहा है, महसूस कर रहा है या जो कुछ भी उसके साथ घटा है वह सब मुझे अपने आप मालूम हो जायेगा।

गप्पी झूठ बोलने में उस्ताद था। उसके झूठ को लेकिन झूठ कहूँगा तो झूठ होगा। गप्पी झूठ नहीं बोलता गप्प मारता था। गप्प भी ऐसी वैसी नहीं। खूब भुनी हुई और तड़का-लगी गप्प। एक सृजनात्मक झूठ जिसमें कल्पना के घोड़ों की दुलत्तियाँ भी थीं और हिनहिनाहट भी। बकौल सलमान रूश्दी गप्प में उजाला है, गप्प गर्म है, गप्प में शोरशराबा है। गप्पी एक रोशऩ दिमाग गप्पी था। उसका दिमाग कमाल का कारखाना था जिसमें निरन्तर गप्पों का उत्पादन होता रहता था। वह कुछ नहीं से बहुत कुछ बना सकता था। बित्तेभर की चीज़ को दस हाथ की बना सकता था। चिन्दी से पूरा थान बना सकता था। फूक को तूफान बना सकता था। मेरे पास सिवा इसके कोई चारा नहीं था कि मैं उसकी बात का यक़ीन करता। मैं बिना यक़ीन किये भी उस पर यक़ीन करता था। आपको कभी लगे कि झूठ बोल रहा हूँ। बेपर की उड़ा रहा हूँ तो उड़ते रहिए। बिना टिकट की इस हवाई यात्रा में भला हर्ज़ क्या है! इसमें फोकट का पानी, चाय नाश्ता या खाना नहीं मिलेगा। शिकायत मत करिए। ऐसे मौके जीवन में बार-बार नहीं मिलते।

गप्प बनाने और मारने दोनों के लिए अपार फुरसत चाहिए और इस ज़माने में आदमी के पास सब कुछ है जो पहले कभी मध्यवर्ग के लोगों के पास नहीं था बस एक कमबख़्त फुरसत नहीं है...।

नरसिंहगढ़ में चारों ओर विंध्याचल की पहाड़ियों का परकोटा था। जब कोयलें बोलना बन्द करतीं तो मोर चिल्लाने लगते थे।

गप्पी का जन्म ननिहाल में हुआ था। अपने भाइयों में वह चौथा था और भाई- बहन में पाँचवाँ। गप्पी का छोटा भाई उसके नौ साल बाद पैदा हुआ था। एक सुबह ब्रम्ह मुहूर्त में जब गप्पी की पहली रुलाई सुनाई दी तो बहन ने रसोई से लाकर थाली को इतनी जोर से बजाया कि सारे मोहल्ले में जाग पड़ गयी। कहा तो यहाँ तक जाता है कि सूरज ने भी मुँह बिचकाकर आसमान की संद से झाँककर देखा। छोटे से कस्बे का यह छोटा-सा मोहल्ला था। चम्पी मोहल्ला। बहन ने जब चिल्लाकर कहा कि भइयूया हुआ है तो आवाज़ दौड़कर मोहल्ले में एक सिरे से दूसरे तक पहुँच गयी। बहन उस समय सात या आठ की थी। जमाना ही ऐसा था जिसमें लड़कियाँ बहुत जल्दी बड़ी हो जाती थीं। आठ-नौ की होते-होते घर का सारा कामकाज सीख जातीं [illegible] बारह-तेरह की होते-होते परना दी जातीं। गप्पी की माँ की शादी तो ग्यारह बरस [illegible] हो गयी थी। बारह की होते-होते गौना हो गया और चौदह बरस में तो गप्पी के बडे भाई का जन्म हो गया था। माँ से बड़ी तो उनकी ननद थीं। हालाँकि वो भी अभी बच्ची ही थीं। एक बार तो ऐसा हुआ कि ननद दूसरे बच्चों के साथ खेल रही थी तो नई-नई बहू होकर आयी गप्पी की माँ भी बच्चों के साथ खेलने लगी। दादी...ओह दादी की मत पूछो वो गप्पी की माँ की सास नहीं, दादी सास थीं। बड़ी खुर्राट थीं। ऐसी डाँट लगाई उन्होंने कि ज़िन्दगी भर गप्पी की माँ उसे भूल नहीं पायीं। जब भी उनका ज़िक्र निकलता माँ यह क़िस्सा ज़रूर सुनाती। गप्पी की जैसे ही गरदन सँभली, बहन उसे कमर पर तोके-तोके घूमने लगी। नानी अक्सर बहन को टोकती कि इस तरह लिए-लिए घूमेगी तो तेरी कमर टेढ़ी हो जायगी। फिर तुझसे कोई ब्याह नहीं करेगा। लेकिन गप्पी के तो सारे काम बहुत दिन तक बहन को ही करने पड़े। जब तक बहन उसके बाल नहीं औंछती वह स्कूल नहीं जाता। बहन बाल औंछकर उसमें से एक छोटी-सी लट को बाहर निकालकर ओम की दुम जैसा बना देती। कई बार जब गप्पी अपना स्कूल में दिया काम नहीं कर पाता तो बहन ही उसे पहाड़े लिखकर दिया करती। यह सब बाद की बातें हैं लेकिन उस समय भी गप्पी को बहन की कमर पर लदे रहने का ऐसा चस्का लग चुका था कि जैसे ही नीचे उतारा जाता कि उसका अल्ड़ाना शुरू हो जाता। नरसिंहगढ़ की बनावट ऐसी थी कि हर आवाज़ वहाँ प्रतिध्वनित होकर दुगनी हो जाती। पहाड़ों पर कई ईको प्वाइंट थे। हम लोग वहाँ जाकर ताली बजाते। कभी-कभी किसी का नाम लेकर पुकारते। गप्पी के नाना का घर भी कुछ ऐसा ही था। पत्थर की छतें थीं तो कुछ ज़्यादा ही गूँजता था। गप्पी जब रोना शुरू करता तो सारा घर उसके रोने से भर जाता।

चारों ओर विंध्याचल की पहाड़ियों का परकोटा था। बीच में एक कटोरे जैसा कस्बा था—नरसिंहगढ़। पहले नरसिंहगढ़ का नाम टोपलिया गाँव था। लगभग सत्रहवीं सदी के मध्य में पहले महाराज दीवान परशुराम सिंह जी घूमते हुए नरसिंहगढ़ आये थे। उन्हें जगह भा गयी। चारों तरफ पहाड़ थे और बीच में घना जंगल था। उन्होंने यहाँ अपनी राजधानी बनाने का निश्चय किया। इससे पहले उनकी राजधानी पाटन में थी। पाटन राजगढ़ के पास था। भाई-भाई के बीच बटवारे के बाद परशुराम जी को लगा कि राजधानी को कहीं और ले जाना चाहिए। नरसिंहगढ़ उन्हें पसन्द आया। उन्होंने अपने इष्टदेव नरसिंह भगवान का मन्दिर बनवाया और नरसिंहगढ़ के किले की नींव रखी। इसके बाद ही टोपलिया गाँव का नाम बदलकर नरसिंहगढ़ कर दिया गया। नरसिंहगढ़ में प्रवेश का एक दरवाजा था और एक ही मुख्य सड़क थी जिससे बाहर जाया जा सकता था। बारिश के दिनों में नरसिंहगढ़ आना या नरसिंहगढ़ से भोपाल जाना टेढ़ी खीर था। लगभग आधे रास्ते के बीच पीलूखेड़ी के पास पार्वती नदी थी। नदी पर पुल के नाम पर सिर्फ रपटा था। जरा आसपास कहीं पानी बर[illegible] और नदी उफना जाती। रपटे पर हाथ-हाथ पानी आ जाता। पुल के दोनों ओर [illegible] का ताँता लग जाता। एक बार एक बसवाले ने झाँसे में आकर चढ़ी नदी में बस उतार दी। ड्राइवर तो तैयार नहीं था पर सबने कहा कि पानी ज़्यादा नहीं है बस निकल जायेगी। कुछ दबाव और कुछ झाँसे में आ गया। कुछ लोग लेकिन बस से उतरकर किनारे पर खड़े हो गये। गप्पी के मंझले मामा भी बस से उतर गये। बस से उतरे लोग बस पर नज़रें जमाये थे, उनके देखते-देखते ही बस नदी में बह गयी। पार्वती का बहाव इतना तेज था कि बस दो-तीन गुलाटें खा गयी। लोग किनारे पर खड़े चिल्लाते रहे, कोई कुछ नहीं कर पाया।

बस में नरसिंहगढ़ के विधायक भी थे। दो दिन बाद उनकी लाश मिली। बहुत गदर मचा। विधान सभा में होहल्ला हुआ। नदी पर पुल बनाये जाने की घोषणा भी हो गयी। अब नदी पर पुल बन गया है। यह तो अभी कुछ बरस पहले की बात है। पचास-साठ के दौर में तो नदी पर रपटा ही था। बारिश में नरसिंहगढ़ आते-जाते कई बार नदी के इस पार या उस पार खड़े होकर नदी के उतरने का इंतज़ार करना पड़ता था। पार्वती एक भली स्त्री के गुस्से की तरह थी, जितनी तेजी से चढ़ती थी उतनी ही तेजी से उतर भी जाती थी।

नरसिंहगढ़ के अंदर इतनी जगह नहीं थी कि खेती-बाड़ी हो सके। अलबत्ता सब्जियों के कुछ बाग थे। सब्जी के नाम पर लौकी, बैंगन और टिंडे मिलते थे। जिस दिन टिंडे बनते छोटे नाना मुँह बिचकाकर कहते—शेमलेस वेजीटेबल। खेती-बाड़ी दरवाजे से बाहर थी। दरवाजे से घुसकर अंदर आते ही एक तरफ स्कूल था। थोड़ा आगे बस स्टेण्ड था। उसके सामने एक पुलिस थाना था। बगल में पोस्ट ऑफिस

था। उन दिनों घर-घर में फोन नहीं होते थे। बाहर से कोई फोन करता तो उसे पोस्ट ऑफिस में करना पड़ता। पोस्ट ऑफिस का कोई कर्मचारी उस व्यक्ति को बुलाने जाता जिसके लिए फोन आता। छोटा-सा कस्बा था तो सब एक दूसरे को जानते थे। वह व्यक्ति आता और दुबारा फोन के आने का इंतज़ार करता। ट्रंककाल आसानी से नहीं लगता था। एक बार गप्पी की नानी के सिर पर सुबह-सुबह कौव्वा बैठ गया। नरसिंहगढ़ से भोपाल फोन कर दिया गया कि नानी गुज़र गयीं। गप्पी की माँ और बड़े मामा भोपाल में थे। फोन आते ही रोना-धोना मच गया। फोन लगाने की कोशिश की पर फोन न लगा। मामा के पास उन दिनों कार आ चुकी थी। कार में भरकर सब नरसिंहगढ़ रवाना हो गये। जब तक दुबारा फोन आया माँ और मामा नरसिंहगढ़ पहुँच चुके थे। सिर पर कौव्वा बैठना बड़ा अपशकुन होता था। अपशकुन था तो उसका तोड़ भी था। दूर बैठे रिश्तेदारों को मृत्यु की खबर दे दी जाती और जब घर के चार जन रो-धो लेते तो अपशकुन का प्रभाव खत्म हो जाता। अपशकुन की काट में फोन का न होना बड़ा काम आया।

नरसिंहगढ़ के अन्दर आम के पेड़ थे और पहाड़ियों और तलहटियों में सीताफल की झाड़ियाँ थीं। आम के मौसम में आम और सीताफल के मौसम में सीताफल, ये ही दो खास फल थे। यूँ अर्जुन महल की तरफ जामुन के पेड़ थे। तेज हवाएँ चलतीं तो टपक-टपककर जामुन सड़कों पर बिछ जाता। साइकिल से उधर जानेवाले कितना ही बचायें पर पहिये के नीचे आ-आकर जामुन चिबद जाते और सड़क पर जामुनी रंग फैल जाता। शुरू बारिश में जामुन इफ़रात से आता था। करौंदे और अचार भी मिलता। अचार खाकर हम लोग उसकी गुठलियाँ इकट्ठी कर लेते और उन्हें फोड़-फोड़कर उसके अंदर से चिरौंजी निकालते। नरसिंहगढ़वालों को अपने आम पर उतना ग़ुरूर नहीं था जितना अपने सीताफल पर था। बहुत बड़ी आँख का सीताफल होता था। खूब गूदेवाला और खूब मीठा। बचपन में सीताफल खाते तो अक्सर ही उसके एक दो बीज पेट में उतर जाते। बच्चों को खूब डराया जाता कि अब उनके पेट में सीताफल का पेड़ उगेगा। गप्पी डर जाता, डर मैं भी जाता। सपने में ठीक नाभि के पास से पेड़ उगना शुरू होता और सिर को फाड़कर बाहर निकलने को ही होता कि नींद खुल जाती।

अमराई में बौर आते ही पता नहीं कहाँ से इतनी कोयलें आ जातीं कि सारा दिन उनके कूकने की आवाज़ से कूकता रहता। रात में उमस बढ़ने लगती तो पहले किसी एक पहाड़ से मोर चिल्लाना शुरू करते फिर चारों तरफ की पहाड़ियों से मोर चिल्लाने लगते। कोयलों के कूकने का रिकार्ड बंद होता तो मोरों के चिल्लाने का शुरू हो जाता। लोग कहते मोर बादलों को बुला रहे हैं। मोरों के बुलाने से कभी-कभी बादल आ जाते और आ जाते तो कभी-कभी बरस भी जाते। बादल बरस जाते तो पहले कुछ ठंडक होती और फिर उमस बढ़ जाती। मानसून से पहले पानी का पहला झल्ला

गिरता तो आम में मिठास उतर आती और सारे कस्बे में तेजी से आम की डलियाँ दिखने लगतीं। तोलकर या रास के हिसाब से आम नहीं बिकता था। कलमी आम का चलन शहरों तक सीमित था। नरसिंहगढ़ में तो चुसनी आम ही आता था। सुबह-सुबह आम बेचनेवालियाँ सिर पर आम से भरी डलियाँ लिए घर-घर चक्कर लगातीं। नानी भाव ठहराकर आम की डलियाँ रखवा लेतीं। नानी से यूँ भी कोई ज़्यादा झिकझिक नहीं करता। नाना डाक्टर थे तो सारा गाँव नानी को जानता था। आम बड़ा और ज़्यादा रसीला और गुठली पर रेशेदार होता तो अमरस के लिए अलग निकालकर रख दिया जाता। नाना को अमरस और सिवैयाँ बहुत पसन्द थीं। उन्हें डायबिटीज़ थी। रोज़ अपनी पेशाब की जाँच करते रहते और जैसे ही उनकी शकर सामान्य हो जाती, घर में उस दिन अमरस और सिवैयाँ ज़रूर बनतीं। बाकी बचे आम या जो अमरस के आम नहीं होते उन्हें बाल्टी में पानी भरकर ठंडा होने को डाल दिया जाता। आम से भरी बाल्टी फिर बच्चों के बीच रख दी जाती। गरमी की छुट्टी में गप्पी के भाई बहन और पाँचों मौसेरे भाई बहन सब ननिहाल में इकट्ठे हो जाते थे। बाल्टी के आम खतम होने तक आम खाने का सिलसिला लगातार चलता रहता। आम खाने का एक पूरा अनुष्ठान था। आम खाने में बरती जानेवाली सारी सावधानियाँ बच्चों को पहले ही समझा दी जाती थीं। आम को पहले दबा-दबाकर थोड़ा मुलायम बनाया जाता फिर डंठल तोड़कर थोड़ा-सा रस बाहर गिरा दिया जाता। ऐसा नहीं करने से मुँह पर चेप लग जाता था। इससे ओठ के आसपास फुंसियाँ हो जातीं। वगैरह-वगैरह। कितनी ही एहतियात बरतो पर आम तो आम है, कोई न कोई आम धोखा दे ही देता। नीचे से न जाने कैसे छिलका फट जाता और आम के रस की एक पिचकारी कमीज़ पर अपना रंग दिखा देती। कोई गुठली इतनी चिकनी होती कि हाथ से फिसलती हुई कमीज़ पर अपने निशान छोड़ जाती। आम खाना याने चुसनी आम खाना कोई आसान काम नहीं था। हापुस लंगड़ा या दसहरी खानेवाले इन दिक्कतों के बारे में कुछ नहीं जान सकते। डुग्गी से पूछते तो वह बताता कि मर्दाना काम तो चुसनी आम खाना ही है। कलमी वलमी तो जनानों के खाने का आम है। डुग्गी कहता कि शहर में तो लोग आम भी चम्मच से खाते हैं। हमको लगता कि डुग्गी जबरन की फेंक रहा है।

**किला साँप के फ़न जैसी पहाड़ी पर बना था जो
अपसगुनी थी। और नरसिंहगढ़ में बंदर
बहुत थे।**

नरसिंहगढ़ जितना समतल मैदान में था उससे ज़्यादा पहाड़ों पर था। मैदानी इलाके में घर थे और बाज़ार था। बस स्टेण्ड था। दो तालाब थे। एक तालाब का नाम महाराज परशुरामसिंह के नाम पर परशुराम सागर था। इसके बीच एक जल मन्दिर

भी था। इस तालाब में किले का पूरा अक्स दिखाई देता था। जब किले पर रोशनी होती तो तालाब रोशनी की झिलमिलाहट से भर जाता। दूसरा तालाब रामलला के मन्दिर के पास था। बारिश के दिनों में जब गऊघाटी बहने लगती तो उसका पानी इसी तालाब में इकट्ठा होता था। एक-दो मन्दिर भी थे। किला लेकिन पहाड़ पर था और हर जगह से दिखता था। किले की नींव पहले महाराज दीवान परशुराम सिंह ने रखी थी। नींव रखी ही थी कि कुछ समय बाद ही परशुराम सिंह जी की मृत्यु हो गयी। उनके पुत्र दलेल सिंह गद्दी पर बैठे। दलेल सिंह ने तो सिर्फ अठारह दिन ही राज्य किया। कहा जाता है कि उनके किसी उमराव ने उन्हें ज़हर दे दिया, जिससे उनकी मौत हो गयी। सिर्फ अठारह दिन में दो राजाओं की मौत से रानियों के मन में संदेह पैदा हो गया। तभी एक दिन एक साधु ने रानियों को बताया कि जिस पहाड़ी पर किला बन रहा है वह नाग के फ़न के आकार की है। नागफ़न पर किला बनाया जाना अशुभ है। इसे तत्काल बंद कर दिया जाना चाहिए। अशुभ की आशंका ने पहले ही रानियों के मन में जगह बना ली थी। साधु ने कहा तो रानियों ने नरसिंहगढ़ छोड़ दिया और वापस पाटन आ गयीं। फिर एक लम्बा समय बीत गया। लगभग अठारहवीं सदी में राजा अचल सिंह मेंगलगढ़ के जागीरदार के आग्रह पर वापस नरसिंहगढ़ लौटने को तैयार हुए। अचल सिंह नरसिंहगढ़ लौट आये और किले के अधूरे छूटे काम को पूरा करके किले में रहने लगे। किले के बड़े दरवाजे से नीचे आनेवाली सड़क अलंगों की बनी थी। उस समय तक किला ही शहर का केन्द्र था। किसी घर में शादी होती तो किले से ही हाथी और बारात के लिए बैंड बाजा आता। दुल्हन की डोली जिसे पिन्नास कहा जाता था, भी किले से ही आती। और बधावे गानेवाली डावड़ियाँ भी किले से ही बुलाई जाती थीं। जिसके घर में शादी होती उसे इन सब चीज़ों के लिए किले के ऑफिस में अर्जी लगानी पड़ती। गप्पी की माँ की शादी में भी पिन्नास, बैंड बाजा, हाथी और डावड़ियाँ किले से ही आयी थीं। गप्पी की माँ बताती कि डावड़ियों का गला इतना खुला हुआ होता कि वे घर के दरवाजे पर गाना शुरू करतीं तो चार मोहल्लों के लोगों को पता लग जाता कि फलाँ घर में ब्याह हो रहा है। पहाड़ों पर बहुत कुछ था। छोटी-छोटी बस्तियाँ थीं, मन्दिर थे, गुफाएँ थीं, कुण्ड थे। गोट करने के सारे ठिकाने पहाड़ों पर ही थे।

नरसिंहगढ़ में बंदर बहुत थे। बड़ा बाज़ार की तरफ कुछ लाल मुँह के बंदर दिखते लेकिन काले मुँह के बंदर ज़्यादा थे। जरा बस्ती से बाहर निकलो तो उनके झुण्ड के झुण्ड दिखाई पड़ते। लेकिन बस्ती में भी बंदरों का उत्पात आये दिन चलता रहता। गप्पी के ननिहाल की छत पर कभी-कभी बंदरों के झुण्ड इकट्ठे हो जाते। जब वे तादात में ज़्यादा होते तो उन्हें डराना मुश्किल होता। डण्डा दिखाओ तो वह किचकिचाने लगते। कभी-कभी उन्हें भगाने में डर भी लगता। नरसिंहगढ़ में डी सी

करण्टवाली लाइट थी। जल्दी में एक छत से दूसरी पर कूदने में कई बार बंदर स्ट्रीट लाइट के तार से चिपककर मर जाते। तंग करने पर कई बार वे खुखियाकर लबूरने पर आमादा हो जाते। कोई आँगन में बैठकर रोटी खा रहा होता तो थाली से रोटी छीनकर भाग जाते। बड़े महादेव की सीढ़ियों पर जगह-जगह झुंड बनाकर बैठे रहते। मन्दिरवाले उन्हें केले और दूसरे फल या चने खिलाते। जो लोग मंगलवार का प्रसाद चढ़ाने आते वो बंदरों के लिए चने की थैली अलग से लाते थे। कभी-कभी कोई बंदरिया दूसरे बंदर की खाल से कुछ नोंच-नोंचकर खाती। पहले सब यही समझते थे कि वह बंदर की जुएँ बीन रही है। कुछ बंदरियाँ अपने बच्चे को छाती से चिपकाये एक डाल से दूसरी डाल पर कूदती रहतीं। बच्चों में जब आपस में झगड़ा हो जाता तो कोई किसी को चिढ़ाते हुए कहता तिलिलिली मसूर की दाल...नरसिंहगढ़ की बंदरिया ने काट खाया गाल...।

भूतों और चुड़ैलों के क़िस्से बनाना नरसिंहगढ़ियों का एक खास शगल था। क़िस्सा बनाने में एक से एक हुनरमंद लोग थे। ऐसा क़िस्सा सुनाते जैसे आँखों देखी सुना रहे हों। अपार फुरसत थी तो कल्पना के घोड़े कुछ ज़्यादा हिनहिनाते थे। गप्पी का मानना था कि महाभारत, रामायण या सारे पुराण इसलिए बन सके होंगे कि तब आदमी के पास कोई खास कामधाम नहीं था। फुरसत ही फुरसत थी। डुग्गी अपनी तुकबन्दी से उसमें जोड़ते कि फुरसत में आदमी को बड़ी दूर की सूझी, गाँजे का सुट्टा लगाया तो फतेहपूर की सूझी। नरसिंहगढ़ में हर तीसरा चौथा आदमी ऐसा था जिसने कभी न कभी भूत या चुड़ैल को देखा था। सबके अनुभव में कुछ बातें मिलती-जुलती थीं, मसलन ज़ितने भी भूत और चुड़ैलें थीं सबके पाँव उल्टे थे। भूतों के हाथ रीछों की तरह बालों से भरे होते थे। उनकी आँखों में अजीब-सी चमक होती थी। रोशनी में आते ही वो गायब हो जाते थे। अक्सर ही लोग किसी न किसी तरह उनसे छूटकर निकल भागते थे और बच निकलने के क़िस्से सुनाया करते थे। एक पहाड़ पर चिड़ीखो नाम की जगह थी, वहाँ पहाड़ पर तालाब था। उन दिनों बिना बंदूक के उधर कोई दिन में भी नहीं जाता था। वहाँ शिकारगाह थी। महाराज विक्रम सिंह ने निन्यानवे शेर मारे थे। एक पहाड़ पर किला था। मैं और गप्पी एक ही बार किले के भीतर गये थे। महाराज विक्रम सिंह मर चुके थे। किले के अंदर की दो ही चीज़ें याद रह गयी थीं। एक बड़ा-सा स्नानघर जिसमें सफेद टाइल्स लगे थे शायद इटालियन संगमरमर के टाइल्स। दीवारों पर आदमकद आईने थे। एक झरोखा भी था। हो सकता है कि कोई राजा वहाँ बैठकर रानियों को नहाते हुए देखता होगा। दूसरी चीज़ थी बुरादा भरे शेर। और दीवारों पर लगे शेरों और बारहसिंगों के सिर। ये वो शेर और बारहसिंगे थे जिन्हें महाराज विक्रम सिंह ने मारा था। कहते हैं कि सौवाँ शेर वे नहीं मार पाये। महाराज की कोई संतान नहीं थी। काफी उमर में उन्होंने

अपने काका के एक बेटे को गोद लिया था। उसे इंदौर में रखकर पढ़ा रहे थे। इन्दौर में नरसिंहगढ़ के राजघराने की एक कोठी थी। महाराज को पार्किन्सन की बीमारी थी। बाद में शायद उसी से उनकी मृत्यु हो गयी। उनके मरते ही उनके दीवान ने अपने बेटे का राजतिलक करवा दिया। हालाँकि तब तक रियासत खत्म हो चुकी थी। लेकिन भारत सरकार पुराने राजाओं को और उनके उत्तराधिकारियों को प्रीवीपर्स देती थी। भानुप्रताप राजा तो बन गये लेकिन विक्रम सिंह की माँ जिन्हें माँजी साहब कहा जाता था, के जीवित रहते किले में कभी नहीं घुस पाये। वह नरसिंहगढ़ आते तो नरसिंहगढ़ के दरवाजे के पास बने गेस्टहाउस में ही रहते। माँजी साहब ने रामकथा को लेकर कोई किताब लिखी थी। कहते हैं उसमें राम का अन्यायी चेहरा भी उभरता था। गप्पी के नाना के पिता याने गप्पी की माँ के दादाजी को सब बा साहब कहते थे। बा साहब बोलने में बा साब सुनाई देता था। ह का लोप हो जाता था। बा साहब को माँजी साहब की वह किताब पसन्द नहीं थी। जब उन पर चिड़चिड़ाहट सवार होती तो माँजी साहब को गालियाँ निकाला करते। माँजी साहब किले के एक हिस्से में सीमित होकर रह गयी थीं। उनके रहते ही किला धीरे-धीरे नष्ट होने लगा था। उनके मरने के बाद तो लोग उसके खिड़की-दरवाजे भी निकालकर ले गये। सत्ता के रूपक की ये दो अतियाँ थीं। पुराना सामंतवाद भूसा भरे शेर की तरह था जिसकी आँखें काँच की अंटियों की थीं जो चमकती तो थीं लेकिन उनमें रोशनी नहीं थी।

फुफेरी बहन क़िस्सों की पोटली थी। वह कविताएँ भी लिखती थी। लेकिन घर में कवियों को कोई अच्छा नहीं कहता था।

गप्पी की फुफेरी बहन क़िस्सों की पोटली थी। किले के बारे में ज़्यादातर क़िस्से हमने उसी से सुने थे। फुफेरी बहन हमसे बहुत बड़ी थी। वह बहुत सुन्दर थी और उसे मिस नरसिंहगढ़ माना जाता था। वह कविताएँ भी लिखती थी। उसने एक कविता नरसिंहगढ़ पर भी लिखी थी। उसमें नरसिंहगढ़ का भूगोल था, विंध्याचल की पहाड़ियाँ थीं, किला था, तालाब थे, तालाब के बीच बना जल मन्दिर था और भी न जाने क्या-क्या था। वह सिर्फ घर के लोगों के बीच ही कभी-कभी अपनी कविताएँ सुनाती थी। उसकी कविताएँ कभी कहीं नहीं छपीं। फूफा बहुत अच्छे चित्रकार थे। स्कूल में ड्राइंग के मास्टर थे। उन्होंने कई लोगों के बहुत अच्छे पोर्ट्रेट बनाये थे। महाराज विक्रम सिंह के हर जन्म दिन पर वे उनका एक चित्र बनाते और उन्हें भेंट करते। उनके चित्रों की कभी कोई प्रदर्शनी नहीं हुई। नरसिंहगढ़ का आदमी नरसिंहगढ़ से बाहर नहीं निकलता। बाहर निकलता भी है तो जल्दी से जल्दी वापस लौट आता है।

गप्पी के ननिहाल में कवियों के बारे में कोई अच्छी राय नहीं थी। यूँ तो उस समय का समाज ही ऐसा था जो अपने घर में किसी का कवि होना पसन्द नहीं करता

था। कवि होने का मतलब था सनकी होना, बिगड़ा हुआ होना, विद्रोही होना। महादेवी वर्मा के पिता नरसिंहगढ़ में तबादले पर आये थे। वो विक्रम हाई स्कूल में हेड मास्टर थे। महादेवी भी उनके साथ ही आयी थीं। लोग बताते थे कि कुछ ही दिन बाद महादेवी वर्मा के बारे में कस्बे में तरह-तरह के क़िस्से प्रचलित हो गये। प्रेम के क़िस्सों को फैलने में ज़्यादा समय नहीं लगता। एक व्यक्ति दूसरे तक क़िस्से को पहुँचाता तो उसमें कुछ न कुछ और जोड़ देता। मिर्च-मसाला बढ़ता तो क़िस्सा हर दिन और चटपटा हो जाता। इन क़िस्सों की गूँज बहुत बरसों बाद तक बनी रही। महादेवी कुछ ही समय बाद वहाँ से चली गयीं। नायब दीवान मुल्ला अब्बुल कादिर भी कुछ समय के लिए नरसिंहगढ़ से बाहर चले गये थे। नरसिंहगढ़ में बोहरों की अच्छी खासी आबादी थी। बा साहब एक तरफ माँजी साहब को गालियाँ निकालते तो दूसरी ओर महादेवी वर्मा को। नरेश मेहता के बचपन का भी एक हिस्सा नरसिंहगढ़ में ही बीता था। नरेश जी बचपन से ही शायद कविता लिखने लगे थे। गप्पी की माँ बतातीं कि वो अक्सर खोया-खोया रहता। वह अपने फुफेरे भाई के साथ रहता था। डाँट पड़ने के डर से वह गप्पी के ननिहाल में चला आता और छत पर जाकर अकेला बैठ जाता। जब उसके फुफेरे भाई को पता चलता तो वह संटी लेकर आते और उसे पीटते हुए ले जाते। नरेश के फुफेरे भाई गप्पी की माँ के चचेरे भाई थे। नरेश मेहता के बचपन के कई क़िस्से गप्पी की ननिहाल में प्रचलित थे। उनमें पिटने के क़िस्से ही ज़्यादा थे। नरेश जी के उपन्यासों में नरसिंहगढ़ तो था लेकिन बचपन की वो दुखद स्मृतियाँ नहीं। शायद वो उन्हें भूल जाना चाहते रहे होंगे।

मिट्टी का रावण। राजा याने डालडा सरकार और गप्पी के बारे में टेसू का गीत।

नरसिंहगढ़ में दशहरे का रावण मिट्टी का बनाया जाता था और उसे महाराज मारते थे। महाराज रथ पर बैठकर आते और एक तीर मार देते। महाराज का जयकारा लगता और फिर जनता लाठी मार-मारकर रावण को ढेर कर देती। बेजान पुतलों को पीटने में सब सूरमा थे। हमारा गुस्सा, हमारी खीज इसी तरह अपने रास्ते तलाश लेती। बड़ी लड़ाइयाँ लड़ने की न तो तैयारी थी ना ही माद्दा। महाराज बनने के बाद भानुप्रताप जब पहली-पहली बार दशहरे पर आये तो नरसिंहगढ़ के लोगों ने सारे तोरणद्वारों पर डालडा के डिब्बे लटका दिये थे। डालडा नकली घी माना जाता था। मध्यवर्गीय परिवारों में वार-त्योहार पर छिपा-छिपाकर डालडा लाया जाता।

बाँटने के लिए बनाई जानेवाली गुजियाँ उसी से बनाई जाती थीं। जब ज़्यादा लोगों को जिमाना होता तो पूरियाँ ज़्यादा डालडा में थोड़ा शुद्ध घी मिलाकर तली

जातीं। तोरणद्वार पर डालडा के डिब्बे लटकाकर उन पर लिख दिया गया था डालडा सरकार। भानुप्रताप बहुत गुस्सा हुए और बिना रावण मारे वापस लौट गये। लोगों को मज़ा आ गया कि महाराज को भगा दिया। बचा-खुचा गुस्सा रावण पर निकल गया।

दशहरे के बाद घड़ल्या और टेसू की टोलियाँ निकलना शुरू हो जातीं। घड़ल्या की टोली छोटी लड़कियों की होती। एक मटकी में चारों ओर छेद बनाकर उसके भीतर एक दीपक जलाकर रख दिया जाता, घर-घर जाकर घड़ल्या के गीत गाकर टोली कुछ पैसे इकट्ठे करती। टेसू की टोली में लड़के होते। कागज और बाँस की खपच्चियों से एक छोटा पुतला बनाया जाता और उसे लेकर टोली घर-घर जाकर टेसू का गीत गाती। टेसू के गीत कई तरह के होते। कुछ गीत ऐसे थे जिसमें सामने दिख जानेवाले का नाम जोड़ दिया जाता। एक बार गप्पी का नाम जोड़कर टोली ने गीत गाया–

गप्पी की मेड़ी ऊँची रे
ताला न कूँची
छल्ला बोलो चैन करो रे।
गप्पी लायो लाड़ी रे
नाक कान से बूची
छल्ला बोलो चैन करो रे।
गप्पी के हुओ छौरो रे
उसके सूपड़ा से कान
छल्ला बोलो चैन करो रे।

काक शिला का आकार कौवे की चोंच जैसा था
जहाँ हमने पहली सिगरेट पी थी।

निन्यानवे शेर मारे फिर भी चिड़ीखो में शेर बच गये। शिकार पर पाबंदी लग गयी थी। चिड़ीखो जाना खतरे से खाली नहीं था। हर पहाड़ी नगर की तरह नरसिंहगढ़ के पहाड़ों पर भी भोलेनाथ का कब्ज़ा था। एक पहाड़ पर छोटे महादेव थे तो दूसरे पर बड़े महादेव। बड़े महादेव का मन्दिर आधा मैदान में था और आधा पहाड़ पर। एक सौ आठ सीढ़ियाँ थीं। पत्थर की चौड़ी-चौड़ी शानदार सीढ़ियाँ। शाम को या जब दोपहर मुलायम होती तो सारे भाई बहन महादेव के मन्दिर जाते। सीढ़ियाँ चढ़ने की होड़ लगती और सब तेजी से दौड़-कर सीढ़ियाँ चढ़ने लगते। जीत हार का सिलसिला सीढ़ी चढ़ने में भी चलता और उतरने में भी। सीढ़ी चढ़ने में सब थक जाते। महादेव के मन्दिर में एक कुण्ड था। कुण्ड पर जाकर बाल्टी से पानी लेकर हाथ-मुँह धोते और ओक से पानी पीते। कुण्ड का पानी भरी गरमी में भी ठण्डा रहता था। पहाड़ियों पर चढ़ने के लिए गप्पी और उसका मौसेरा भाई हमेशा टेढ़े-मेढ़े कठिन रास्ते चुनता। यही रोमांच था और यही मनोरंजन था। काक शिला एक विशाल काली चट्टान थी

कौव्वे की चोंच की तरह पहाड़ से बाहर निकली हुई। यह दूर से ही दिख जाती थी। वहाँ जाने का कोई सीधा-सादा रास्ता नहीं था। गप्पी, मैं और उसका सबसे बड़ा मौसेरा भाई अक्सर वहाँ जाते। पहाड़ चढ़ने में थक जाते तो जाते ही शिला पर लम्बलेट हो जाते। गप्पी का मौसेरा भाई उससे एक साल बड़ा था। वहाँ कौव्वे की चोंच पर बैठकर हमने अपनी पहली सिगरेट पी थी।

नरसिंहगढ़ के साथ वही हुआ कि
रामा जी रईग्या और रेल जाती री।

नरसिंहगढ़ किसी हाइवे पर नहीं था। रेलगाड़ी भी नहीं थी। ग्वालियर और कोटा जानेवाली बसें यहाँ से गुज़रती थीं। ये फास्ट बसें कहलातीं। भोपाल से दो-ढाई घंटे में नरसिंहगढ़ पहुँचा देतीं। बाकी बस तीन और कभी-कभी तो साढ़े तीन घंटे लगातीं। रास्ते के सभी गाँवों पर रुकती-रुकाती आतीं। रास्तें में भी कोई सवारी हाथ दे देती तो बस रुक जाती और सवारी चढ़ा ली जाती। चारों ओर विंध्याचल की पहाड़ियाँ थीं और चारों ओर पत्थर था। पत्थर काटने का धन्धा होता था। सिल लुढ़िया और चक्की के पाट बनाये जाते थे। यहाँ का पत्थर ट्रकों से आसपास के शहरों में जाता था। कोई उद्योग-धन्धे नहीं थे। थोड़ी बहुत बीड़ी बनाई जाती थी। जूते बनाने की एक टेनरी थी। आर्डर पर जूते और चमड़े के खिलौने बनाये जाते। खेती-बाड़ी दरवाजे के बाहर थी। यह एक ठहरा हुआ कस्बा था। बरसों में जो टस से मस भी नहीं हुआ। सब कहते रेल आयेगी तो किस्मत पलट जायेगी। सबको उम्मीद थी कि एक दिन रेल आ जायेगी। सब रेल के इंतज़ार में थे। लेकिन ऐसा नहीं हुआ। रेल आयी तो दूर...ब्यावरा के पास से निकल गयी। मालवी के कवि आनंदराव दुबे की एक लोकप्रिय कविता थी। इसे अक्सर गेबले याने थोड़े बुद्धू से लोगों के लिए कहावत की तरह भी इस्तेमाल किया जाता था। नरसिंहगढ़ के साथ वही हुआ–*रामा जी रईग्या ने रेल जाती री।* नरसिंहगढ़ में रेल नहीं आयी। उम्मीद पर पानी फिर गया। गप्पी भी चाहता था कि नरसिंहगढ़ में रेल आये, पर जब नहीं आयी तो उसने पैंतरा बदल लिया कि अच्छा ही हुआ जो रेल नहीं आयी, आती तो न जाने कितने पेड़ों और पहाड़ों की बलि चढ़ जाती। यूँ भी पहाड़ों पर बहुत पेड़ नहीं थे। उसने न जाने कहाँ से एक लोकगीत सुना था या पढ़ा था। उसकी दो पंक्तियाँ वह कई बार दोहराया करता–*जब से छुटि रेल कै गाड़ी कटिगा जंगल पहाड़ पैसा रहा सो गोड़े क सौंपेउँ पेटवा पीठि कै हाड़। (जब से ये रेल चली उसके रास्ते के जंगल और पहाड़ काट डाले गये। पास में जो पैसा था उसे मैंने पैर को सौंप दिया याने उससे मैंने टिकट खरीद लिया। खाने के लिए पैसा बचा नहीं और पेट पीठ से जा लगा)*

साल दर साल नरसिंहगढ़ में कोई फरक नहीं आता। कुछ मकानों पर रंग-रोगन हो जाता। कोई थोड़ा बहुत मकान को ठीकठाक करवा लेता। ज़्यादातर मकानों के बाहर ओटले थे जिन पर शाम को पानी छीट दिया जाता और फिर उन पर बैठक जम जाती। एक फिल्म बनी थी 'आन'। उसमें किले के बाहर की शूटिंग हुई थी। एक फिल्म में जानीवाकर का एक डायलाग था कि यह कोई नरसिंहगढ़ हैं जहाँ घर-घर में कुएँ हों। तकरीबन हर घर में कुएँ थे। गप्पी के नाना के घर में दो-दो कुएँ थे पर दोनों का ही पानी भारी था। इसलिए पीने का पानी श्रीजी के मन्दिर के कुएँ से आता था। पानी लानेवाले कावड़ में पानी से भरे पीपे लेकर आते और घर में आकर घिनौची पर रखे बरतनों को भर देते। लचकती-मचकती कावड़ में रखे पीपों से थोड़ा- थोड़ा पानी छलकता रहता। बाँसों के लचकने और पानी के छलकने की आवाज़ की एक अद्‌भुत-सी लय तैयार होती। गप्पी छुटपन में जब भी नरसिंहगढ़ में होता कावड़वाले के आने का इंतज़ार करता और उसके आते ही आगे के दरवाजे से घिनौची तक पीछे-पीछे जाता। पानी के कावड़वाले की बात अलग थी लेकिन कावड़वाला बैरागी जब शुरू-शुरू में आता तो गप्पी को उससे डर लगता। कावड़वाला बैरागी ऊपर से नीचे तक लाल कपड़े पहने रहता। लाल लम्बी-सी चड्डी, लाल बण्डी और लाल टोपी। कभी-कभी लाल पूँछ भी लगा लेता। वह हनुमान का स्वाँग बनाये रहता था। उसकी कावड़ के दोनों पलड़े लाल कपड़े से ढके होते। एक के अंदर रामदरबार की फोटो होती और थाली में दीपक जलता रहता। इसी में से निकालकर वह चने चिरोंजी का प्रसाद देता। कोई पैसे देता तो उसे पूजा की थाली में डाल देता। किसी घर से पैसे की जगह आटा चावल मिलता तो उसे दूसरे कावड़ में रखता। शुरू- शुरू में शरारत करनेवाले बच्चों को डराया जाता कि बैरागी कावड़ में बिठाकर ले जायेगा। धीरे-धीरे गप्पी का डर जाता रहा। फिर तो वह कावड़वाला बैरागी उसे अच्छा लगने लगा। कभी-कभी गप्पी नानी के साथ श्रीजी के मन्दिर में जाता तो भगवान के दर्शन करने के बजाय बाहर संगमरमर के ठण्डे-ठण्डे फर्श पर ही रिसकता रहता। नानी आवाज़ लगाती पर वह भगवान को प्रणाम करने नहीं जाता। नानी बाहर आकर प्रसाद देती तो जल्दी से खा लेता। नानी कभी-कभी झिड़ककर उसे परसादी लाल भी कहती।

कई मध्यान्तर वाली फिल्म। बिजली का खम्बा
और इब्ने सफी की जासूसी दुनिया।

गप्पी के नाना का घर बहुत बड़ा था। आधा घर पक्का था और आधा कच्चा। पक्केवाले हिस्से में बड़े-बड़े हाल थे। जाफरी लगी, लम्बी-लम्बी दालानें थीं। कई कुठरियाँ थीं। बीच में एक आँगन था जिसके एक तरफ रसोईघर था। रसोईघर के दरवाजे से पहले पानी रखने की घिनौची थी। दूसरे सिरे पर पाखाना और गुसलखाना था। आँगन से एक दरवाजा पीछे की तरफ खुलता था। पिछवाड़े कच्ची नाली थी

जिसमें हमेशा पानी भरा रहता और उसमें सुअर लोटते रहते। पाखाने का सफाई का दरवाजा वहीं खुलता था। भंगन के आने से पहले ही सुअर पाखाना साफ कर जाते थे। पाखाना जाते समय साथ में कुछ छोटे-छोटे पत्थर लेकर जाना पड़ता था। सुअर जब पीछे की तरफ से थूथन घुसाते तो पत्थर मारकर उन्हें भगाना पड़ता। आँगन से बायें हाथ की तरफ एक पोल थी। इस पोल से पुराने घर की तरफ जाया जाता था। मकान का यह हिस्सा कच्चा था। पीछे की तरफ बाड़ा था और उसमें गायें बंधती थीं। यहाँ एक कच्चा आँगन था जिसमें एक तरफ दूध मोगरे की एक बहुत पुरानी झाड़ी थी। बाउंड्री के पास लाल और सफेद कनेर की झाड़ियाँ थीं। कनेर और दूध मोगरे की झाड़ी से फूल तोड़कर पूजा के लिए लाए जाते थे। इसी झाड़ी के पास से एक दरवाजा और था जो पक्के मकान में ठाकुरजी के कमरे में खुलता था। कच्चे आँगन के एक सिरे पर एक कुँआ था। कुएँ में खूब पानी रहता था। कुएँ की जगत पत्थर की थी और उसके आसपास भी पत्थर का फर्श था। गप्पी के सारे भाई और मौसेरे भाई यहीं इसी कुएँ पर नहाते थे। एक बाल्टी से पानी खींचता और दूसरे को नहलाता। जो नहा चुकता फिर वह पानी खींच कर पहले को नहलाता। इसी कुएँ से शाम को पानी खींचकर बाल्टियों से पानी छत पर ले जाया जाता और घर की लम्बी-चौड़ी छत पर छींटा जाता। छत ठण्डी हो जाती तो उस पर गद्दे लगा दिये जाते। छोटे नाना और नानी की खटियाँ नीचे आँगन में लगती थीं। बाकी सब ऊपर छत पर सोते थे। बिजली नाना के घर में जल्दी ही आ गयी थी। लेकिन बिजली का कोई भरोसा नहीं रहता था। छत पर बिजली नहीं थी। इसलिए शाम से ही कुछ लालटेनें तैयार की जातीं। लालटेनें तैयार करने की प्रक्रिया बहुत लम्बी थी। लालटेनों के शीशे साफ करना हर किसी के बस का काम नहीं था। बच्चों में से जो भी लालटेन के शीशे को अच्छे से साफ करता उसे शाबाशी मिलती। शीशे चमकाने के अलावा बत्ती ठीकठाक करना। हर लालटेन का तेल देखना जिसमें तेल कम हो या खतम हो गया हो उनमें तेल भरना आदि कई काम थे। गर्मी की छुट्टियों में जब हम नरसिंहगढ़ आ जाते तो यह काम हमारे जिम्मे आ जाता। नीचे ओटले के पास छत की मुँडेर से लगा एक बिजली का खम्बा था। इस खम्बे का बल्ब इस तरह लगा हुआ था कि छत पर आगे की मुँडेर के पास रोशनी रहती थी।

नरसिंहगढ़ में एक ही टाकीज़ था। टाकीज़ में दीवारें थीं छत नहीं थी। बारिश होने लगती तो सिनेमा बंद हो जाता। भागकर लोग इधर-उधर छिप जाते और कुछ देर बारिश के रुकने का इंतज़ार करते। बारिश रुक जाती तो फिल्म फिर शुरू हो जाती। बारिश तेज हो जाती तो टाकीज़ का मालिक आकर घोषणा करता कि सब अपना आधा फटा टिकट अपने पास रखे रहें जिस दिन बारिश नहीं होगी फिल्म दिखाई जायेगी। महाराज के नाम पर टाकीज़ का नाम विक्रम टाकीज़ था। बहुत

पुरानी फिल्में लगती थीं। एक ही मशीन थी। हर रील के खत्म होने पर मध्यांतर होता था। फिल्म में कई मध्यांतर होते थे। बैठने के लिए अपनी दरी, गादी या तकिया साथ लेकर जाना पड़ता। कुछ बेंचे भी थीं जिन पर पटिये लगे थे। ज़्यादा देर बैठने से पौंद में दर्द होने लगता। किसी बड़े अफसर के यहाँ से परिवार के लोग सिनेमा देखने आनेवाले होते तो पहले ही इसका संदेशा भेज दिया जाता। जब तक अफसर के घरवाले नहीं आ जाते सिनेमा शुरू नहीं होता। अगर बड़ा अफ़सर होता तो टाकीज़ का मालिक अपने ऑफिस से उनके लिए कुर्सियाँ लगवा देता। ओहदेदार लोगों के घरवालों से टिकट नहीं लिया जाता था। यूँ टाकीज़ के आसपास जो मकान थे उनकी दूसरी मंज़िल पर चढ़कर देखो तो फिल्म दिख जाती थी। टाकीज़ के पास एक क्रिश्चियन लड़का रहता था, जिसे हम सब जान भाई साहब कहा करते थे। वो जिस मकान में किराये से कमरा लेकर रहते थे, उसकी छत से फिल्म दिखाई देती थी। कभी-कभी गप्पी मैं और मौसी के लड़के वहाँ बैठकर फिल्म देखा करते। फिल्म के गाने तो दूर तक सुनाई देते थे। एक रात चारों तरफ सन्नाटा था। हल्की-हल्की हवा चल रही थी। गप्पी जान भाई साहब के मकान की छत पर अकेला लेटा हुआ था, तभी दूर टाकीज में एक गीत बजना शुरू हुआ...'हवा में उड़ता जाये मेरा लाल दुपट्टा मलमल का हो जी हो जी'...पता नहीं रात के सन्नाटे का जादू था, या गीत का या अकेले होने का या उमर का, लेकिन ऐसा जादू उस गीत का हुआ कि गप्पी बरसों बाद भी कभी उससे मुक्त नहीं हो पाया। चुपचाप फिल्म जाने के चक्कर में कभी-कभी बहुत रात हो जाती। गप्पी के मौसेरे भाई को खम्बे पर चढ़ना आता था। वह तेजी से लोहे के उस चिकने खम्बे पर चढ़कर छत पर पहुँचता और फिर अन्दर से आकर दरवाजा खोल देता। उन दिनों कई पान की दुकानवाले किराये से किताबें पढ़ने को दिया करते थे। हर दिन गप्पी और उसका मौसेरा भाई जासूसी दुनिया की दो किताबें ले आते। रातभर में पढ़कर उसे सुबह लौटाना होता। बिजली के खम्बे की रोशनी में गप्पी और उसका मौसेरा भाई आधी-आधी रात तक जासूसी दुनिया पढ़ा करते। विनोद और हमीद के क़िस्से। मोटे कासिम के कारनामे और भी न जाने क्या-क्या खोपड़ी पर नाचता रहता। इब्ने सफी बी..ए. की जासूसी दुनिया का इतना असर था कि गप्पी उन दिनों जासूसी उपन्यास का लेखक हो जाने का ख्वाब देखता। यह उन दिनों की बात है जब गप्पी दसवीं पास हो चुका था और गर्मी की छुट्टियों में अपने ननिहाल आया करता था।

ठाकुरजी का कमरा। डण्डेवाले भगवान
और मलाई के लड्डू का दोना।

ठाकुरजी का कमरा घर का सबसे ठण्डा कमरा था। इसमें ही एक तरफ मन्दिर था। नानी की पूजा कुछ-कुछ गुड्डे-गुड़ियों के खेल की तरह थी। उन्हें भगवान का शृंगार

करने में बहुत मज़ा आता था। अपने लड्डू गोपाल को स्नान कराने के बाद देर तक रोली से घिस-घिसकर वो उन्हें चमकाती रहतीं। फिर उन्हें बच्चे की तरह तैयार करतीं। हर दिन नये-नये कपड़े पहनातीं, माला पहनातीं, मुकुट लगातीं। उनकी पूजा घंटों चलती थी। नाना के पिता अपने आखिरी दौर में पागल हो गये थे। वे राजवैद्य थे। वो बहुत छुआछूत मानते थे। किसी का छुआ पानी भी नहीं पीते। इतनी चतुराई थी कि नानी अक्सर चिढ़ जातीं। उनके बारे में एक क़िस्सा मशहूर था कि एक बार वो तीरथ करने बद्रीनाथ गये। यह उनके पागल होने से पहले का क़िस्सा था। उन्होंने अपने पण्डे से कहा कि दूध में आटा उसनकर उनके लिए पूरियाँ बनवा दे। पण्डे ने समझाया कि दूध मिलने में मुश्किल होगी। गंगा के पानी में आटा उसन कर पूरी बनवा लें। पर बासाहब अपनी बात पर अड़ गये। इस पर पण्डा भी भड़क गया। बोला कि गंगा के पवित्र जल के सामने तुम्हें दूध ज़्यादा पवित्र लग रहा है, दूध क्या है, गाय का खून ही तो है, तुम गंगा का अपमान करोगे तो पागल हो जाओगे। बासाहब तो बासाहब थे। उनके पिता नरसिंहगढ़ के राजगुरु थे और वो खुद राजवैद्य थे। उन्होंने अच्छे खाँ की नहीं सुनी तो पण्डे की क्या बिसात थी। पर हुआ यूँ कि बासाहब वापस लौटकर नरसिंहगढ़ आये और कुछ ही दिन में पागल हो गये। संयोग कई बार अंधविश्वासों को पुष्ट कर देते हैं। लोग कहते गंगा का अपमान किया तो पण्डे का श्राप लग गया। जब उन पर पागलपन सवार होता तो मन्दिर से भगवान की मूर्तियाँ उठाकर कभी आँगन की तपती धूप में रख आते, कभी गुसलखाने में पटक आते। ज़्यादा समय वे ठाकुरजीवाले कमरे में ही रहते। उस कमरे के दरवाजे की पत्थर की देहरी काफी ऊँची थी। गप्पी उस समय तक बहुत छोटा था। गप्पी पैदा होने के कुछ ही महीने बाद अपने पिता के घर याने भोपाल चला गया था। बस बीच-बीच में जब उसकी माँ नरसिंहगढ़ आती तभी वह भी आता। गर्मी की छुट्टियों में सारे भाई बहन ननिहाल आते। छुटपन में गप्पी जब भी ननिहाल में होता तो हरवक्त ठाकुरजी के कमरे के आसपास ही मँडराता रहता। गप्पी को देखते ही बासाहब अपनी छड़ी एक तरफ रख देते और ऊपर आले में रखा मलाई के लड्डू का दोना उतारकर दिखाते। कहते आजा आजा...लड्डू दूँगा। गप्पी शुरू-शुरू में थोड़ा डरता फिर दबे पाँव पास जाता और पत्थर की बड़ी-सी देहरी को बामुश्किल लाँघकर ठाकुरजी के कमरे में घुस जाता। जैसे ही गप्पी बासाहब के पास पहुँचता बासाहब लड्डू का दोना वापस ऊपर ताक पर रख देते और अपनी छड़ी उठाकर गप्पी के चारों ओर ज़मीन पर बजाने लगते। हालाँकि वो गप्पी को मारते कभी नहीं बस डराते। गप्पी डरकर चिल्लाता...देखो ये डण्डेवाले भगवान मुझे मार रहे हैं। गप्पी ने उनका नाम डण्डेवाले भगवान रख दिया था। बहन लपककर आती और गप्पी को कमरे से बाहर निकाल लाती। समझाती कि वापस उस कमरे में मत जाना। कुछ देर गप्पी सहमा-सहमा रहता। लेकिन थोड़ी देर

बाद ही इधर-उधर से वापस उसी जगह पहुँच जाता। बासाहब वापस लड्डू का दोना दिखाते और गप्पी दबे पाँव वापस ठाकुरजी के कमरे में घुस जाता। यह नाटक कई-कई बार होता। लेकिन गप्पी की न तो जिज्ञासा कम होती न मलाई के लड्डू खाने का लालच। डर और लालच का यह युग्म जैसे गप्पी के चरित्र में घुसकर बैठ गया था। गप्पी को बड़े हो जाने के बाद भी बासाहब के सपने आते और वह अचानक नींद से जाग जाता। गप्पी को तीन चीज़ों से डर लगता था—अँधेरे से, कुत्तों से और पिटाई से।

नाना का पन्द्रह का पहाड़ा और
चुड़ैल का क़िस्सा।

गप्पी के नाना दो भाई थे। बड़े चित्रकार थे और छोटे डाक्टर। बड़े की दो बेटियाँ थीं जिसमें से एक गप्पी की माँ थी। छोटे नाना के तीन बेटे थे। गप्पी के नाना की मृत्यु लगभग उन्नीस सौ अट्ठाईस के आसपास हो गयी थी। तब गप्पी की माँ छह साल की थी। बड़े नाना का एक सेल्फ पोर्ट्रेट बाहर की दालान में लगा रहता था। इसके अलावा कोई फोटो नहीं था। उन्हीं ने एक फोटो बासाहब का भी बनाया था। ये दोनों ही रंगीन चित्र बाहर की दालान में लगे रहते थे। बड़ी नानी थीं और सारे घर पर उन्हीं का साम्राज्य था। वह दबंग महिला थीं। नरसिंहगढ़ ठेठ मालवा तो नहीं था, पर मालवा का हिस्सा था। नानी बड़नगर की थीं और कमाल की मालवी बोलती थीं। उन्हें हज़ारों मुहावरे याद थे। कभी-कभी तो लगता कि वो अपने मुहावरे खुद गढ़ लेती थीं। छोटी नानी की मृत्यु भी बहुत जल्दी हो गयी थी। बासाहब छोटे नाना की दुबारा शादी करना चाहते थे लेकिन छोटे नाना ने दुबारा शादी नहीं की। बड़े नाना की पत्नी को वो भाभी कहते इसलिए सब नानी को भाभी कहते थे। सारे नाती-पोते भी नानी को भाभी ही कहते थे। छोटे नाना को ही सब नाना कहते थे। वो डाक्टर थे। पुराने एल.एम.पी.। लेकिन उनके हाथ में कमाल का शिफ़ा था। जो उनके पास आ जाता फिर वह किसी और डाक्टर के पास नहीं जाता। उन दिनों चिकित्सा की कोई बहुत सुविधाएँ नहीं थीं। नाना बिना एनेस्थिसिया के ही फोड़े में चीरा लगा देते। ज़्यादातर मरीज गाँव के लोग होते। जब मरीज ज़्यादा चिल्लाता तो पहले डाँटते फिर दो-तीन गाली देते इस पर भी मरीज चिल्लाता तो दो-तीन झापड़ रसीद कर देते। मरीज किसी बात का प्रतिवाद नहीं करते। उनके लिए डाक्टर साहब भगवान की तरह थे। छोटे नाना पहले नरसिंहगढ़ के अस्पताल में ही थे। अस्पताल बड़े महादेव के रास्ते में था। बीच में थोड़ा-सा हिस्सा सूना पड़ता था। नरसिंहगढ़ वालों की तरह नाना को भी भूत चुड़ैल के क़िस्से बनाने का कौशल आता था। एक दिन नाना को अस्पताल से लौटने में बहुत देर हो गयी। सबको थोड़ी फिकर भी हुई। नरसिंहगढ़ में फिकर की कोई खास बात नहीं थी। देर होती तो भूखे होने की फिकर

होती थी। नाना साइकिल से आते-जाते थे। नरसिंहगढ़ में उन दिनों तक शायद एक भी मोटर नहीं थी। नगर सेठ का छोटा भाई भी या तो साइकिल चलाता था या पैदल घूमता था। नाना से जब पूछताछ होने लगी तो नाना पहले तो टालते रहे फिर बोले कि क्या बताऊँ जैसे ही मैं रास्ते में बावड़ी के पास आया तो मैंने देखा कि एक औरत बढ़िया लाल पीला लहंगा और ओढ़नी पहने बैठी है। मैं जैसे ही पास पहुँचा तो वह मेरे पास आ गयी। अँधेरा था सूरत दिख नहीं रही थी, मुझे लगा बेंडी किसनी है। मैंने कहा वाह बेंडी आज तो तू बड़े अच्छे कपड़े पहने है! वह भी हाँ हूँ करती मेरे साथ चलने लगी। तभी मेरी साइकिल की चैन उतर गयी। मैं जैसे ही साइकिल से नीचे उतरकर चैन चढ़ाने को झुका तो देखा कि उसके पाँव उल्टे थे। बस मैंने बिना पलक झपकाये एक हाथ से उसका झौंटा पकड़ा और दूसरे से साइकिल और दौड़ा बाज़ार की तरफ। रोशनी आते ही वह गायब हो गयी...।

नाना ने बावड़ी के पास से गुज़रते हुए उस सन्नाटे में इस क़िस्से को मन ही मन बुना होगा। हो सकता है उस दिन कुएँ की जगत पर सही में बेंडी किसनी बैठी हो। बहरहाल जो भी हो, नाना ने क़िस्सा इतने मन से बुना था और सुनाया भी इतने रोचक ढंग से कि सब साँस रोककर सुनते रहे। भूतों-चुड़ैलों पर संदेह करने का कोई रिवाज़ नहीं था। कौन किस पर संदेह करता। सबके पास अपने-अपने भूतों और चुड़ैलों के क़िस्से थे। क़िस्सा सुबह होते-होते सारे कस्बे में घूम चुका था। बेंडी किसनी को पूरा गाँव जानता था। वह अकेली पगली थी। अक्सर तो वह गुमसुम-सी रहती लेकिन जब मूड में आती तो न जाने किस किसको गालियाँ निकालने लगती। कभी-कभी कोई बहुत तंग करता तब पत्थर फेंकने का अभिनय करती। पत्थर उठाती पर फेंकने के बजाय उसे अपने पास ही पटक देती। बेंडी अक्सर बड़े बाज़ार में दिखती या नारायणी भुआजी की दुकान के पास। नारायणी भुआजी को हम रबड़ीवाली भुआजी कहते थे। वह नानी की सहेली थीं। जब भी दही या रबड़ी मँगानी होती नानी किसी न किसी को उन्हीं की दुकान पर भेजती थीं। नाना के क़िस्से में बेंडी किसनी के आने से क़िस्सा बहुत विश्वसनीय बन गया था। अस्पताल के रास्ते में एक बड़ा कुँआ था जिसे कोई कुँआ कहता कोई बावड़ी। उसके पास पीपल का एक बड़ा-सा पेड़ भी था। शाम के बाद वह हिस्सा थोड़ा अँधेरा भी हो जाता था और थोड़ा सूना भी। भूतों और चुड़ैलों के क़िस्से बनाने के लिए वह बहुत उपयुक्त जगह थी। नाना के हिस्से में चुड़ैल का यह शायद पहला और अकेला क़िस्सा था।

नरसिंहगढ़ में जब जोरदार बारिश हो जाती तो सारे पहाड़ों से झरने बहने लगते। सारे कस्बे में कलकल की धीमी आवाज़ भरी रहती। भूत-चुड़ैल के क़िस्से बनाने के

अलावा नरसिंहगढ़ के लोगों का दूसरा शौक था गोट करना। बारिश होते ही टोलियाँ खाने का सामान लेकर अलग-अलग पहाड़ियों पर पहुँच जातीं। वहीं दाल बाफले और चूरमे के लड्डू बनते। भाँग छनती और दिन-दिन भर गोट चलती रहतीं।

नाना का आसपास के गाँवों में तबादला होता रहता था। बहुत समय तक बासाहब की तबीयत के चलते नाना अपने तबादले रुकवाते रहते। लेकिन जब यह सम्भव नहीं रहा तो गरोठ जाना ही पड़ा। बासाहब भी उनके साथ ही गये। बस से उन्हें ले जाना मुश्किल था। पर किसी तरह ले जाया गया। नाना का जहाँ भी तबादला होता वही गप्पी की ननिहाल हो जाती। गरोठ, बड़वानी तराना, पचौर और भी न जाने कितने गाँव हमारे ननिहाल हो चुके थे। गरोठ में बिच्छू बहुत थे। रोशनी कम थी। एक लालटेन सिर्फ इस काम के लिए जलती रहती कि जब भी कोई बाहर जाने के लिए जूते पहनता तो पहले लालटेन लाकर जूते के भीतर अच्छे से झाँककर देखता तभी जूता पहनता। बिच्छू जूते में छिपकर बैठ जाते थे। बच्चों को रात में खटिया से नीचे नहीं उतरने की हिदायतें दी जातीं। गरोठ पहुँचकर बासाहब का पागलपन बढ़ गया था। वह रात में चुपचाप कहीं भी निकल जाते। एक बार रात में अचानक वे कहीं चले गये। सब सो रहे थे। किसी की नींद खुली तो देखा कि बासाहब पलंग पर नहीं थे। सारे घर में ढूँढ़ हुई। पर बासाहब कहीं नहीं मिले। लालटेनें जलाई गयीं। नौकर चाकर जगा दिये गये। आसपास जो गाँववाले थे वो भी जाग गये। सब ढूँढ़ने निकले। आसपास के जितने कुएँ थे सबमें झांक-झांककर देख लिया गया। पर क़हीं पता नहीं चला। अचानक किसी ने उनके कराहने की आवाज़ सुनी। आसपास मेंहदी की झाड़ियों की बागड़ थी। वे मेंहदी की झाड़ियों में फँसे हुए थे। कुछ समय बाद गरोठ में ही उनकी मृत्यु हो गयी। सेवानिवृत्त होकर नाना वापस नरसिंहगढ़ आ गये थे। बाहर की दालान में वे मरीजों को देखते और दालान के बगलवाली कोठरी उनका ऑपरेशन थियेटर थी जिसमें मरीज की जाँच होती, इंजेक्शन लगाया जाता, और फोड़े आदि में चीरा लागाने का काम भी यहीं होता। समय काफी बदल गया था लेकिन उनके तौर-तरीके तब भी वही थे।

नाना बहुत मोटे थे और रात में लेटने के बाद वे सारे बच्चों को अपने आसपास इकट्ठा कर लेते। जो सबसे छोटा बच्चा होता उसे अपनी मोटी-सी तोंद पर बिठा लेते। उन्हें कहानियाँ नहीं आती थीं। वे सभी बच्चों को पन्द्रह का एक पहाड़ा सिखाया करते।

पन्द्रह एकम पन्द्रह
दूना तीस
तिया पैंतालीस
चुक्का साठ
पौन पिछत्तर
छक्का नब्भे

सत पिचलन्तर
अंटा बीसा
नौ पे तीसा
धाम धड़ाका डेढ़ सौ

धाम धड़ाका डेढ़ सो कहते हुए वो पादने की जोरदार आवाज़ निकालते और सब हँसने लगते।

आत्मकथा के बारे में गप्पी का विचार।

हर आत्मकथा का कुछ हिस्सा या बहुत बड़ा हिस्सा मनगढ़ंत या कल्पित होता है। और हर कथा या उपन्यास का कुछ हिस्सा या बहुत बड़ा हिस्सा आत्मकथात्मक होता है। बहुत कुछ बताने के अभिनय में बहुत कुछ छिपा जाने की चतुराई अंतर्निहित है। दोनों ही माल मिलावटी हैं। सोने में भी मिलावट न करो तो अच्छा गहना नहीं बनता फिर यह तो रचना है...।

(गप्पी की नोटबुक से)

गप्पी का नाम यूँ ही गप्पी नहीं हो गया था। गप्पी अगर आपको इन क़िस्सों को सुना रहा होता तो उसमें लम्बी लंतरानियाँ होतीं। आँकी बाँकी भटकनें होतीं, लम्बी उड़ानें होतीं। इन क़िस्सों का मज़ा ही कुछ और होता। अगल-बगल आमने- सामने के कई घरों के क़िस्से उसमें शामिल होते। भुआ और फूफा होते। फूफा के भाई और उनके लड़के जो नरसिंहगढ़ के माने हुए चित्रकार हैं और उनकी बहन जिनका नाम श्रीमती था और उनकी कभी शादी नहीं हुई, होते। मैं तो सिर्फ उसकी प्रॉक्सी कर रहा हूँ। मेरे पास तो न बाल्टी है, न डोर और मैं कुएँ से पानी खींचने चला आया। वह सुनाता तो लगता जैसे वह हर घटना का चश्मदीद गवाह है। वह तो अपने जन्म और उस दिन की घटनाओं को भी इस तरह सुनाता जैसे उसने सब कुछ अपनी आँखों से देखा है और सब कुछ उसे याद है। यह हुनर न होता तो उसको गप्पी कौन कहता।

दूसरी किश्त

(दूसरा शहर और दूसरे क़िस्से)

वक़्त का अंदाजा न क़िस्सा सुनानेवाले को होता है न क़िस्सा सुननेवाले को। क़िस्से में क़ैद बीता हुआ वक़्त वर्तमान के साथ ज़ोर आजमाइश करके उसे अपने पाले में ले आता है।

गल्प के भीतर से एक सच को ढूँढ़ने की कला से कहानी जन्म लेती है और सच के भीतर गल्प की तलाश से संस्मरण। मुझे लगता है कहानी और संस्मरण के घालमेल से एक ऐसी हयवदन विधा पैदा हो सकती है...जो कहानी भी हो और संस्मरण भी। और न कहानी हो न संस्मरण।

(गप्पी की डायरी : एक हयवदन विधा की तलाश में हाशिये पर लिखी टिप्पणी)

गप्पी की डायरी का एक पन्ना यानी
बचपन के बारे में कुछ ऊटपटांग विचार।

सबको अपना बचपन याद आता है। उम्र बढ़ने के साथ-साथ तो और भी ज़्यादा। उनको भी जिनके बचपन में सुख के क्षण नहीं थे या बहुत कम थे। समय बीत जाने के बाद सबसे बुरे दिनों का अनुभव हर व्यक्ति सबसे मजेदार क़िस्से की तरह सुनाता है। एक ऐसा स्थायी वाक्य है, सब जिसे कभी न कभी अलग-अलग तरह से बोलते हैं कि काश! एक बार फिर उन्हें अपना बचपन वापस मिल पाता। इच्छा करने से सम्भव हो जाता, तब भी क्या हम इस वाक्य को इसी तरह बोलते? हथेलियों को रगड़ते ही एक जिन्न प्रकट होता, कहता, हुक़्म करो मेरे आका, क्या चाहते हो? हम कहते हमें हमारा बचपन चाहिए। वह अपना गंजा सिर खुजाता, पूछता कि तुम किस बचपन में लौटना चाहते हो? हम क्या जवाब देते? क्या वर्तमान समय में, जो हमारे बचपन का समय नहीं, उससे कई बरस आगे निकल आया समय है! क्या हम इस समय में वापस बच्चे होना चाहते हैं? अगर इस समय हमें अपना बचपन वापस मिल जाये तो अभी के बच्चों के बीच हम कितने अजीब से लगेंगे? कितने बेमैल। हम आज के बच्चे नहीं होंगे। हम वही बच्चे होंगे जो हम थे। हमारे साथ के बच्चे कैलकुलेटर चला रहे होंगे। कम्प्यूटर पर खेल खेल रहे होंगे और हम पहाड़े रट रहे होंगे। हम अगर आज के बच्चों जैसे हुए तो वह हमारा अपना बचपन नहीं होगा, जिसे याद करके हमने अपने बचपन में लौटने की इच्छा की थी। तब बचपन में लौटने का क्या मतलब रह जायेगा। अपने बचपन के साथ-साथ अगर उस वक़्त को भी हम वापस चाहें, जिसमें हम बच्चे थे तो हमारे साथ माँ-बाप, भाई-बहन सबको पीछे लौटना होगा। पूरे समाज को लौटना होगा। शहर की सड़कों, गलियों, मकानों और तमाम चीज़ों को वापस लौटना होगा। तंगी के उन दिनों को लौटना होगा, जब एक किताब खरीदने के लिए भी कई दिन जिद करना पड़ता था। पाँच भाइयों के बीच एक साइकिल थी और उसके लिए अक्सर हममें झगड़ा मचा रहता था। दादा-दादी, नाना-नानी और भी न जाने कितने, जो नहीं रहे, सबको वापस जिन्दा होना होगा। पूरी जीवनलीला में ही भारी उलटफेर हो जायेगा।

इसीलिए शायद स्मृति जैसी चीज़ दिमाग में रखी गयी होगी। जब जी चाहे पीछे हो आओ। जहाँ जाना चाहो वहाँ हो आओ। जितना वक़्त बिताना हो वहाँ, बिता आओ, तब भी दुनिया की गति में किसी तरह का कोई खलल न पड़े। मैं अपने बचपन में वापस लौटना नहीं चाहता। मैं नहीं चाहता कि मुझे वापस वैसी मार खाना पड़े। मैं वापस रोऊँ। वापस गणित की कक्षा में मुर्गा बनाया जाऊँ और मेरी पीठ पर मेरा बस्ता रख दिया जाये। मेरा एक दोस्त था जिसके पिता शहर में बड़े व्यापारी थे। उसके घर की छत बहुत बड़ी थी। कुछ और दोस्त थे और हम सब उसकी छत

पर कबड्डी खेल रहे थे। उस दिन मैं जो निक्कर पहनकर स्कूल चला गया था उसमें बटन नहीं थे। निक्कर को पजामे से निकाले गये एक नाड़े से बाँधा हुआ था। टाट-पट्टीवाले सरकारी मदरसों में सब चलता था। स्कूल यूनीफार्म जैसा कुछ नहीं था। जिस दिन बड़ी बहन या माँ को सुबह समय नहीं मिलता, अपने आप तैयार होकर हम चले जाते थे। उस दिन भी शायद ऐसा ही कुछ हुआ होगा। कबड्डी खेलते-खेलते नाड़ा अचानक टूट गया और जब तक मैं पकड़ता, निक्कर नीचे गिर चुकी थी। निक्कर के नीचे चड्डी पहनने का चोंचला तब नहीं था। मुझे रोना आ रहा था और मैं रो नहीं सकता था। सब हँस रहे थे। दुर्गाप्रसाद जो हममें सबसे बड़ा था, वह जैसे तैसे अपनी हँसी दबाकर, दूसरों को हँसने से मना कर रहा था लेकिन मुँह घुमाकर वह भी हँस रहा था। आज सुनने और सुनाने में यह क़िस्सा बहुत मजेदार लगेगा लेकिन उस दिन जो मेरी स्थिति थी, जो मेरे मन की हालत थी, मैं उस मनोदशा में वापस लौटना नहीं चाहता।

कोई जिन्न अगर मुझसे पूछे कि क्या तुम अपने बचपन में वापस जाना चाहते हो? तो मैं कहूँगा नहीं, मैं नहीं जाना चाहता। मेरे पास वहाँ जाने का एक बहुत अच्छा शार्टकट है। और उसके लिए मुझे किसी जिन्न का अहसान लेने की ज़रूरत नहीं।

गप्पी की डायरी का एक और पन्ना
एक निशाचर की उक्तियाँ

– रात और दिन बनानेवाले की खोपड़ी अगर सीधी होती और ठीकठाक काम कर रही होती तो उसने रात जागने और भटकने के लिए बनाई होती और दिन सोने के लिए।

– जिसने रतजगे नहीं किये, रात का आसमान नहीं देखा, आसमान में तारे नहीं देखे, गश्त करनेवाले सिपाहियों से बहाने नहीं बनाये, आधी रात के बाद लौटने पर जिसके घर के दरवाजे अंदर से बंद नहीं हो गये, जो रात गुज़ारने के लिए कभी न कभी स्टेशन नहीं गया, जिसने स्टेशन जाकर रात में गुज़रनेवाली रेलगाड़ियों से झाँकते मुसाफिरों को हाथ नहीं हिलाये, प्लेटफार्म की चाय नहीं पी, उसके सामने लेखक या कलाकार बनने के अलावा दुनिया के हर काम के रास्ते खुले हैं।

– कलारियाँ बंद होने के बाद लड़खड़ाते कदमों से घर लौटते और अक्सर रास्ता भूल जानेवाले लोगों को उसी तरह देखो जैसे एक धार्मिक आदमी ईश्वर को देखता है।

– दिन के उजाले में दिखती दुनिया में जितनी भी अच्छाइयाँ हैं, सब रात की बदौलत हैं। रात में बुरे काम करनेवालों की आत्मा दिन में किसी शैतान के पास गिरवी रखी रहती हैं।

– हर उस व्यक्ति को जिसे उल्लू एक अच्छा परिन्दा लगता है और कामकाजी किस्म के लोगों की तरह जो इस गोलमटोल से चेहरे पर गोल-गोल आँखोंवाले खूबसूरत परिन्दे के खिलाफ बुरी-बुरी बातें नहीं सोचता, जो उसके बोलने में किसी अपशकुन की आशंका से भयभीत नहीं होता, जो किसी फुटपाथ पर, किसी लैम्पपोस्ट के नीचे ग्राहकों के इंतज़ार में खड़ी सस्ती वेश्याओं को देखकर घृणा से मुँह नहीं बिचकाता, जो गुण्डे और आवारा का फ़र्क़ जानता है, उसे नासिर काज़मी का यह शेर अपनी डायरी के पहले पन्ने पर लिख लेना चाहिए :

अब चाँद के हमराह निकलते नहीं वो लोग
इस शहर की रौनक़ मेरी आवारगी तक थी

– तुम अगर रात के बारे में नहीं जानते तो तुम दिन के बारे में क़लम चलाने के हक़दार नहीं हो।

गलियों में से गलियाँ निकलती थीं और गप्पों से गप्पें पैदा होती थीं। तालाब के बीच जो ज़ज़ीरा था उस पर शाह अली शाह का तकिया था।

गप्पी को लेकर उसकी माँ दो माह बाद ही अपने मायके से भोपाल आ गयी थीं। भोपाल में गप्पी के पिता थे और दादा जी थे जिन्हें सब बाबा कहते थे। भोपाल एक छोटी-सी रियासत थी जहाँ नवाब हमीदुल्ला खाँ की हुकूमत थी। चार बेगमों के बाद यह नवाब बना था। छोटा-सा शहर था, जिसे रियासत के पहले नवाब दोस्त मोहम्मद खाँ को पचास हज़ार रुपयों के बदले में रानी कमलापति ने दिया था। रानी कमलापति ने अपने पति के हत्यारों को सजा दिलवाने के लिए दोस्त मोहम्मद को एक लाख रुपये देने का वादा किया था लेकिन जब दोस्त मोहम्मद ने हत्यारों का सिर लाकर रानी को दिया, उस वक्त एक लाख रुपया रानी के पास नहीं था। पचास हज़ार नगद दिये गये और पचास हज़ार के बदले भोपाल दे दिया गया। इसके बाद दोस्त मोहम्मद अपनी राजधानी इस्लाम नगर से भोपाल ले आया। शहर का जुगराफ़िया एक पहाड़ी शहर की तरह था। सपाट समतल इलाके बहुत कम थे। चढ़ाइयाँ और उतार थे। साइकिल सवार चढ़ाई आने पर सीट से थोड़ा उठंगे होकर दम लगाते और चढ़ाई चढ़

जाते। चढ़ाई खत्म होती तो उतार शुरू हो जाता। साइकिल सवार सीट पर सीधा होता और साइकिल को ढलान पर छोड़ देता। हैण्डिल छोड़कर दोनों हाथ फैला देता तो लगता जैसे हवाई जहाज लैण्ड कर रहा हो। चढ़ाई उतार की सड़कों पर नई उमर के लड़के साइकिल के करतब करते हुए दिखते। कोई सड़क ज़्यादा दूर तक सीधी नहीं थी। गलियाँ ही गलियाँ थीं। एक गली दूसरी गली में और दूसरी तीसरी गली में खुलती थी। कुछ अंधी गलियाँ भी थीं जो एक जगह पहुँचकर बंद हो जाती थीं। गलती से उस छोर तक पहुँच जाओ और आखिरी मकान से कोई भला आदमी देख रहा हो तो पहले वह पूछता कि यहाँ कहाँ आ गये मियाँ, अब पीछे लौटना पड़ेगा और फिर दाईं हाथवाली गली में घूम जाना तो फलाँ गली मिल जाएगी। भटक गये आदमी पर उसे अगर तरस आ जाता तो कहता...आँगन में आ जाओ, पीछे से एक दरवाजा है वहाँ से अगली गली मिल जाएगी। गलियों के नाम अक्सर वहाँ के किसी पुराने बाशिन्दे के नाम पर थे। शेखबत्ती की गली, गुलियादाई की गली, काली धोबन की गली, बाजेवालों की गली। टेढ़ा अतूत नाम की गली हमारे स्कूल के रास्ते में पड़ती थी। इसमें नगर सेठ की हवेली थी। हवेली की बाउंड्री वॉल से निकला हुआ एक शहतूत का पेड़ था जो दीवार से सटे होने के कारण टेढ़ा हो गया था। इस गली का नाम नगर सेठ या उनके किसी बाप-दादे के नाम पर न होकर इस टेढ़े पेड़ के नाम पर था। इसी तरह बड़े बाग में जहाँ नवाब खानदान के लोगों के मकबरे थे, उस चौराहे का नाम अंधे फ़कीर का चौराहा था। डुग्गी कहता सड़कें नवाबों के लिए छोड़ दी हैं लेकिन गलियों के नाम में नवाबों और बेगमों को घुसने की इजाज़त नहीं।

काज़ीपुरे की गली के पास ही बीसाहजारी की गली थी। वहाँ जो फ़सील थी उसमें एक खिड़की थी, जिसे बीसाहजारी की खिड़की कहते थे। बीसाहजारी एक धोबी था, यह खिड़की उसी के लिए बनवाई गई थी। खिड़की को लेकर तरह-तरह के क़िस्से थे। पुराने भोपाली खानदान के साहबजादे जनाब श्याम मुंशी का कहना है कि बीसाहजारी नाम का धोबी नवाब खानदान के कपड़े धोता था। अक्सर धोबी घाट से लौटने में उसे देर हो जाती और तब तक शहर में अंदर आने के दरवाजे बंद हो जाते। सिपाही उसे अंदर नहीं आने देते। सर्दी के दिनों में एक बार वह रातभर बाहर रह गया। दूसरे दिन वह ऐसा बीमार पड़ा कि कई दिन दरबार में नहीं पहुँचा। मालूम करने को नवाब के कारिन्दे दौड़ाए गये। उन्होंने जो हाल बयान किया उसे सुनकर नवाब साहब ने फैसला किया कि धोबी के लिए कुछ न कुछ इंतज़ाम किया जाए। सलाह-मशविरे के बाद उसके आने-जाने के लिए काज़ीपुरे की फ़सील में एक खिड़की बना दी गयी। बीसाहजारी को जब रात देर हो जाती तो वह इसी खिड़की से आया-जाया करता था। दूसरा क़िस्सा यह था कि एक जंग में इस खिड़की के पास बीस हज़ार सैनिक मारे गये, तभी से इस खिड़की का नाम बीसाहजारी की

खिड़की हो गया। गप्प जब तक अविश्वसनीय न हो तब तक भोपालियों को मज़ा नहीं आता। इसलिए दूसरा क़िस्सा भोपालियों को अपनी फितरत के ज़्यादा करीब लगता था।

गलियों से जैसे गलियाँ निकलती थीं, इसी तरह उनके क़िस्सों से क़िस्से और गप्पों से सैकड़ों गप्पें पैदा होती थीं। भोपाल फुरसतियों और गपोड़ियों का शहर था। कहते हैं कि नवाब साहब जब चिकलौद से अपने अहमदाबाद पैलेस की तरफ आते तो रास्ते भर कोर्निश बजानेवाले खड़े रहते। लोग सलाम बजाते और पीछे से नवाब का अर्दली उन्हें बख़्शीश बाँटता जाता। दिन-भर का इंतज़ाम हो जाता और लोग इस काम से फ़ारिग होते ही पटियों पर बिछी शतरंजों की तरफ लौट आते या अफ़ीम दबाकर, बंसी और मछलियों का चारा लेकर बड़े तालाब की तरफ निकल जाते। फुरसतिया दिमाग गप्पों का घर था।

शहर में कई तालाब थे। बड़ा तालाब तो बड़ा तालाब था ही, छोटे मियाँ द्वारा बनवाया गया छोटा तालाब भी कम न था। कहा तो यहाँ तक जाता था कि बड़ा तालाब बस देखने का ही बड़ा है पर छोटा तालाब उससे ज़्यादा गहरा है। यह कहने-वाले भी मौजूद थे कि मियाँ यह बड़ा तालाब वो बड़ा तालाब नहीं है जिसके बारे में कहावत मशहूर थी, उस तालाब का पानी तो होशंगशाह ने बाँध की दीवार तोड़ कर बहा दिया था। यह तो दुबारा से बाँधा गया है। वो बात इसमें कहाँ। इसके अलावा भी कई तालाब थे, मुंशी हुसैन खाँ का तालाब, लैण्डिया तालाब, गुरबख़्श की तलैया, झुन्नो का तालाब वगैरह वगैरह...। बड़े तालाब के तल में एक पारस पत्थर था। असल में वह था या नहीं, पता नहीं, पर क़िस्से में जो पत्थर था वह असल पारस पत्थर था। एक बार लोहे की बहुत बड़ी जंज़ीर तालाब में डालकर घुमाई गई तो वह सोने की हो गयी। सोने की वह जंजीर कहाँ गयी! दूसरी जंजीर डालकर कभी क्यों नहीं घुमाई गई, ऐसे सारे सवाल फ़िज़ूल थे। मकड़ी के जाले का सिरा कोई भले ढूँढ़ ले लेकिन भोपालियों की गप्पों का सिरा ढूँढ़ना नामुमकिन था।

बड़े तालाब के बीच जो जज़ीरा था गप्पी को यह जगह बहुत पसन्द थी। मैं और गप्पी अक्सर नॉव करके वहाँ जाया करते थे। इस जज़ीरे पर सूफ़ी फ़क़ीर शाह अली शाह का तकिया था। शाह अली के बारे में एक क़िस्से के अलावा कोई कुछ नहीं जानता था। नवाब यार मोहम्मद खाँ की निकाहशुदा बेगम जिन्हें माँजी मामोला कहा जाता था एक बार बहुत बीमार पड़ गयीं। सारे हक़ीमों और वैद्यों ने भी हाथ खड़े कर दिये। माँजी मामोला रियासत की गरीब जनता में बहुत लोकप्रिय थीं। उनके बीमार होने की खबर पूरी रियासत में आग की तरह फैल गयी। यह खबर सूफ़ी फ़क़ीर शाह अली शाह को भी लगी। शाह अली ने आसमान की ओर हाथ उठा कर कहा लाख मर जायें पर लाखों को पालनेवाला सलामत रहे। और अपनी

उम्र के दस साल माँजी साहब के नाम कर दिये। कफ़न मँगवाया और अपने हुजूरे में जाकर कफ़न ओढ़कर सो गया। कुछ दिन बाद शाह अली का इंतकाल हो गया और माँजी मामोला ठीक हो गयीं।

गाली बकने का लाइसेन्स। कहावतों का भोपाली संस्करण और गुलाबी उर्दू।

भोपाल में धूल बहुत थी तो दुकानदार मशकवाले को अधन्ना देते और अपनी दुकान के सामने सुबह-शाम पानी का छिड़काव करवा लेते। गप्पी को भिश्ती बहुत पसंद थे। वह तकिये की मशक बनाकर कई बार भिश्तियों की नकल करता। घर में सब उसका मज़ाक उड़ाते कि यह भिश्ती बनेगा भिश्ती। भोपाल की चार चीज़ें मशहूर थीं–ज़र्दा, गर्दा, पर्दा और नामर्दा। भोपाल में मोहल्लों के नाम दिनों के नाम पर थे। इतवारा, सोमवारा, मंगलवारा, बुधवारा। गुरुवारा की जगह जुमेराती था। शुक्रवारा और शनीवारा नहीं था। चारों दिशाओं में छह दरवाजे थे।

मंगलवारा मोहल्ला हीजड़ों के कारण जाना जाता था। कभी-कभी मज़ाक में किसी को जनखा कहने के बजाय मंगलवारा भी कह दिया जाता। जर्दा, गर्दा, पर्दा और नामर्दा की ही तर्ज़ पर एक दूसरी कहावत भी थी। भोपाली अपनी आदत से मजबूर थे। कहावत हो, गाना हो या कुछ और हर चीज़ का एक भोपाली संस्करण बना लेते थे। इसी तरह जर्दा, गर्दा, पर्दा और नामर्दावाली कहावत का भी एक भोपाली संस्करण था। थोड़ा अश्लील था। सफ़ेदपोश शरीफ़जादों के बीच नहीं सुनाया जा सकता। कोष्टक को भाषा का कान मान लें तो मैं उस कहावत को कान में सुना सकता हूँ। दूसरी कहावत है (ददूदा मियाँ का लौड़ा, चाँद मियाँ की गाँड और पुनिया नाइन का भोसड़ा।) इसमें से ददूदा मियाँ और चाँद मियाँ को तो मैंने और गप्पी ने देखा था। पुनिया नाइन अलबत्ता कौन थी यह हमें नहीं पता। जहाँगीरिया स्कूल की गली में ददूदा मियाँ का दोमंजिला मकान था। ददूदा मियाँ बहुत मोटे थे। बहुत बूढ़े हो चुके थे तब भी सुबह से ही अपने घर की पहली मंजिलवाले बरामदे में आकर बैठ जाते थे। सड़क से स्कूल जानेवाले लड़के दो-दो तीन-तीन के झुण्ड में निकलते। कभी-कभी बदमाश किस्म का कोई लड़का आवाज़ लगाता...ददूदा मियाँ देखो कैसा चिकना लौण्डा है...ले आयें ऊपर...ददूदा मियाँ हँसते और गाली बकते फिर कहते ले आ...ले आ...हरामी। लड़के हँसते और आगे चल देते। ददूदा मियाँ को छेड़ने में स्कूली लड़कों को मज़ा आता।

चाँद मियाँ ओडियन होटल में मैनेजर थे। ओडियन के पास ही उनका एक दो कमरे का मकान था। कानाफूसी में लोग बताते कि पिछले दिनों जिस लड़के को रखा था वह भी दो महीने रहकर भाग लिया। कहते हैं बिचारे को टी बी हो गयी थी।

ओडियन होटल रफ़ीक रूसी का था। रूस में क्रांति की साठवीं सालगिरह जब मनाई गई तो उन तमाम लोगों को ढूँढ़ा गया जिन्होंने रूस में क्रांति या द्वितीय विश्वयुद्ध के समय रूस की लड़ाई में किसी न किसी तरह हिस्सेदारी की थी। उसी समय के रजिस्टरों में रफ़ीक़ खाँ का नाम भी निकला। उनको खोजने में रूसियों को बहुत मशक्कत करना पड़ी। एक पुराने कामरेड से एक बार मैंने पूछा कि यह रफ़ीक़ रूसी का क़िस्सा क्या है। तो केन लगे (तो कहने लगे) कि भोपाल में बहुत गड़बड़ चल रही थी। तो रफ़ीक और उनके कुछ दोस्त हज के लिए निकल गये। पता नहीं कहाँ से किधर जा रहे थे कि रूस की किसी सीमा में फँस गये। रूसी फौज़ें उन दिनों अपनी सीमा में फँस गये ऐसे बाहरी नागरिकों को बंदूक थमा देती थीं कि अपनी हिफ़ाज़त वे खुद कर लें। उनके नाम-पते नोट कर लिए जाते थे। रफ़ीक को भी बंदूक दे दी गयी और नाम-पता नोट कर लिया। रूस की क्रांति की जब साठवीं सालगिरह मनने लगी तो मान लिया गया कि जिनको भी बंदूक दी गयी थी वे सब रूस की लड़ाई में शामिल थे। सो उनकी ढुँढ़ाई की गयी। इसी चक्कर में रूस की सरकार ने भारत सरकार को लिखा। भारत सरकार ने कम्युनिस्ट पार्टी को लिखा। कम्युनिस्ट पार्टी ने भोपाल की कम्युनिस्ट पार्टी को लिखा तो मालूम हुआ कि रफ़ीक खाँ यहाँ ओडियन नाम का होटल चलाते हैं। बस उन्हें रूस का बुलावा आ गया। इनाम इकराम दिये गये। ब्रेजनेव के साथ रफ़ीक खाँ का फोटो खिंचवाया गया। बस वह दिन है कि आज का दिन वो रफ़ीक़ रूसी हो गये। ओडियन होटल के काउंटर पर ही रफ़ीक रूसी का ब्रेजनेव के साथ एक फोटो लगा रहता था। गप्पी और मैं जब भी ओडियन में चाय पीने जाते उस फोटो पर एक बार निगाह ज़रूर जाती। मुस्लिम होटलों में चाय सस्ती थी। चाय का स्वाद हिन्दू होटलों की चाय से अलग था। इसमें चिमटी भर नमक डाला जाता था। कॉलेज के दिनों में हमारी जेबों की जो हालत थी उसके लिए मुस्लिम होटल की चाय सबसे मुफीद थी।

गालियों के बिना भोपाल की ज़बान का तसव्वुर बेमानी था। एक पूरे वाक्य के लिए जो ज़रूरी चीज़ें थीं उसमें गालियाँ भी शामिल थीं। भोपाल की भाषा में कई तरह की मिलावट थी। उसमें बुंदेली, मालवी, उर्दू और गालियाँ, सबकी जगह पहले से ही तय थी। यहाँ की उर्दू थोड़ी अलग थी। भोपालियों का मानना था कि लखनऊ की उर्दू जनानी उर्दू है और भोपाल की मर्दाना उर्दू। उर्दू के एक मशहूर लेखक मुल्ला रमूज़ी ने एक किताब लिखी थी—गुलाबी उर्दू। तो भोपाल की उर्दू गुलाबी उर्दू थी। कई शब्द भोपाली के अपने थे और उन्हें बोलने के अंदाज़ भी उसके अपने थे। शब्द के बीच में आनेवाले (ह) का यहाँ लोप हो जाता था। भोपाल का मामला बिहार से एकदम उलटा था। पहले या पहिले बोलना हो तो बोला जाएगा पेले। ऐ और औ की मात्रा बोलना भोपालियों के खाते में नहीं आया था। मात्राएँ लगाने और बोलने

में हम काफ़ी किफ़ायती थे। पैसे को पेसे और कैसे को केसे बोला जाता। जो लोग बाहर से आते उनके कानों को खटकता था। किसी भोपाली को टोक दो तो कहेगा...अपन तो एसेई बोलते हें मियाँ आपको सिमज में आये तो ठीक, नईं तो हीट लो पतली गली से...। गालियाँ ज़बान पर इस तरह चढ़ी हुई थीं कि कई घरों में भी गाहे-बगाहे गालियाँ सुनाई दे जाती थीं। कोई इसे बुरा भी नहीं मानता था। भोपाल में कभी एक शायर हुआ करते थे—ढेंढस भोपाली। ढेंढस भोपाल में टिण्डे की सब्जी को कहा जाता था। जिसके एकाध शेर में कोई फड़कती हुई गाली न हो वह ग़ज़ल ढेंढस भोपाली की ग़ज़ल नहीं हो सकती। वह किसी से नाराज़ हो जाते तो एक गालीदार शेर कह देते। कई ओहदेदार लोगों की उनसे आये दिन ठन जाती और वे शेर कह डालते। शेर सारे शहर में घूम जाता। बड़े लोगों की बड़ी फ़जीहत होती। ढेंढस जिस पर शेर कह देते वह कई दिन तक शहर में मुँह छिपाए घूमता। नवाब साहब उनकी फितरत जानते थे। उन्हें एक महकमे में नौकरी दे दी गयी थी। ढेंढस महीने में सिर्फ़ एक बार ऑफिस जाते, पगार लेने। एक बार कहते हैं कोई नया अफ़सर आया और उसने ढेंढस को बर्खास्त कर दिया। बर्ख़ास्तगी का रुक्का ढेंढस के घर पहुँचा दिया। जो चपरासी रुक्का लेकर गया था, ढेंढस ने उसे रोका कि जवाब लेते जाओ। रुक्के के पीछे ही एक शेर लिखकर जवाब दे दिया।

शाहने सलफ़ करते थे बरतरफ़ी बहाली
तख़फ़ीफ़ यह किस भोसड़ीवाले ने निकाली। तख़फ़ीफ़ : बर्खास्त करना

अफसर ने रुक्का पढ़ा तो आगबबूला हो गया। सीधा नवाब साहब के पास पहुँचा और रुक्का दिखा दिया। नवाब समझ गये और ढेंढस को तत्काल नौकरी पर बहाल कर दिया। अफसर को समझा दिया कि उनके बारे में कोई कार्यवाही न की जाये। वज़ीर उस्ताद अलीगढ़ के क्रिकेट के खिलाड़ी रहे थे। उनकी एक आँख खराब थी। रियासत में शिक्षा सचिव थे और तबला भी अच्छा बजाते थे। ढेंढस एक बार उनसे चिढ़ गये। उन पर एक शेर लिखा। गनीमत थी कि इसमें उस तरह की कोई गाली नहीं थी। लेकिन वज़ीर उस्ताद का खाका पूरा खींचा गया था। शेर मुलाहिजा हो...

ख़ुदा ने यह शरफ़ बख़्शा है इस मरदूद् काने को
महल पर रोज़ जाता है सुअर तबला बजाने को।

जिस किसी से खुश होते उसे बख़्शने का अंदाज़ भी उनका अपना था। ईदगाह कोठी और शिमला कोठीवाले नवाब रशीदुर जफ़र खाँ और सईदुर जफ़र खाँ से ढेंढस खुश हुए और उन पर एक शेर लिखा तो रशीदुर जफ़र खाँ और सईदुर जफ़र खाँ का काफिया मिलाया कि वो पलभर में करते हैं ख़ुश्की को तर खाँ।

गुस्से में तो गालियाँ बकी ही जाती थीं प्यार भी बिना गालियाँ दिये जताने का रिवाज़ नहीं था। दो लोग अगर बिना कोई गाली बके बात कर रहे हों, अव्वल तो ऐसा होता नहीं पर ख़ुदा न ख़ास्ता ऐसा कोई मंज़र आपको नज़र आ ही जाये तो समझिए कि या तो वे बहुतई ज़्यादा शरीफ लोग हैं या उनके ताल्लुकात बस यूँ ही हैं। यहाँ सिर्फ गालियाँ बकी ही नहीं जातीं नई-नई गालियाँ ईजाद भी होती थीं।

लगे हाथ एक दिलचस्प क़िस्सा और सुन लें। भोपाल विलीनीकरण का आंदोलन चल रहा था। प्रजामंडल में तमाम पार्टियों के लोग हुआ करते थे। एक मशहूर वैद्य थे, जिन्हें छोटे दादा कहा जाता था, वह प्रजामंडल में थे। छोटे दादा बात-बात में गालियाँ बकते थे। अपने बेटों को भी गालियाँ दे देते। गालियाँ उनकी भाषा का स्वाभाविक हिस्सा थीं। आंदोलन की रणनीति तैयार करने के लिए मीटिंग चल रही थी। सदारत तरजी मशरिकी कर रहे थे। वह कांग्रेसी थे। बहुत शरीफ़ और डरपोक आदमी थे। छोटे दादा ने मीटिंग में बोलना शुरू किया और जैसे ही अपनी रौ में आये तो माँ-बहन की गालियों की बौझार शुरू हो गयी। तरजी साहब कुछ देर तो जब्त करते रहे पर जब रहा न गया तो तमतमाकर उठे और बोले—वैद्य जी यह मीटिंग है, आप इसमें गालियाँ नहीं बक सकते। छोटे दादा सकते में आ गये। उन्हें इसका पता ही नहीं था कि उनके मुँह से गालियाँ झर रही हैं। पर वह गुस्सैल आदमी थे। एक पल को रुके लेकिन दूसरे ही पल तरजी साहब की आवाज़ से भी ऊँची आवाज़ में गरजे...चुप रहिए...मेरे पास गाली बकने का लाइसेन्स है। तरजी साहब बिना कुछ समझे बैठ गये। बाकी लोग भी सकते में पल भर को चुप हो गये। बाद में तो यह मुहावरा-सा बन गया। किसी को कोई गाली देने पर रोकता तो वह कह देता कि उसके पास गाली बकने का लाइसेन्स है। भोपाल में यह लाइसेन्स बिना किसी टैक्स के सबको हासिल था।

गप्पी सही मायने में बर्रूकाट भोपाली था। पुराने भोपालियों को बर्रूकाट कहा जाता था। पुराने बाशिन्दों का मानना था कि रियासत में चारों ओर दरवाजे और फ़सीलें थीं। दरवाजों से बाहर सरकण्डे जैसी बर्रू की झाड़ियाँ थीं। जब शहर फैलने पसरने लगा तो बर्रू की झाड़ियों को काटकर ज़मीन साफ की गई और उस पर बसावट हुई। पर शायद ही किसी और मुल्क में कोई और शहर होगा जो अपनी क़लम से जाना जाता हो। बर्रू को काटकर एक मोटी लिखावटवाली कलम बनाई जाती थी। एक तरफ़ से छील-छीलकर निब जैसा आकार दिया जाता। बच्चों का हैण्डराइटिंग सुधारने के लिए अलग तरह की कॉपियाँ होती थीं जिस पर बर्रू से लिखा जाता था।

पहले हर मदरसे में बच्चों को बरू से लिखना सिखाया जाता था। कहते हैं इस शहर में जो लिखना जानते थे वे अक्सर खुशख़त हुआ करते थे। गप्पी का भी हैण्डराइटिंग बहुत अच्छा था। डुग्गी कहता था कि इतना अच्छा, इतना अच्छा कि बहुत ही अच्छा।

आना गप्पी के पिता के दादा जी का भोपाल और मिलना बड़ी सरकार कुदसिया बेगम से जिन्होंने जामा मस्जिद तामीर करवाई। स्कूल से लौट कर गप्पी और मैं जिसकी सीढ़ियों पर बैठा करते थे।

गप्पी के दादाजी के, दादाजी, कहते हैं, पहली बार भोपाल आए थे। गप्पी के पिता ने अपनी जाति की एक पत्रिका में अपने दादाजी और दादाजी के पिता के बारे में एक छोटा-सा लेख लिखा था। बात 19वीं सदी की है। संवत् 1890 याने लगभग 1833। भोपाल रियासत के एक उच्च अधिकारी राजा किशनराम जी जो पहले सिरोंज के ही निवासी थे, पं. बालकृष्ण जी को सिरोंज से भोपाल लाये थे। उन्हें अपनी बेटी का गुरु बनाया था। एक दिन पंडित जी की मुलाकात यहाँ की बड़ी सरकार कुदसिया बेगम से कराई गई। बेगम ने तत्काल पण्डित जी को हिन्दुओं की धर्म व्यवस्था देने के लिए अपने यहाँ नियुक्त कर लिया। कहते हैं कुदसिया बेगम के जमाने में ही भोपाल का रेलवे स्टेशन बनाने का खाका तैयार हुआ था। हालाँकि भोपाल में रेल नवाब शाहजहाँ बेगम के जमाने में आई। 18 नवम्बर, 1884 को भोपाल में रेल लाइन का उद्घाटन हुआ। उद्घाटन समारोह में इकतीस तोपों की सलामी दी गयी। फ़ौज़ की परेड हुई। हाथियों का जुलूस निकाला गया। नवाब शाहजहाँ बेगम के साथ ही एजेंट गवर्नर जनरल और कई अंग्रेज अधिकारी और उनकी बीवियों ने भी इस जलसे में हिस्सा लिया था। शाहजहाँ बेगम को लगता था कि उनका नाम शाहजहाँ रखा गया है तो उन्हें भी शाहजहाँ जैसे कुछ कारनामे करना चाहिए। मुमताज की याद जैसा कोई बहाना उनके पास नहीं था लेकिन उन्होंने भी भोपाल में एक ताजमहल बनवाया था। उसके आसपास जो इलाका आबाद किया गया उसका नाम रखा गया शाहजहाँनाबाद। पर चौक में जामा मस्जिद कुदसिया बेगम के जमाने में ही तामीर की गयी थी। इसके बनने में छब्बीस बरस लगे थे। इसमें दो बहुत ऊँची मीनारें हैं जो पहले शहर में हर जगह से दिखाई देती थीं। इसकी गुम्बदों में हज़ारों कबूतर अपना बसेरा बनाये हुए थे। सुबह-शाम चारों ओर कबूतरों के पंखों की फड़फड़ाहट और गुटरगूँ की आवाज़ सुनाई पड़ती थीं। जामा मस्जिद के पास ही एक गली में गप्पी का पैतृक घर था। जामा मस्जिद में दो तरफ़ खुली सीढ़ियाँ थीं। एक तरफ

की सीढ़ियाँ कपड़ा बाज़ार की तरफ़ खुलती थीं और दूसरी तरफ़ की सर्राफ़े में। मस्जिद के नीचे चारों तरफ़ एक सौ ग्यारह दुकानें थीं। यह शहर का खास बाज़ार था। गप्पी अपने दोस्तों के साथ जब स्कूल से लौटता तो सारे दोस्त पहले सर्राफ़े की तरफवाली सीढ़ियों पर बैठकर कुछ देर मस्ताते। स्कूल के दिनों से लेकर कॉलेज के दिनों तक न जाने कितनी दोपहरें और शामें मैंने और गप्पी ने उन सीढ़ियों पर गुजारी थीं। मस्जिद बनवाने की लागत उस जमाने में पैंसठ हज़ार पाँच सौ इक्कीस रुपये दो आने और नौ पाई थी। रियासत के ज़माने तक मस्जिद के सामने बैंड बाजा बजाने की मुमानियत थी। आसपास के घरों में शाम के बाद न ढोलक बजती थी और न शादी-ब्याह के बुलौए गाये जाते थे। एशिया की सबसे बड़ी मस्जिद ताजुलमसाजिद और सबसे छोटी मस्जिद डेढ़ सीढ़ी की मस्जिद भोपाल में ही थी। सिरोंज तब टोंक रियासत का हिस्सा था।

इस तरह पहली बार गप्पी के पहले पूर्वज का सिरोंज से भोपाल आना हुआ। बालकृष्ण जी का भोपाल आना-जाना शुरू हो गया था। उनका परिवार तब सिरोंज में ही रह रहा था। 1844 में बालकृष्ण जी के घर बेटा पैदा हुआ। इस बच्चे का नाम रखा गया गोवर्धनलाल। गोवर्धनलाल जी की पढ़ाई-लिखाई का कोई ठीकठाक-सा इंतज़ाम नहीं हो सका। पर गोवर्धनलाल जी होनहार थे। उन्होंने अपने आप ही अध्ययन करना शुरू कर दिया। बारह-तेरह की उम्र में ही वे भागवत की कथा कहने लगे थे। फिर उन्होंने ज्योतिष सीखना शुरू किया। एक वृद्ध ज्योतिषी से वह ज्योतिष सीखने जाते। एक दिन वृद्ध ज्योतिषी जी बिना अन्न जल ग्रहण किये खिन्न से बैठे थे। इसी समय गोवर्धनलाल उनके पास पहुँचे। खिन्नता का कारण पूछा तो वे टाल गये। बस एक श्लोक सुनाया और चुप हो गये।

गोवर्धनलाल बात को ताड़ गये। चुपचाप उठे, अपने घर आये और फलाहार लेकर गुरुजी के पास पहुँच गये। आँगन के कुएँ से पानी लाये और गुरुजी को फलाहार कराया। गुरुजी गोवर्धनलाल की सेवा से इतने खुश हो गये कि उसी आवेश में गोवर्धनलाल को आशीर्वाद दिया—जा तेरी विद्या सफल हो! फलित ज्योतिष में तू अद्वितीय होकर राज-सम्मान प्राप्त करेगा। इसके दूसरे ही दिन गुरुजी काशी को प्रस्थान कर गये।

चौघड़िया देखकर बताओ पण्डित कि पानी कब बरसेगा और दूसरे पूर्वज का भोपाल आगमन।

जैसे हर हाथ की रसोई का स्वाद अलग होता है उसी तरह क़िस्सा चाहे एक हो लेकिन सुनानेवाले के साथ-साथ बदल जाता है। सुनानेवाला हुनरमंद हो तो सादे से क़िस्से को भी चटपटा बना देगा और हुनरमंद न हुआ तो चटपटे क़िस्से को भी

बीमार की खिचड़ी। गोवर्धनलाल के ज्योतिष की प्रतिष्ठा पूरे सिरोंज में फैल चुकी थी। एक बार सिरोंज में दो साल तक कहते हैं पानी न बरसा। लोग परेशान हो गये। गाँव छोड़-छोड़कर भागने की तैयारी करने लगे। टोंक के नवाब को पता चला तो सिरोंज आया। लोगों से पूछा क्या किया जाये। किसी ने कहा एक पण्डित है जो चौघड़िया देखकर जैसा बता देता है वैसा ही हो जाता है। उसी से पूछो। नवाब ने अपने कारिन्दों से कहा कि जाओ और पण्डित को बुला लाओ। नवाब नवाबों जैसा ही था। थोड़ा सिरफिरा, थोड़ा मगरूर, थोड़ा उजड्ड। गोवर्धनलाल जी आये तो नवाब ने कहा कि पण्डित चौघड़िया देखकर बताओ की पानी कब बरसेगा? पण्डित जी ने पंचांग देखा और कहा कि पाँच बजे तक पानी गिरेगा। नवाब ने एक लम्बी-सी हूँ...भरी। और अपने सिपाहियों से कहा कि पाँच बजे तक पण्डित को बिठा कर रखो, अगर पानी गिरे तो मुझे बताना वरना पण्डित को जेल में डाल देना। इतना कह कर नवाब चला गया। पाँच बजते न बजते आसमान में काले-काले बादल छा गये। और कहते हैं कि ठीक पाँच बजे छमाछम बरसात शुरू हो गयी। नवाब को सूचना दी गयी। नवाब को उम्मीद तो बिल्कुल नहीं थी पर चमत्कार होना था सो हुआ। नवाब आया। पण्डित जी का सम्मान किया गया। हार फूल हुए, बैंड बाजे बजे। पण्डित जी की जै-जैकार हुई। मिठाई बाँटी गई। नवाब ने एक बाग और कुछ खेती की ज़मीन पण्डित जी को भेंट की। एक परवाना लिखकर दिया गया जिसमें पण्डित जी को मुनज्जिमदक़ीकेशनास (सूक्ष्मदर्शी ज्योतिर्विद) लिखा गया। कई बार संयोग ऐसे घटित होते हैं कि उनके जादू होने का भ्रम होता है। और उसे उसी तरह लिख दो, तो या तो वह गप्प लगेगा या जादुई यथार्थवाद। पण्डित जी घर लौट आये और रात भर परेशान रहे। सम्मान की खुशी के बावजूद एक चिन्ता ने उनके दिमाग में घर बना लिया था। वह समझ गये थे कि इस अँधेर नगरी में रहना अब उनके लिए ठीक नहीं। दूसरे दिन सुबह-सुबह खबर मिली कि भोपाल में उनके पिता की तबियत बहुत खराब है। पण्डित जी बिना देर किये भोपाल रवाना हो गये। आठ-दस दिन बाद बालकृष्ण जी का निधन हो गया। भोपाल में लेकिन पण्डित जी का मन नहीं लग रहा था। पिता के उत्तर कर्म से निपटकर वापस सिरोंज जाने का सोच ही रहे थे कि लोगों ने उन्हें रोक लिया। बेगम ने बालकृष्ण जी की जगह पर दरबार में धर्म व्यवस्थापक के पद पर उनकी नियुक्ति कर दी। कहते हैं कि भोपाल में उन्होंने महाभारत का पाठ किया था जो कई महीनों तक चलता रहा। कुछ बरस इसी तरह बीत गये। अपने बेटे से उनकी ज़्यादा पटती नहीं थी। जब तब कहासुनी हो जाती। जब ज़्यादा नोंक- झोंक बढ़ जाती तो वे सिरोंज लौट जाते। अंत में अपने बेटे प्रेमनारायण जी को धर्म व्यवस्थापक के पद पर नियुक्त करवाकर गोवर्धनलाल जी वापस सिरोंज लौट गये।

गप्पी अक्सर कहता कि हमारा नरा भोपाल की मिट्टी में चाहे न गड़ा हो पर यहाँ की मिट्टी में हमारे पूर्वजों की राख है और हवाओं में हमारे पूर्वजों की हड्डियों का धुआँ।

विलीनीकरण आंदोलन की समाप्ती। सी इस्टेट की पहली सरकार के बारे में एक आशु कवि का दोहा।

विलीनीकरण आंदोलन समाप्त हो चुका था। लाल घाटी से नीचे बैरागढ़ नाम की अंग्रेजों की छावनी थी। अंग्रेज जा चुके थे। और बाकी बचे इक्का-दुक्का लोग भी जानेवाले थे। विभाजन के बाद आये सिंधी शरणार्थियों को यहाँ बसाये जाने का निर्णय लिया गया था। छावनी के घरों को खाली किया जाना था। अंग्रेजों द्वारा छोड़ा गया सामान ठिकाने लगाया जाना था। गप्पी के पिता डिस्पोज़ल आफीसर थे। सुबह आठ बजे से काम शुरू हो जाता। चौकवाला घर यहाँ से करीब पाँच-छह किलोमीटर दूर था। गप्पी के बाबा ने इसे बहुत पहले ही खरीद लिया था। लेकिन घर की एक ही बात बाबा को हमेशा खटकती थी, मकान दक्षिणामुखी था। उत्तर दिशावाला दूसरा दरवाजा, नीचे की मंजिल की एक कोठरी में था। उत्तर दिशा में मकान का पिछवाड़ा था और उस गली में घर की और आसपास के दूसरे घरों के पाखानों की खिड़की खुलती थी। मेहतरानियाँ इसी गली से उन्हें साफ करने आया करती थीं। मजबूरी थी। पंडितों का घर था। गृह प्रवेश का कलश दक्षिण के दरवाजे से कैसे लाया जाता। इसलिए गृह प्रवेश का कलश गलीवाले दरवाजे से लाया गया। गृह प्रवेश का कर्मकाण्ड पूरा होते ही कोठरी का वह दरवाजा बंद कर दिया गया। उस कोठरी में लकड़ी और कोयला भरा जाने लगा। रोज सुबह चौक से बैरागढ़ पहुँचना आसान नहीं था। बैरागढ़ में एक सरकारी मकान गप्पी के पिता को आवंटित कर दिया गया। इस मकान में कोई आना नहीं चाहता था। मन मारकर लेकिन बाबा सहित पूरा परिवार बैरागढ़ के उस मकान में आ गया था। बाबा ने दो ही बार अपना घर छोड़ा था। एक बार तब जब भोपाल में प्लेग फैला था। तब बाबा भोपाल छोड़कर विदिशा चले गये थे। वहाँ किले–अंदर उन्होंने एक मकान खरीदा था। उन्हें किराये के मकान में रहना पसन्द नहीं था। प्लेग और विदिशा के उस मकान की स्मृति गप्पी के पिता को भी नहीं थीं। पिता उस समय शायद बहुत छोटे थे। दूसरी बार बैरागढ़ जाने के लिए वह अपने घर से बाहर निकले थे। मुश्किल से साल डेढ़ साल गप्पी का परिवार उस मकान में रहा होगा। गप्पी उस वक्त चार साढ़े चार साल का था। उसकी एक धुँधली-सी याद ही उसे थी। बैंगलोरी कवेलु की छत थी। बड़े-बड़े कई कमरे थे। आगे की तरफ बरांडा था। बाहर खुली जगह थी। उसमें कुछ बहुत पुराने दरख़्त थे।

विलीनीकरण आंदोलन समाप्त हो गया था पर उसके क़िस्से ख़त्म होने का नाम ही नहीं लेते थे। जहाँ चार लोग इकट्ठे होते विलीनीकरण के क़िस्से शुरू हो जाते। उदयपुरा और बाड़ी बरेली से ही आंदोलन की शुरुआत हुई थी। उदयपुरा में एक चायवाला था जिसे सब बिजली बब्बा कहते थे। दुबला-पतला गजब का फुर्तीला आदमी था वह। कहते हैं कि जब सिपाही उसे पकड़ने आये तो उसने ऐसी लाठी घुमाई कि नवाब के सिपाही अपनी बंदूकें छोड़-छोड़कर भाग गये। उदयपुरा के लोगों से इस क़िस्से को सुनो तो बतायेंगे कि बाद में बारह बंदूकें वहाँ पड़ी थीं, जिन्हें लोगों ने लूट लिया। इस घटना के बाद ही उसे बिजली बब्बा कहा जाने लगा। कोई जब यह क़िस्सा सुना रहा था तो गप्पी ने उससे पूछा कि बिजली बब्बा का असल नाम क्या था, पर कोई उसका असल नाम नहीं जानता था। कई बार घटनाओं में दे दिये गये नाम इतने बड़े हो जाते हैं कि असल नाम उसके पीछे कहीं गुम हो जाते हैं।

कई बरस बाद गप्पी को कॉमरेड बालकिशन गुप्ता ने एक क़िस्सा सुनाया था। प्रजामण्डल के लोग उन दिनों आसपास के गाँव कस्बों में विलीनीकरण के बारे में पब्लिक मीटिंग करने जाते थे। एक बार प्रजामण्डल के लोग बेरसिया में मीटिंग करने पहुँचे। टेबल पर लालटेन लाकर रखी गयी। एक वक्ता ने बोलना शुरू किया। इतना ही बोल पाया था कि हम आपसे भोपाल में बारे में बात करने आये हैं...थोड़ी ही देर में नवाब के पचास-साठ मुसटण्डे लाठियाँ लेकर आ गये। उन्होंने नारा बलन्द किया कि हमें बस आला हजरत की हुकूमत चाहिए। हमें भोपाल के बारे में कुछ नहीं सुनना है। दो-चार पत्थर सन्नाये गये तो लालटेन फूट गयी और लोग तितर- बितर हो गये। तरजी साहब पता नहीं उस भगदड़ में किधर भाग लिए। थोड़ी देर बाद प्रजामण्डल के लोग वापस इकट्ठे हुए। तरजी साहब को ढूँढ़ा गया। समझाया गया कि हम मीटिंग करने आये हैं। भागने से कैसे काम चलेगा। दुबारा टेबल लगाई गयी और मीटिंग फिर शुरू हुई। थोड़ी देर में मुसटण्डों का दल फिर आ धमका। तरजी साहब बोलने को खड़े हुए। एक नारा फिर बुलन्द हुआ...भोपाल के बारे में हमें कुछ नहीं सुनना है। हमें आला हजरत की हुकूमत चाहिए। तरजी साहब घबरा गये। घबराहट में ही बोले—भोपाल में बारे में नहीं सुनना है तो मत सुनिये पर दूसरी बातें तो सुनिये। मुसटण्डों में से किसी ने कहा हाँ...हाँ...ठीक है दूसरी बात करो...तरजी साहब बहुत घबराये हुए थे। डर को छिपाने के लिए ऊँची आवाज़ में गरजकर बोले...आपको पता है...पता है आपको...ब्रिटेन ने जब बरतानिया पर हमला किया तो लंदन तबाह हो गया...।

क़िस्सों में कितनी हक़ीकत है और कितनी मिलावट, यह बतानेवाला अब कोई नहीं रहा। मास्टर लाल सिंह, तरजी मशरिकी, बालकिशन गुप्ता, गोविन्द बाबू, उद्धवदास मेहता, एडवोकेट सूरजमल जैन, शान्ति देवी, शिव नारायण वैद्य छोटे दादा, शिवनारायण वैद्य बड़े दादा और न जाने कितने लोग, जो अब नहीं रहे। न जाने

कितनी यादें और न जाने कितने क़िस्से उन्हीं के साथ चले गये। विलीनीकरण आंदोलन खत्म हुआ। भोपाल सी इस्टेट थी। पहली सरकार बनी तो शंकरदयाल शर्मा पहले मुख्यमंत्री बनाये गये। पहली सरकार में पाँच मंत्री थे। पच्चीस विधायक थे। गवर्नर की जगह कमिश्नर सरकार का मुखिया होता था। जहाँ अब लोकायुक्त का ऑफिस है वहाँ एक कमरे में पहली विधानसभा होती थी। भोपाल तब तक सिर्फ तहसील था। तहसील हुजूर। जिला सीहोर होता था। पास ही शाहगंज तहसील थी उसके थाला दिगावन गाँव का एक किसान था खुशाल कीर। बढ़िया कलफ़ लगा कुर्ता धोती, सिर पर साफ़ा और पाँव में चमरौंधा पहनकर कभी-कभी घूमने को शहर आता। वह आशु कवि था। कोई बात बताओ तत्काल उस पर दोहा जड़ देता। कोई उसको कवि कहता तो कहता कि कवि तो तुलसी सूर और कबीर थे मैं तो खाका खींचता हूँ। पहली सरकार बनी बनी ही थी कि एक दिन वह भोपाल घूमने आ गया। एक ताँगा किया और घूमने निकल गया। घूमते-घूमते नई विधानसभा जा पहुँचा। अंदर का दृश्य देखा, लौटा तो उसने एक दोहा कहा, दोहा क्या था, नई सरकार का मुकम्मिल खाका था। सुनाते ही लोगों की ज़बान पर चढ़ गया...। पाँच पंच कुर्सी पर बैठे, फट्टन पर पच्चीस / राज करन को एक कमीश्नर, झक मारन को तीस। फट्टन : टाट पट्टी

अंग्रेजों की छावनी का सामान और चिड़िया के मुलायम पंखोंवाला तकिया जिस पर सिर रखकर सोने से उड़ने के सपने आते थे।

गप्पी के पिता डिस्पोज़ल आफीसर थे। अंग्रेज बहुत सामान छोड़कर गये थे। लोहे के फोल्डिंग पलंग थे। लकड़ी के बड़े-बड़े वार्डरोब थे। इन्हें काम्पेक्टम कहा जाता था। एक काम्पेक्टम हमारे घर में भी आया था। उसमें कपड़े टाँगनेवाला खन इतना बड़ा था कि छुपन-छिपैया खेलते हुए हममें कोई न कोई उसमें जाकर छिप जाता था। अस्पतालों में जैसे गद्दे होते थे, उस तरह के रूई के बहुत मोटे-मोटे गद्दे थे। बहुत खूबसूरत-सी ड्रेसिंग टेबल थीं। एक ड्रेसिंग टेबल गप्पी के पिता ने घर के लिए खरीदी थी। उसका आईना जब खराब हो गया तो उसको निकलवा दिया गया। कुछ दिनों वह टेबल की तरह उपयोग में आयी। कई बरस बाद जब घर में गैस का चूल्हा आया तो उसे गैस का चूल्हा रखने के काम लिया जाने लगा। काँच के दरवाजेवाली बुक रैक्स थीं। पढ़ने की टेबलें और कुर्सियाँ थीं। इसके अलावा खाना खाने की कुछ अलग किस्म की प्लेटें थीं जिनमें सब्जी, दाल, चावल और रोटी रखने के अलग-अलग खाँचे बने हुए थे। इन प्लेटों को घर में तो ले आया गया था लेकिन ये प्लास्टिक जैसी किसी चीज़ से बनी थीं, इसलिए इनका उपयोग घर में नहीं किया जाता था। चौकवाले मकान में आने के बाद घर के नौकरों और ग्वाले को खाना देने के लिए इसका

उपयोग होता था। जब डिस्पोज़लवाला काम खत्म हुआ तो छावनी से खरीदा गया सारा सामान चौकवाले घर में आ गया था। इसमें जो सबसे मजेदार चीज़ थी वह थे वे तकिये जो चिड़ियों के बहुत छोटे-छोटे मुलायम पंखों से बने थे। कभी-कभी किसी छोटे से पंख की पीछे की डंडी सीवन की जगह से या तकिये के कपड़े से बाहर निकल आती। हम नाखून से पकड़कर खींचते तो एक छोटा-सा बहुत हल्का-सा पंख तकिये से बाहर आ जाता। उस पंख को हथेली पर रख कर हम देर तक फूँक मार-मारकर हवा में उड़ाते रहते।

तकिये इतने मुलायम थे कि उन्हें बगल में लेकर सोने में बहुत मज़ा आता था। तीन-चार तकिये थे। इसलिए उनको हथियाने के लिए कई बार गप्पी और उसके भाइयों में झगड़ा होता रहता। गप्पी को उस तकिये पर सिर रखकर सोने से उड़ने के सपने आते थे। उड़ने के सपने में वह कितना उड़ता था, कहाँ-कहाँ उड़ता था यह तो मुझे पता नहीं। उड़ना गप्पी का प्रिय शब्द था। उसे उड़नेवाली हर चीज़ पसन्द थी। परिन्दे हों, पतंग हो या उड़नेवाले गुब्बारे या कोई मजेदार-सी अफवाह। डिस्पोज़ल का काम खत्म हो जाने के बाद सब लोग मय सामान चौकवाले घर में आ गये थे।

फिर उसी श्री जामा मस्जिद के पास,
श्री चौक बाज़ार भोपालवाले मकान में।

हरीकिशन जी का पोस्टकार्ड अलग से ही पहचान में आ जाता था। उस पर लिखे पते को देखकर सबको बहुत मज़ा आता। हालाँकि भोपाल तब एक छोटा-सा शहर था और गप्पी के बाबा या पिता का नाम और भोपाल लिख देने भर से भी चिट्ठी पहुँच जाती थी। पर हरीकिशन जी पूरा पता लिखते थे। श्री श्री श्री 108 के बाद गप्पी के पिता का नाम होता और इसके बात पता—श्री जामा मस्जिद के पास, श्री चौक बाज़ार भोपाल। जामा मस्जिद के आगे श्री लिखनेवाले वे अकेले थे। वह इछावरवाले रिश्तेदार थे या प्रतापगढ़वाले यह मुझे पता नहीं था। बाबा ने तीन शादियाँ की थीं। तीसरी पत्नी से गप्पी के पिता और भुआ का जन्म हुआ था। तीसरी पत्नी भी भुआ को साल डेढ़-साल का छोड़कर स्वर्ग सिधार चुकी थीं। गप्पी की माँ ने अपनी किसी सास को नहीं देखा। एक जाड़ी बेन थीं, विधवा थीं, बाबा के उनसे ताल्लुकात थे। बाबा ने उन्हें रखा नहीं था, उनका अपना घर परिवार था। लेकिन वह पूरे समय गप्पी के घर में ही रहती थीं। उन्हीं ने भुआ की परवरिश की थी। बाबा और उनके सम्बंध को सब जानते थे। बाबा की माँ की मृत्यु भी जल्दी ही हो गयी थी। उनके पिता गोवर्धनलाल जी ने बुढ़ापे में एक शादी और की थी।

नयी पत्नी की उम्र उनके बेटे से भी कम थी। शादी के कुछ ही दिन बाद लेकिन गोवर्धनलाल जी का आँखमटक्का घर में रोटी बनानेवाली से भी शुरू हो गया। इसको

लेकर पति पत्नी में एक बार खूब झगड़ा हुआ। नौबत मारपीट तक पहुँच गयी। झगड़े के बाद गोवर्धनलाल जी की पत्नी अपने सौतेले बेटे याने गप्पी के बाबा के पास चली गयीं। रसोईवाली से गोवर्धनलाल जी को एक बेटा हुआ था। कहते हैं कि उन्होंने उसकी कुण्डली बनाई और भविष्य विचार कर बोले कि यह डाकू बनेगा और कम उम्र में ही पुलिस की गोली से मारा जायेगा। कुछ बरस बाद उनका कहा एकदम सच हुआ। उनकी दूसरी पत्नी अक्सर भोपाल में ही बनी रहतीं। बहुत शक्की थीं और चिड़चिड़ी भी। बाबा को हिन्दू विधवाओं को वजीफ़े बाँटने का काम भी नवाब भोपाल ने दे रखा था। सुबह से ही विधवा औरतों का आना-जाना शुरू हो जाता। भुआ तब बहुत छोटी थीं। जब भी कोई विधवा बाबा के पास आती, गप्पी की माँ की दादी सास भुआ को बुलाकर कहतीं...जा जाकर देख तो कौन राँड आयी है, क्या बात कर रही है, कहाँ बैठी है, बाबा से कितनी दूर बैठी है, देखने में कैसी है? इसी तरह के कितने ही सवाल वह किया करतीं। उनके स्वभाव से सब परेशान रहते। भुआ अंदर के कमरे से बाहर बैठक में झांककर उन्हें बताती रहतीं।

चौक के पास ही लखेरापुरा नाम की गली में गप्पी का तीन मंजिला मकान था। सीढ़ी चढ़ने के बाद जो पहला कमरा था, वह बैठक भी थी और बाबा का कमरा भी। उसमें उनका तखत बिछा रहता था। वह सुबह का पूजा-पाठ निपटाकर तैयार होकर अपनी इस बैठक में आकर बैठ जाते। वह कभी नंगे सिर नहीं रहते। उनके रहते पिता को भी टोपी लगाकर ही घर से निकलना पड़ता था। बाबा आसमानी रंग की देहलीनुमा पगड़ी बाँधते, अंगरखे और शेरवानी के अजब से सम्मिलन से बनी अचकन और अलीगढ़ी पाजामा या कभी-कभी धोती पहनते थे। नवाब भोपाल ने एक छह भाषाओं का कोष तैयार करवाया था–ख़जीनतुल्लुग़ात। इसके लिए जगह-जगह से अलग-अलग भाषाओं के जानकारों को इकट्ठा किया गया था। संस्कृत विभाग का काम बाबा के पास था। उन्हें संस्कृत, उर्दू और फ़ारसी भाषा पर महारत हासिल थी। उनका अपना ताँगेवाला था जो सुबह आकर ही खड़ा हो जाता। कभी किसी काम से कहीं जाना होता तो नौकर जाकर ताँगेवाले को बुला लाता। कोकसिंग उनका सबसे विश्वसनीय नौकर था। पैसे धेले के मामले में वह सिर्फ उसी पर भरोसा करते थे। वह घर में सबको सरकार कहकर सम्बोधित करता था। बाबा बड़े सरकार थे और गप्पी छोटे सरकार। बाबा के कमरे के बाहर एक बरामदा था। सड़क की तरफ। इसी में बैठकर हम क़तल की रात की सवारियाँ, ताजिये और दशहरे का जुलूस देखते थे। सवारियों के दूल्हा को हिन्दू भी हार पहनाते और नारियल चढ़ाते। कई हिन्दू परिवार के लोग ताजियों के नीचे से बच्चों को निकाला करते। गप्पी के घर में ऐसा कोई रिवाज़ नहीं था। जुलूसवाले दिन बरामदे में लगी टट्टों की आड़ खोल दी जाती थी। इतना परदा था कि गप्पी की माँ ने अपने ही घर का बरामदा अठारह, उन्नीस

बरस बाद तब देखा था जब बाबा का निधन हो गया। गप्पी की माँ जब नरसिंहगढ़ से भोपाल आतीं तो हाथ भर का घूँघट किये रहतीं, उस पर एक चादर और ओढ़ना होती थी। जो ताँगा बस स्टेण्ड से उन्हें लेने जाता उसमें चारों तरफ़ परदे लगे रहते। जब ताँगा घर के दरवाजे पर आता तो दो नौकर ताँगे से घर के दरवाजे तक दोनों तरफ़ चादर का परदा तानकर खड़े होते। माँ उसमें से निकल कर ऊपर चली जातीं। लगभग सारा मकान ही कच्चा था। बाबा के अपने नियम कायदे थे। उनके कमरे में एक बड़ी-सी पेण्डुलमवाली घड़ी थी। वे सारे काम समय देखकर करते। घड़ी और पीतल की एक छोटी-सी तराजू दोनों उनकी खास चीज़ें थीं। तराजू के साथ पीतल के ही छोटे-छोटे से बाँट थे। एक डिब्बी में काले मुँहवाले सुर्ख चिरमू जिन्हें घुंचियाँ भी कहा जाता था, रखे रहते थे। एक का वजन एक रत्ती होता था। रत्ती भर तौलने के लिए इन्हीं का उपयोग होता था। बाबा को किसी हक़ीम ने बता दिया था कि आप बराबर वज़न की रोटियाँ या पूरियाँ खाया करें। माँ उनके लिए बराबर-बराबर लोई की पूरियाँ बनातीं। बाबा खाना खाने से पहले हर पूरी को तौल-तौलकर देखते। जिसमें भी वज़न कम जादा होता उसे किनारे से तोड़ कर बराबर करते। कभी-कभी पूरी या रोटी वापस रसोई में भेज दी जाती कि इसका वज़न तीन माशा ज़्यादा या पाँच माशा कम हो गया है। फिर से लोई बनाई जाती और पूरियाँ तली जातीं। अपने कमरे की दीवारों और फर्श को उन्होंने कभी पक्का नहीं करवाने दिया। उनका मानना था कि सीमेन्ट से कमरा ठंडा हो जायेगा। बिजली आने के बाद भी उन्होंने कई दिन तक बिजली नहीं लगने दी। जब नरसिंहगढ़ में बिजली लग गई तब ही उन्होंने अपने घर में बिजली लगाने की इजाज़त दी। बाबा और बासाहब (नाना के पिता, जिन्हें हम सब बासाहब कहते थे) में रिश्तेदारी तो थी ही लेकिन दोनों में गहरी छनती थी। बाबा यूँ तो बहुत जिद्दी थे पर बासाहब की कोई बात नहीं टालते थे। बासाहब ने कहा तो बिजली लगवाने को तैयार हो गये। बासाहब बहुत अच्छे वैद्य थे। वे कई आयुर्वेदिक दवाएँ खुद तैयार करते थे और उनके नाम भी खुद रखते थे। गप्पी और मैं जब भी नरसिंहगढ़ जाते तो उनके दवाखाने से चुराकर अनारदाने का चूरन खाया करते। बासाहब आखिरी दिनों में पागल हो गये थे। बीच-बीच में जब भी लहर आती वे बाबा की याद करते। बासाहब गरोठ में थे। एक दिन सुबह-सुबह उठे और नानी से बोले लाड़ी पानी गरम कर दो, प्रेमनारायण जी नहीं रहे, मैं नहाऊँगा। सुबह-सुबह ऐसी बात सुनकर नानी बहुत गुस्सा हुईं। सबको लगा कि अब इनका दिमाग पूरी तरह चल गया है। नानी बड़बड़ाती हुई एक तरफ चली गयीं। पर थोड़ी ही देर में बाबा की मृत्यु का तार पहुँच गया। सबको आश्चर्य हुआ। पता नहीं मीलों दूर बैठे बासाहब ने कैसे जान लिया था कि गप्पी के बाबा नहीं रहे।

कच्चे घर के अपने खटराग थे। दो गायें थी और संयुक्त परिवार की अपनी सीमाएँ थीं।

दो एक कमरों को छोड़कर सारा घर कच्चा था। कच्चे घर के अपने खटराग थे। हर आठ पन्द्रह दिन में उसे लीपना पड़ता था। पहले घर में दो-दो गायें थीं। एक का नाम पद्मा था और दूसरी का कैरी। कैरी थोड़ी मरखनी थी। एक साथ ही दोनों के बछड़े हुए। आँगन में जगह कम पड़ने लगी तो तय हुआ कि एक बछड़ा गाँव भिजवा दिया जाये। कैरी पहले से ही मरखनी थी इसलिए पद्मा का बछड़ा गाँव भिजवा दिया गया। पद्मा सीधी थी इसलिए गप्पी और मैं भी कभी भी उसके पास चले जाते। लेकिन एक दिन जाने क्या हुआ कि उसने पास खड़े गप्पी को सींग पर उछालकर ज़मीन पर पटक दिया। पत्थर का फर्श था। गनीमत थी कि गप्पी पास ही पड़े घास के पूलों पर गिरा। पद्मा ने ऐसा किया इस पर बहुत देर तक किसी को भरोसा ही नहीं हुआ। यह भी शक हुआ कि गप्पी ने ही कुछ किया होगा, पद्मा ऐसा कर ही नहीं सकती। यह एक ऐसा क़िस्सा था जो हमारे व्यवहार की कई परतों को उजागर करता था। लेकिन इसमें कुछ संकेत भी थे, जो भविष्य की सूचनाएँ देते थे। बाबा को गप्पी के पिता के दो रुझानों से डर लगता था। एक तो वे नहीं चाहते थे कि पिता कविता लिखें और दूसरा खतरा स्वाधीनता संग्राम था। उन्हें हमेशा यह डर लगा रहता कि किसी दिन किसी प्रभाव में बेटा आजादी के आंदोलन में शामिल न हो जाये। एक बार पिता को किसी ने खादी का कुर्ता और पाजामा भेंट कर दिया था। बाबा को पता लगा तो बहुत नाराज़ हुए और कुर्ते पाजामे को उठाकर अपने नौकर को दे दिया। कुछ दिन बाद दोनों ही गायें भी गाँव भिजवा दी गयीं। पहले गायें थीं तो गोबर घर में ही हो जाता था। उसी को इकट्ठा कर लिया जाता। गायें जाने के बाद अहीरों के यहाँ से गोबर मंगवाना पड़ता। माँ सारा घर लीपतीं। छुई से ढिगें लगातीं और हर कमरे के बीच बहुत सुन्दर माँडना बनातीं। हर कमरे में एक अलग तरह का माँडना बनाया जाता था।

गप्पी के पाँच भाइयों के बीच एक ही बहन थी। पिता की इच्छा थी कि उसे पढ़ने के लिए वनस्थली भेज दिया जाये। वनस्थली जाने का पूरा इंतज़ाम भी पिता कर चुके थे। घर में लड़कियों को स्कूल भेजने का रिवाज़ नहीं था। इसलिए भुआ भी कभी स्कूल नहीं जा पायी थीं। घर पर ही उन्हें पढ़ाया जाता था। बहन को वनस्थली भेजने को लेकर आये दिन कुछ न कुछ बात होती रहती। संयुक्त परिवार की अपनी चकल्लसें कम नहीं थीं। छोटी-सी बात तय करने में भी सबकी राय शामिल होती। तरह-तरह की राय में राई का पहाड़ बनते देर न लगती। बहन को पढ़ाने और वनस्थली भेजने का फैसला इतना आसान नहीं था। बाबा नहीं चाहते थे पर खुलकर

अपना फैसला नहीं दे रहे थे। गप्पी के छोटे नाना ने जब कहा कि लड़की को पढ़ने के लिए इतनी दूर भेजना ठीक नहीं तो बाबा भी उनके सुर में सुर मिलाने लगे। अंत में वनस्थली नहीं भेजने का फैसला सुना दिया गया। गप्पी के पिता कुछ नहीं कह पाये। बड़ों का विरोध करना उनके स्वभाव में नहीं था। अंदर से वह बहुत जिद्दी थे पर चुप्पे थे। बाबा और नाना की बात के आगे वह चुप लगा गये। बहन वनस्थली नहीं जा पायी। गप्पी की माँ की शादी बहुत कम उम्र में हुई थी इसलिए वह नहीं चाहती थीं कि बेटी की शादी भी कम उमर में कर दी जाये। बहन तब सिर्फ तेरह साल की थी। वनस्थली भेजने का विचार जब खत्म हो गया तो बाबा का एक नया राग शुरू हो गया कि उनके रहते लड़की की शादी कर दी जाये। लड़का देखा और शादी तय कर दी गयी। शादी तय होने से पहले ही बाबा ने काजीपुरे की गली में एक और घर खरीद लिया था। वह उसे बनवाना चाहते थे। आँगन के दूसरी तरफ के कमरे बनना भी शुरू हो गये थे। पर इसी बीच उनकी आँख का ऑपरेशन हुआ और उनकी आँख की ज्योति चली गयी। वे पूरी तरह से अंधे हो गये थे।

कंट्रोल के दिनों के बीच बहन की शादी
और भविष्य जाननेवाला पूछता था
कि समय क्या हुआ है।

बाबा खाना खाने के एक घंटे बाद पानी पीते थे। ज्योति चली गयी तो एक न एक को उन्हें समय बताने की ड्यूटी देना पड़ती। खाना खाने बैठते और पहला कौर तोड़ने से पहले पूछते क्या समय हुआ है। समय जानते और कौर को मुँह में रखते। गप्पी और गप्पी से बड़ा जग्गी दोनों ही अभी छोटे थे इसलिए अक्सर मंझले की ड्यूटी लगती। खाना खाकर हाथ धोते और फिर पूछते क्या समय हुआ है। एक घंटे में उन्हें कई बार समय बताना पड़ता। उनके पूछने पर कोई पास न हो तो नाराज हो जाते। उनके नाराज होने से सारा घर डरता था, सिवा गप्पी के। गप्पी को बाबा का कोई कायदा पसन्द नहीं था। सीढ़ियाँ चढ़ते-उतरते अगर चप्पल की आवाज़ होती तो वे अपने कमरे से ही जोर से चिल्लाते। गप्पी को डाँट पड़ती तो वह सीढ़ियाँ चढ़ने-उतरने में और जोर से चप्पल की आवाज़ करता। वह जिद्दी भी था और पिन्ना भी। सर्दी के दिनों में बाबा काजू किशमिश और बादाम की बरनियाँ लेकर बैठते और एक-एक बच्चे को बुला-बुलाकर सूखे मेवे बाँटते। सबसे बड़े को पाँच बादाम, दस काजू, थोड़ी किशमिश। उससे छोटे को चार बादाम, आठ काजू और किशमिश। गप्पी सबसे छोटा था उसे सबसे कम बादाम मिलती, सबसे कम काजू और सबसे कम किशमिश। गप्पी को बहुत गुस्सा आता। बाबा मानते थे कि सबसे छोटे में सबसे कम पचाने की ताकत है इसलिए उसको सबसे कम देना चाहिए। इसी तरह गर्मी के दिनों में बाबा

का अपना कुल्फीवाला आता था। हाथ से घुमानेवाली लकड़ी की मशीन में मलाई कुल्फी बनाकर लाता था। पत्ते पर काट-काटकर सबको कुल्फी दी जाती। उसमें भी गप्पी को सबसे छोटा होने का नुकसान उठाना पड़ता। गप्पी को अपना छोटा होना एकदम पसन्द नहीं था। एक तरफ तो उसे बादाम पिश्ता और कुल्फी कम मिलती, दूसरी तरफ बड़े भाई लोग जब तब उसे धपिया देते। आँखे चली जाने के बाद से बाबा ने अपना तखत हटवा दिया था। उनका गद्दा ज़मीन पर लगा दिया गया था। वे इस गद्दे पर चारों ओर चक्कर लगाते रहते। गप्पी जिस दिन बहुत चिढ़ा होता वह चुपचाप आता और बाबा के रास्ते में बिना कोई आवाज़ किये बैठ जाता। बाबा उससे टकराते और गिरते-गिरते बचते। सँभलते ही जोर से चिल्लाते। कोई आकर जब तक गप्पी को पकड़े, गप्पी उड़नछू हो जाता। थोड़ी देर बाद गप्पी फिर प्रकट होता और जोर-जोर से सारे बड़े भाइयों को नाम लेकर पुकारता। बाबा को यह एकदम पसन्द नहीं था कि कोई भी अपने से बड़ों का नाम लेकर बुलाये। बड़े भाइयों को भाई साहब कहना ज़रूरी था। बाबा नाराज होते और कहते गँवार है गँवार।

बाबा धर्मशास्त्री थे, मोहतमिम सदावर्त थे, मैनेजर हिन्दू एण्डोमेन्ट थे और ज्योतिष के बहुत अच्छे ज्ञाता थे। कैसी विडम्बना थी कि जो व्यक्ति लोगों का भविष्य बता सकता था वह समय जानने के लिए एक घड़ी देखनेवाले पर आश्रित था। कोकसिंग को वह उँगलियों से मलकर सिक्के देते और उनकी अलग-अलग ढेरियाँ बनवा लेते। उस जमाने में सिक्के ऐसे थे कि उन्हें टटोल कर जाना जा सकता था कि यह एक पैसा है, यह दो पैसा, यह इकन्नी और यह दुअन्नी। हर सिक्के का आकार इतना अलग था कि उसे देखने की बहुत ज़रूरत नहीं होती थी। इकन्नी कंगूरेदार थी और दुअन्नी चौकोर।

कंट्रोल का जमाना था और ऊपर से शादी सिर पर थी। हर चीज़ कंट्रोल से मिलती थी। बाबा रसूखवाले आदमी थे। रियासत खत्म हो चुकी थी। नवाब लेकिन अभी मौजूद थे। दरबार से बाबा के साथ ही पिता के भी अच्छे सम्बंध थे। नवाब के द्वारा जारी किये गये वजीफ़े अभी लोगों को मिलते थे। भुआ और गप्पी को भी वजीफ़ा मिलता था। गप्पी ने एक बार जानने की कोशिश की थी कि उसे वजीफ़ा किस बात के लिए मिलता है। पिता पहले तो ऐसे ही कुछ टालते रहे फिर कहा कि तुम दूसरी में प्रथम आये थे तभी से यह वजीफ़ा मिलता है। गप्पी गलती से ही कभी प्रथम आया था। वह पढ़ता कम था और उसे याद ज़्यादा रहता था। गप्पी का मानना था कि अच्छी याद्दाश्त होना कोई बहुत अच्छी बात नहीं है। न जाने कैसी कैसी बातों की यादें लदी रहती हैं मन पर। मन नहीं हुआ धोबी का गदहा हो गया कि

हर वक्त ढेर सारी पोटलियाँ लदी हैं। लेकिन याद्दाश्त अच्छी थी इसलिए वह कभी फेल नहीं हुआ और कभी थर्ड डिवीज़न नहीं आया। बहन की शादी में गप्पी ही सबसे छोटा था। उससे छोटा तब पैदा नहीं हुआ था। बहन की बारात जब स्टेशन पर उतरी तो मालूम हुआ कि उसमें सौ से ज़्यादा आदमी थे। बाबा को किसी ने बताया तो भड़क गये, न स्टेशन गये, न फलदान की रस्म में हवामहल।

हवा महल याने बिरजीसिया मिडिल स्कूल
और बहन की शादी का ग्रुप फोटो।

हवामहल में ही गप्पी का पहला स्कूल था—बिरजीसिया मिडिल स्कूल। हवामहल एक खूबसूरत महल था। लम्बी-लम्बी दालानें थीं। खुली-खुली छतें थीं। एक बड़ा-सा दरवाजा था और दरवाजे में एक छोटा खिड़कीनुमा दरवाजा भी था। दरवाजे से अंदर जाने पर एक बड़ा-सा आँगन था जिसमें सुबह की प्रार्थना होती थी। इस महल के बनते समय का एक क़िस्सा मशहूर था कि महल जिस ज़मीन पर बनाया जाना था उसके पश्चिमी हिस्से में एक कायस्थ बेवा का मकान था। सरकारी कारिन्दों ने उससे कहा कि वह मकान सरकार को बेच दे। पर वह मकान छोड़ने को राज़ी नहीं हुई। मामला सिकन्दर जहाँ बेगम के पास पहुँचा। कई तर्क दिये गये कि अगर इस मकान की ज़मीन को नहीं लिया गया तो महल की खूबसूरती में फ़र्क़ पड़ेगा। पर बेगम ने कहा कि अगर मकान मालकिन तैयार नहीं है तो उसे मजबूर न किया जाये और मकान को छोड़कर महल बनाया जाये। इस तरह वह कच्चा छोटा-सा मकान उस महल के बगल में हमेशा बना रहा। लेकिन वह किसी छोटे से कच्चे मकान के संघर्ष की नहीं, बगल में बने एक बड़े महल की उदारता की कहानी बन गया।

बहन के फलदान का एक फोटो है। हवामहल की पहली मंजिल की छत पर फलदान के समय यह फोटो खींचा गया था। 1951 की इस फोटो में दो ही लोगों को पहचानना नामुमकिन है एक गप्पी की बहन को, क्योंकि वह तो एक हाथ का घूँघूट डाले है। घूँघट के ऊपर से मौर बँधा है।

चुनरी के ऊपर एक सफेद चादर और उढ़ाई गई है। कहीं से भी उसके चेहरे की कोई झलक नहीं दिखती। बस जीजाजी को देखकर कहा जा सकता है कि यह गप्पी की बहन की शादी का फोटो है। फोटो में बहुत सारे लोग दुल्हा-दुल्हन के अगल-बगल बैठे हैं। कई लोग खड़े हैं। आगे की तरफ बहुत सारे छोटे-छोटे बच्चे बैठे हैं। कुछ बच्चे एक दूसरे के पीछे से झाँक रहे हैं। गप्पी आगे की पंक्ति में चेहरा निकालकर बैठा है। लेकिन उसे पहचाना नहीं जा सकता। ठीक फोटो खिंचते समय उसने चेहरा हिला दिया है और अकेले उसी का चेहरा फोटो में बिगड़ गया है।

गप्पी की डायरी का एक अधूरा पन्ना।

हवामहल की छत पर चल रहा बहन की शादी का कार्यक्रम बहुत देर तक चलता रहा। इस बीच पता नहीं मुझे कब नींद आ गई। मैं वहीं बिछी दरी पर सो गया। इस बीच सारे बाराती और घराती बारात के लिए निकलकर चौकवाले मकान की तरफ चले गये। मेरी जब नींद खुली तो उस छत पर मैं एकदम अकेला था। शाम का धुँधलका घिर आया था। इतना बड़ा महल एकदम सुनसान था। कुछ देर तो मुझे कुछ समझ नहीं आया। कहीं कोई बिजली भी नहीं जल रही थी। मैं डरते-डरते अँधेरी सीढ़ियों से नीचे उतरा। बाहर निकलने के लिए जब उस विशाल दरवाजे के पास आया तो दरवाजा बंद था और वहाँ और ज़्यादा अँधेरा था। मैं आवाज़ लगाना चाहता था पर डर के मारे मेरी आवाज़ भी नहीं निकली। दरवाजा इतना भारी-भरकम था कि मैं अपने छोटे-छोटे हाथों से उसे हिला भी नहीं पा रहा था। मैं तब लगभग छह साल का हो रहा था। किसी तरह मैं उस विशाल दरवाजे में बनी खिड़की की किनार पर चढ़ा और उसकी मोटी-सी साँकल को किसी तरह खोल लिया। खिड़की काफी ऊँची थी। पर मैं कूदकर बाहर आ गया। बाहर अभी शाम का धुँधलका था। घर का रास्ता मैं जानता था। इसी रास्ते मैं रोज स्कूल आता जाता था। मैं घर की तरफ़ चल पड़ा। मैं रुआँसा हो रहा था। पर अपना रोना पूरी ताकत से रोके हुआ था।

उस दिन से लगातार एक सपना मेरा पीछा करता है। एक बड़ा-सा भुतहा महल है जिसमें मैं एकदम अकेला हूँ। सब मुझे छोड़कर चले गये हैं। चारों ओर सन्नाटा है। किसी को इस बात की फिक्र नहीं कि मैं कहाँ हूँ। मैं कहाँ छूट गया हूँ। शाम का धुँधलका है। अँधेरा धीरे-धीरे गाढ़ा हो रहा है। मैं एक विशाल दरवाजे के सामने खड़ा हूँ। दरवाजा बंद है और मैं उसे हिला भी नहीं पा रहा हूँ। लोहे की भारी साँकल को बार-बार उचक-उचककर छूने की कोशिश करता हूँ पर वह मेरे हाथों की पहुँच से बहुत ऊपर है। मैं उसे छू नहीं पाता। मैं चिल्लाने की कोशिश करता हूँ। पर मेरी आवाज़ मेरे ही गले में घुटकर रह गयी है।

मैं इस सपने से पीछा छुड़ाने के लिए बार-बार बाहर भाग जाता हूँ। मैं अकेला होने से डरता हूँ। मैं दोस्तों की बीच रहना चाहता हूँ। आधी-आधी रात तक सड़कों पर भटकता रहता हूँ। पटियों पर शतरंज खेलता हूँ। चाय की गुमटियों पर बैठा हुआ गप्प लड़ाता हूँ। घर के लोग समझते हैं कि मैं आवारा हो गया हूँ। मेरी सोहबत बिगड़ गयी है। मैं किसी को क्या बताऊँ कि बंद दरवाजों से मुझे डर लगता है। फिर वे घर के ही दरवाजे क्यों न हों। मैं हर बंद दरवाजे से बाहर रहना चाहता हूँ...!

तीसरी किश्त

क़िस्सों में कोई सिलसिला नहीं होता। आगे का क़िस्सा पीछे और पीछे का क़िस्सा आगे सुनाया जा सकता है। वक़्त के साथ-साथ क़िस्सेबाज बदल जाते हैं और क़िस्सा सुननेवाले भी। और जब क़िस्सेबाज बदलते हैं और क़िस्सा सुननेवाले तो पुराने क़िस्से भी नये हो जाते हैं।

नानियों-दादियों की तरह हमारी इस बूढ़ी धरती को भी क़िस्से गढ़ने और सुनाने में महारत हासिल होगी और उसके पास अनगिनत क़िस्सों का खजाना होगा तभी न, युगों से यह चाँद हमेशा उसी के इर्द-गिर्द मँडराता रहता है।

गप्पी की डायरी का एक पन्ना, कहानी और दुख और सुख के बारे में कुछ सूत्र।

दुख और सुख का अनुपात घटनाओं से दूरी और निकटता के हिसाब से घटता- बढ़ता रहता है। कुछ दूर निकल आने पर दुखदायी क़िस्से भी मजेदार लगने लगते हैं। कभी-कभी तो जिसकी मृत्यु पर हम आठ-आठ आँसू रोये थे, समय बीत जाने पर हँस हँसकर उसके क़िस्से सुनाने लगते हैं। जीवन और क़िस्सों में न तो दुखांत होता है न सुखांत। जीवन के नाटक में कई बार ऐसा लगता है कि दुख और सुख दोनों एक दूसरे की प्रॉम्पटिंग करते रहते हैं और कभी-कभी प्रॉक्सी भी।

बहुत चुप रहनेवाले को बहुत बोलनेवाला पसन्द नहीं आता और बहुत बकबक करनेवाले को चुप-चुप रहनेवाला मनहूस लगता है। कभी-कभी मुझे लगता है कि ऐसे दो लोगों को अगर एक दूसरे के साथ छोड़ दिया जाये तो एक अलग तरह की कहानी पैदा हो सकती है। एक अलग तरह की कहानी लिखने के कई तरीकों में से एक तरीका शायद यह भी हो सकता है कि कहानी वहाँ से शुरू की जाये जहाँ उसे खत्म करने के बारे में सोचा गया हो। या कहीं अधबीच से कोई सिरा पकड़कर अचानक ही कहानी शुरू कर दी जाए। अक्सर जिन्दा कहानियाँ हमारे आसपास घूमती रहती हैं। जबरन आकर हमसे टकराती हैं। बीच में ठुसने की कोशिश करती हैं। अच्छा हुआ डुग्गी के पल्ले कभी ऐसी कोई कहानी नहीं पड़ी, वरना कहता—कपड़े न लत्ते, बीच में बैठेंगे! एक बार तो एक कहानी मुझसे मेरा ही पता पूछने लगी। मैंने समझाने की कोशिश की कि वह व्यक्ति मैं ही हूँ लेकिन उसने मानने से इंकार कर दिया। मुझे गुस्सा आ गया तो मैंने उससे कह दिया कि ठीक है...तुम खुद जाकर ढूँढ़ लो। दूसरे दिन जब मैं उस कहानी को ढूँढ़ने निकला तो वह मेरे हाथ नहीं आयी। यही होता है, जैसे ही हम उन्हें पकड़ने का मन बनाते हैं वे हमें गच्चा देकर निकल जाती हैं और हाथ नहीं आतीं...इसी चक्कर में परेशान होकर एक दिन मैंने तय कर लिया कि अब कहानी नहीं लिखूँगा।

गप्पी की डायरी के कुछ और पन्ने। सब्जी मंडी की हसीन कूँजड़ने और भोला बाबा। और तरह-तरह के पागलों की दास्तान।

(गप्पी की डायरी के इस पन्ने के एक सिरे पर एक पंक्ति लिखी हुई थी कि मैं उस शहर में रहना नहीं चाहता जहाँ के लोग अपने पागलों से प्यार नहीं करते।)

बिल्लू मेरे मन का एक ऐसा कोना था जिसमें बार-बार झाँकने की इच्छा होती और झाँकने से डर भी लगता। बिल्लू भैया से मुझे बहुत प्यार था। भुआ कभी-कभी बिल्लू

भैया और मेरे बचपन के क़िस्से सुनातीं तो मैं झेंप-सा जाता। बिल्लू मेरी भुआ के लड़के थे। वह मुझसे तीन साल छोटे थे। अपने भाई-बहनों में वह चौथे थे और मैं अपने भाई-बहनों में पाँचवाँ। भुआ कहतीं बचपन में बिल्लू भैया को जिस पलने में सुलाया जाता मैं उस पलने के नीचे जाकर सो जाता। कभी-कभी तो भुआ एक रूमाल रखकर कह देतीं कि यहाँ बिल्लू भैया सो रहे हैं तो मैं वहीं उसी के बगल में जाकर चुपचाप सो जाता। बिल्लू भैया खूब गोरे और सुंदर थे। बचपन में बिल्लू भैया को नींद नहीं आती और वह रात-रात भर रोते रहते। उन्हें मारफीन का इंजेक्शन दिया जाता तब कहीं वह सो पाते। कहा जाता था कि मारफीन की मात्रा ज़्यादा हो जाने की वजह से ही उनका दिमाग ठीक से विकसित नहीं हो पाया था। वह अक्सर चुपचाप रहते। एक निर्लिप्त संत। पर कभी-कभी गुस्से में आ जाते तो किसी को भी लबूर लेते। उनका एक ही शौक था रेडियो। वह दिन-भर रेडियो सुनते रहते। बिनाका गीत माला में कौन-सा गाना कब किस पायदान पर था वह बिना देर किये बता देते। जब वह हमारे घर में होते रेडियो पर उन्हीं का कब्जा रहता। पिताजी का भी बस उनके रहते नहीं चलता था। भुआ पिताजी से छोटी थीं पर जब वह होतीं तो घर में उन्हीं की हुकूमत चलती थी। बिल्लू भैया को डेज़ी रानी से प्रेम था। डेजी रानी उस दौर की एक बहुत अच्छी बाल कलाकार थीं। जब भी बिल्लू भैया से पूछा जाता कि वह किससे शादी करेंगे तो वह तत्काल कहते–डेज़ी रानी से। बिल्लू भैया कितने ही गुस्से में हों, डेज़ी रानी का नाम लेते ही शांत हो जाते। उनकी याददाश्त कमाल की थी। उन्हें सबके जन्म दिन याद थे। पता नहीं कितने साल पहले कभी मैंने लल्ली से कहा था कि लल्ली बिल्लू की चुगली मत करना। लल्ली बिल्लू से छोटी बहन थी। यह वाक्य उन्हें हमेशा याद रहता। जब भी वह मुझसे मिलते इस वाक्य को दोहराना नहीं भूलते...। बिल्लू भैया पूरी तरह पागल नहीं थे। मेरे बचपन में इस तरह दो पागल थे एक नाना के पिता बासाहब और दूसरे बिल्लू भैया। पागलों के बारे में सोचते हुए मैं कभी इन दोनों को अलग करके नहीं सोच पाता।

शहर में किस्म-किस्म के पागल थे। भिखारी थे। नामी दादा थे। भोला बाबा का दिन तय था और समय भी। शुक्रवार की शाम पाँच और छह के बीच भोला बाबा की गरजती हुई आवाज़ हमारे मोहल्ले में सुनाई पड़ती। वह एक पहलवाननुमा व्यक्ति थे। नाटा कद और बहुत गठीला बदन। भगवाँ रंग की तहमत और भगवाँ रंग की ही गंजी पहनते। सिर लगभग घुटा हुआ या बहुत छोटे बाल जैसे सिर घुटाने के बाद हफ्ते भर में उग आते हैं। उनके हाथ में एक लम्बा-सा चिमटा रहता। वह आते और आशिकअली मक्खनवाले की दुकान के सामने खड़े होकर पहले जोर से चिमटा बजाते और फिर अपनी बुलन्द आवाज़ में अपना नारा लगाते...पठान की खैर...गद्दार की माँ का भोसड़ा...। पहला वाक्य रबर की तरह दूर तक तनता और दूसरा जैसे रबर

को अचानक छोड़ दिया गया हो, चटाक से कान पर गिरता। उनकी आवाज़ इतनी बुलन्द और गरज़दार थी कि पूरा मोहल्ला उनकी आवाज़ से गूँज जाता। दुकान से कोई कुछ पैसे भोला बाबा की हथेली पर रख देता। वह बिना रुके आगे बढ़ जाते। चौराहे पर आकर वह अनिवार्य रूप से रुकते। एक बार फिर अपना चिमटा बजाते और अपना नारा बुलन्द करते। सब उन्हें जानते थे। वह अकड़ूँ किस्म के गुस्सैल से दिखते शख़्स थे। विनम्रता की एक झाँई भी उनके व्यक्तित्व में नहीं थी। उनके इश्क के कई क़िस्से थे। सब्जी मंडी की एक बहुत खूबसूरत कूँजड़न से भोला बाबा का इश्क चलता था।

सब्जी मंडी में कई कूँजड़नें बहुत खूबसूरत थीं। कुछ लोग तो उन्हीं की वजह से नियमित रूप से सब्जी खरीदने आते थे। कई दुकानदार और नौकरीपेशा लोग भी गाहे-बगाहे यहाँ आँख-मटक्का करते देखे जाते। कूँजड़नों की खूबसूरती के बारे में शहर के मनचलों के बीच अक्सर ही बातें होती रहतीं। दोपहर में जब सब्जी मंडी में ग्राहकों का आना-जाना काफी कम हो जाता तो शहर के सारे मनचले लफंगे सब्जी मंडी में मंडराने लगते। कूँजड़नों और मनचले लफंगों के बीच कभी धीमे-धीमे कभी जोर-जोर से जुमलों का आदान-प्रदान होता रहता। कुछ द्विअर्थी और कुछ उत्तेजक संवादों का यह नाटक रुक-रुककर सारी दोपहर अनवरत रूप से हर रोज चलता। भोला बाबा भी अपनी नियमित फेरी से लौटकर दोपहर तक सब्जी मंडी पहुँच जाते। अक्सर रात को जब तक सब्जी मंडी बंद नहीं होती वह यहीं पाये जाते। एक दोपहर की बात है, भोला बाबा जब शहर का चक्कर लगाकर अपनी कूँजड़न की दुकान के पास पहुँचे तो देखा कि एक मनचला उसके बगल में खड़ा कुछ फुसफुसा रहा है। कूँजड़न कभी हँसकर और कभी गुस्से में उसे गालियाँ बक रही थी। कूँजड़न के घेरदार लंहगे में एक छेद था। मनचले ने उँगली से उस ओर इशारा करके पूछा, क्यों यह रास्ता कहाँ जाता है? कूँजड़न ने अपनी छड़ी उठाई ही थी कि भोला बाबा ने गरजकर दूर से कहा–...उससे क्या पूछता है, इससे पूछ जो रोज आता-जाता है।

भोला बाबा की गिनती न तो पागलों में हो सकती थी, न भिखारियों में और न दादा लोगों में। वह शहर की नौटंकी के एक अलग ही चरित्र थे।

हर शहर के पास अपने पागलों के सौ-पचास क़िस्से होते हैं। हमारे शहर के पास भी अपने कई पागलों की स्मृतियाँ थीं। किसी शहर के पास अगर अपने पागलों की स्मृतियाँ नहीं हों तो उस शहर और उस शहर के बाशिंदों पर शक करना चाहिए। मैं ऐसे शहर में कभी नहीं रहना चाहूँगा जो अपने पागलों से प्यार नहीं करता। हमारी निर्धनता ने भी हम पर कई उपकार किये थे, उनमें से एक उपकार यह भी था कि उसने हमारे पागलों को बहुत समय तक हमसे अलग नहीं किया। हमारे शहरों में न तो मनोचिकित्सा के लिए बहुत अच्छी व्यवस्थाएँ थीं और ना ही आसपास में ज़्यादा

पागलखाने थे। इसलिए पागल शहर में ही घूमते रहते थे। उनकी देखरेख बहुत खर्चीली नहीं थी। मुझे लगता है व्यावहारिक लोग पागलों के बनिस्बत कम विश्वसनीय होते हैं। किसी भी शहर के पागल उस शहर की विश्वसनीयता और व्यावहारिकता के बीच संतुलन बनाये रहते हैं।

इधर शहर की गलियों, सड़कों या चौराहों पर पागल कम नज़र आने लगे हैं। मुझे यह बात बहुत डरावनी लगती है। शक होता है। क्या यह शहर अविश्वसनीय हो रहा है? कुछ न कुछ गड़बड़ ज़रूर है। पुराने शहर की तरह यह उतना अपना-सा नहीं लगता। इसकी गलियों चौराहों पर अब एक भी पागल नज़र नहीं आता। पागलों के पास सुस्ताने के जितने भी सूने कोने थे उन सब पर अब दुकानें उग आयी हैं। बाज़ार के पागलपन ने असल पागलों की सारी जगहों को हथिया लिया है। यह पागलपन उस पागलपन से ज़्यादा खतरनाक है। अब कहीं से किसी पागल के गालियाँ बकने की आवाज़ें नहीं आतीं। उन दिनों स्कूल...या कॉलेज आते-जाते कितने ही पागल थे जो सड़कों पर भटकते नज़र आते थे। कोई पागल मस्जिद की सीढ़ियों पर दिख जाता तो कोई मस्जिद के सामनेवाले पीपल के नीचे बने चबूतरे पर। पागलों और समाज के लोगों के बीच सारे सम्बन्ध पूरी तरह टूटे नहीं थे। सामान्य लोग इतने यान्त्रिक नहीं हुए थे कि पागलों को शहर से बाहर निकालने की माँग करने लगें। लोग पागलों को तंग भी करते और प्यार भी। पागल, लोगों की फुरसत के पलों का मनोरंजन थे। इस मनोरंजन से पागलों और शहर के बीच एक रिश्ता बना रहता था। मजे लेने में थोड़ी हिंसा थी, पर जैसे ही इस हिंसा का प्रतिशत गड़बड़ाता तो लोगों के मन में एक अपराध बोध कुलबुलाने लगता और वह पागलों के लिए कुछ न कुछ करने को दौड़ पड़ते। कोई कपड़े ले आता तो कोई खाना। उनके खाने पीने का ख्याल रखा जाता। किसी पागल को चाय पीना हो या कुछ खाना हो तो कोई दुकानदार इंकार नहीं करता। पागलों के तरह-तरह के क़िस्से मशहूर थे। सारे पागल एक जैसे नहीं थे। कुछ ज़्यादा पागल थे, कुछ कम पागल और कुछ अधपगले थे। अधपगले चिढ़ाने पर ही लोगों के पीछे भागते या गालियाँ बकते थे। लड़के जब किसी पागल को ज़्यादा तंग करते तो बड़े-बूढ़ों में से आकर कोई न कोई लड़कों को डाँट देता। लड़के इधर-उधर हो जाते। थका हुआ पागल फिर कुछ देर सुस्ता लेता।

हर पागल का एक नाम था। जो शायद उसकी चिढ़ाउनी से बनाया गया था। पागलों के असल नाम किसी को पता नहीं थे। किसी-किसी का नाम-पता भी था तो अब उस नाम का उस पागल के लिए कोई मतलब नहीं रह गया था। सारे पागल अपने असली नाम भूल चुके थे। जैसे उनके लिए अपना नाम ही नहीं शायद यह दुनिया भी अर्थहीन हो चुकी थी। अर्थ और अर्थहीनता के बीच शायद कोई तीसरी ही स्थिति होगी, कोई गोधूली वेला। पागल के भीतर झाँक सकने की कोई खिड़की

नहीं थी। मामा भिंड़ी, दादा तामलोट, दादा ख़ैरियत, अण्डे चोर और नेहरू जी की अम्मा जैसे नाम से ही अब वे जाने जाते थे। सबकी अपनी अलग पहचान थी। दादा खैरियत हमेशा सिर झुकाकर चलते थे। शहर के विशाल दरवाजों के नीचे से निकलते तो सिर थोड़ा और झुका लेते जैसे दरवाजा किसी भी वक्त उनके सिर से टकरा जायेगा। कोई शरारती लड़का दबे पाँव पीछे-पीछे जाता और सिर पर एक हल्की-सी चपत लगा देता। दादा खैरियत को लगता कि शायद दरवाजा उनके सिर से टकरा गया है इसलिए वे कुछ और झुक जाते। वे दादा ख़ैरियत...की आवाज़ कसने पर गालियाँ बकते और कभी-कभी जब लड़के उन्हें ज़्यादा तंग करते तो उन्हें मारने को दौड़ते।

किसी दिन कोई पागल अपने आने के समय पर बाज़ार में नहीं दिखता तो लोगों को उसकी फिक्र हो जाती। लोग एक दूसरे से पूछते कहीं उसे कुछ हो-हवा तो नहीं गया। शाम जैसे-जैसे घिरने लगती और सट्टा खेलने का समय होता तो ओपन टू क्लोज़ के नम्बर लगानेवाले पागलों के आसपास मँडराने लगते। यहाँ वहाँ रम्मूछ ढूँढ़ने के अलावा, सट्टा लगानेवाले पागलों के बगल में जाकर बैठ जाते, उन्हें चाय पिलाते, नाश्ता कराते। पुटियाने की कोशिश करते। पागल कोई नम्बर बोल देता तो ठीक वरना उसकी हरकतों से नम्बर का अनुमान लगाया जाता। एक उँगली उठा दी तो एक, दो उठा दीं तो दो। घूँसा दिखा दिया तो पाँच। तरह-तरह के टोटके थे। कुछ पागल लोगों की हरकतों को भाँप जाते, तो तरह-तरह के नख़रे भी करते। किसी पागल का बताया नम्बर फँस जाता तो कुछ दिन के लिए उस पागल की हैसियत बढ़ जाती। सट्टा खेलनेवालों के लिए पागलों और पीरों में कोई ख़ास फ़र्क़ नहीं था।

एक पढ़ा-लिखा पागल था। उसके एक हाथ में अंग्रेजी की मोटी-सी किताब खुली रहती और बगल में या दूसरे हाथ में एक छोटा-सा बेंत होता। वह कभी किसी चौराहे पर या सड़क के किनारे खड़ा रहता। अक्सर वह हमारे घर के सामने ही नज़र आता। जब खड़े-खड़े थक जाता तो मक्खनवाले की दुकान के पटिये पर कुछ देर बैठ जाता। आशिक अली मक्खनवाले की तीन या चार बीवियाँ थीं और करीब दस-बारह बच्चे थे। बच्चों को पढ़ाने के लिए या कभी कोई गलती करने पर आशिक अली अपने बच्चों को बहुत बुरी तरह पीटा करते थे। यह पागल बीच-बीच में किताब में कुछ पढ़ने की कोशिश करता फिर अचानक ऊपर आसमान की तरफ देखकर कुछ मुँह ही मुँह में बोलने लगता। कभी अपनी बेंत को हवा में तानकर आसमान पर कुछ लिखने लगता। उसका नाम मैं भूल गया हूँ पर उसका सरनेम सक्सेना था। कभी वह बहुत पढ़ाकू लड़का था। नवाब हमीदुल्ला खाँ ने दो छात्रों को एक साथ इंग्लैण्ड पढ़ने भेजा था—एक शंकरदयाल शर्मा और दूसरा था सक्सेना। अमूमन उसे कोई

चिढ़ाता या तंग नहीं करता था। वह सुबह जब बाज़ार में आता तो साफ-सुथरे कपड़े पहने होता। कमीज पेंट में खुँसी होती। बेल्ट बंधा होता और जूते हमेशा पालिश किये हुए होते। उसके घरवाले उसे पूरी तरह तैयार करके ही घर से बाहर भेजते थे। बालों में कंघी की होती और उसकी खूबसूरत दाढ़ी काफी तराशी हुई होती थी। वह किसी से कभी कोई बात नहीं करता था। कुछ लोग कहते थे कि वह भोपाल की एक प्रसिद्ध गायिका के इश्क में पागल हो गया था। वह उसका नाम लेकर कभी-कभी गालियाँ भी बकता था। सक्सेना के पागल होने का दूसरा क़िस्सा ही लेकिन ज़्यादा विश्वसनीय माना जाता था। कहते हैं सक्सेना बेहद पढ़ाकू था और कुछ ज़्यादा ही सेन्सेटिव भी। क़िस्सा उन दिनों का है जब वह इंग्लैण्ड में था। दूसरे दिन परीक्षा थी। सक्सेना अपने हॉस्टल के कमरे में पढ़ रहा था। रात ज़्यादा हो चुकी थी। तभी वार्डन ने उसके कमरे का दरवाजा खटखटाया और कहा कि रात ज़्यादा हो चुकी है, बिजली बंद करो और सो जाओ। सक्सेना ने बिजली बंद कर दी पर वह सो नहीं सका, उसे लगा कि कल की परीक्षा में वह प्रथम नहीं आ पायेगा। जीवन में उसने प्रथम के अलावा कभी कोई श्रेणी जानी ही नहीं थी। फिर जाने क्या हुआ, कहते हैं परीक्षा केन्द्र से वह बाहर निकल आया। एक्ज़ामनर उसे आवाज़ लगाता रहा पर वह किसी और दुनिया में पहुँच चुका था। वह अपना नाम-पता सब कुछ भूल चुका था। सक्सेना को वापस भोपाल भेज दिया गया। जाननेवाले कहते कि वह जीनियस था...। उन दिनों जीनियस को थोड़ा-थोड़ा पागल माना जाता था। इस धारणा के चलते कई पागलों को भी जीनियस कहा जाता था। पागलपन क्या होता है यह कोई नहीं जानता था।

यूँ तो किसी में किसी भी किस्म का अतिरेक हो तो उसे पागल कह देने का चलन था। लेकिन इस तरह पागल कहे जाने का मतलब पागल होना नहीं था। मेरे एक मित्र कहते कि लेखक में भी एक किस्म का पागलपन होता है। बिना पागल हुए आप लेखक नहीं हो सकते। तो क्या हर रचना वास्तव में एक सजग पागलपन का उत्पाद है? पागलपन व्यावहारिकता का प्रत्याख्यान है।

जामा मस्जिद की गुलाबी सीढ़ियाँ।
लक्का कबूतर। लड़ना चुनाव
चा हुसैन का और लुकमान अली की याद।

चा हुसैन पूरी तरह पागल नहीं थे। बस जब कोई उन्हें चा हुसैन भाड़ू कहता तो वे गालियाँ बकते और जब कोई ज़्यादा तंग करता तो उसके पीछे दौड़ने लगते। गप्पी, मैं और दूसरे दोस्त अक्सर जामा मस्जिद की सर्राफे के तरफवाली सीढ़ियों पर बैठते थे। ये खुरदुरे पत्थरों की सीढ़ियाँ थीं। सर्राफे के एक कोने पर बिन्दा घायल की दुकान थी। दुकान खाली रहती थी। इसमें सिर्फ गद्दे और उन पर सफेद चादरें बिछी रहतीं

और सफेद गिलाफ चढ़े लोड रखे रहते। बिंदा घायल जब फुरसत में होते तो यहाँ आकर बैठते। वह अधेड़ उम्र के पश्ताकद, दुबले-पतले आदमी थे। कलफ लगा सफेद कुर्ता, धोती और हमेशा सफेद टोपी लगाये रहते। उन्होंने ब्याह नहीं किया था। सोने-चाँदी की दलाली और कभी-कभी मकान और ज़मीन की दलाली का काम करते थे। फुरसत में होते तो लड़कियों की बात करते ही उनके मुँह में पानी भर आता और लार चुआने लगती। शहर की ऐसी तमाम स्त्रियों की जानकारी उन्हें थी, जिन्हें चालू समझा जाता था। उनके पास अनेक स्त्रियों के गुप्त क़िस्सों का खजाना था, जिसे वह रस ले-लेकर सुनाया करते। स्त्रियों में खासतौर पर चालू किस्म की स्त्रियों और वेश्याओं में उनकी रुचि तो थी पर सर्राफे के एक इज्जतदार व्यापारी होने के कारण वे डरपोक भी बहुत थे। जो लोग उनकी इस कमज़ोरी को जानते थे उनको मूँडते रहते। बिंदा घायल के सीने में न जाने कितनी स्त्रियों के नैन बाण बिंधे हुए थे।

चा हुसैन जामा मस्जिद की मुख्य सीढ़ियों के सामने मावे की डलिया लेकर बैठते। जामा मस्जिद की मुख्य सीढ़ियाँ गुलाबी रंग के मोज़ेक से बनी थीं। गुलाबी रंग का ताल्लुक सिर्फ गुलाबी शहर जयपुर से ही नहीं था। नवाब शाहजहाँ बेगम ने निशात अफ़जा बाग बनवाया था और उसके स्थापना दिवस को गुलाबी जश्न की तरह मनाया गया था। इस उत्सव में आनेवालों के लिए ज़रूरी शर्त थी कि वे गुलाबी पोशाक पहनकर ही इस जश्न में शामिल हो सकते थे। सारा माहौल गुलाबी था। स्त्रियाँ पुरुष, नौकर-चाकर और दरबारी भी गुलाबी पोशाक में थे। मस्जिद की मुख्य सीढ़ियाँ इब्राहीमपुरे की तरफ खुलती थीं। विभाजन के पहले तक इब्राहीमपुरे में ज़्यादातर दुकानें मुसलमान व्यापारियों की थीं। शहर के दो सबसे अच्छे माने जानेवाले चायघर अहद होटल और युसुफ़ होटल भी इब्राहीमपुरे में ही थे। अहद होटल ही इस शहर का काफी हाउस था। उसमें एक बालकनी थी जिसमें बेल्जियम के कट ग्लास लगे हुए थे। बाल्कनी के पीछे बने कैबिनों में शहर के दादा किस्म के लोगों की बैठक थी और नीचे के हाल में उर्दू हिन्दी के लेखक पत्रकार और सियासी पार्टियों के नेता लोग बैठा करते थे। मुक्तिबोध और परसाई भी जब भोपाल आते तो मथुरा बाबू, अक्षयकुमार, मदन तापड़िया आदि के साथ यहीं उनकी बैठकी जमती। ताज भोपाली उन दिनों यहाँ मैनेजर होते थे। वह मैनेजर कम थे शायर ज़्यादा। कहते हैं फतह बीवी की कोई औलाद नहीं थी इसलिए उन्होंने एक हिन्दू बच्चे को गोद ले लिया था। बड़े होकर यह लड़का मुसलमान हो गया और इसका नाम रखा गया—इब्राहीम। जब सरदार दोस्त मोहम्मद खाँ को गुजरात में क़ैद कर लिया गया तो फ़तह बीबी ने इसी इब्राहीम के जरिये रक़म भेजकर दोस्त मोहम्मद को छुड़वाया था। यह मोहल्ला उसी इब्राहीम के नाम पर इब्राहीमपुरा कहलाता था। इब्राहीमपुरेवाली मस्जिद में ही उसकी कब्र थी।

जामा मस्जिद चौक के बीचोंबीच थी और शहर के बीचोंबीच भी। यह शहर का केन्द्र था। जामा मस्जिद के गुम्बद हमेशा ही कबूतरों से भरे रहते। जामा मस्जिद और मोती मस्जिद में हज़ारों कबूतर पले हुए थे। शतरंज और हाकी के अलावा कबूतरबाजी भोपालियों का तीसरा शगल था। कई घरों पर कबूतरों के बैठने के लिए छतरियाँ लगी नज़र आती थीं। छतरी पर आकर दूसरे का कबूतर बैठा नहीं कि उसे फँसाने के लिए लगी रस्सी तत्काल खींच ली जाती। कबूतर फँसाने को लेकर कई बार आपस में झगड़ों की नौबत आ जाती। कबूतरों की कई प्रजातियाँ थीं। पर लक्का कबूतर की बात ही अलग थी। उसकी अकड़ भोपालियों को बहुत पसंद थी। लक्का कबूतर अकड़कर अपनी गरदन घुमाता तो उसके मालिक की गरदन में भी अकड़ आ जाती। लक्का कबूतर की अकड़ के चलते यहाँ मुहावरा चल निकला था कि...तुम तो ऐसे अकड़ रहे हो जैसे कहीं के लक्का कबूतर हो...या फलाँ जनाब तो ऐसे अकड़ते हैं जैसे लक्का कबूतर हों। जामा मस्जिद की गुलाबी सीढ़ियों के सामने से तीन सड़कें खुलती थीं एक सर्राफे की तरफ, दूसरी कपड़ा बाज़ार की तरफ और तीसरी इब्राहीमपुरे की तरफ। बीच में एक छोटी-सी गली थी–पोस्ट ऑफिसवाली गली। इस गली के किनारे पर ही पहली मंजिल पर पोस्ट ऑफिस था। पोस्ट ऑफिस के नीचे नेमा की मावे की दुकान थी। नेमा की दुकान के बनिस्बत चा हुसैन का मावा सस्ता होता। इसलिए यह भी अफवाह उड़ा दी गयी थी कि चा हुसैन बकरी के दूध का मावा बनाते हैं। जब चा हुसैन को तंग करना होता तो लड़के दो या तीन ग्रुप में बंट जाते। एक ग्रुप कपड़ा बाज़ार की तरफ से आता और आवाज़ कसता चा हुसैन भाड़ू...चा हुसैन गालियाँ निकालते। ग्रुप भाग जाता। तभी दूसरी तरफ से एक ग्रुप आता और फिर चिढ़ाता चा हुसैन भाड़ू...जब चा हुसैन तंग आकर किसी ग्रुप के पीछे भागते हुए अपनी डलिया से दूर निकल जाते तो दूसरा ग्रुप आकर डलिया से मावे की बटिया उठाकर भाग जाता। बाद में बटिया वापस कर दी जाती।

चा हुसैन सीधे-सादे गरीब आदमी थे। बस दिमाग थोड़ा सरका हुआ था। उनकी शादी मंडी बामोरा के पास एक गाँव में हुई थी। पहली बार जब पत्नी मायके चली गयीं तो समस्या आयी उन्हें लिवाने जाने की। चा हुसैन के पास इतने पैसे ही न जुटते कि वे पत्नी को लिवाने जा सकें। कई महीने बीत गये। लोग उन्हें चिढ़ाने लगे। जैसे- तैसे किसी से कुछ उधार माँगा और कुछ अंटी से निकाला और पत्नी को लिवाने पहुँचे। मंडी बामोरा स्टेशन पर उतरकर पत्नी के गाँव तक का सफ़र पैदल तय करना था। चिलचिलाती गर्मी के दिन थे। दोपहर का वक्त था। सूरज खोपड़ी तपा रहा था। रास्ते में एक कुलीनुमा शख़्स मिल गया। कहते हैं उसने पहले उनसे बक्सा लिया। फिर उनकी टोपी ले ली। फिर शेरवानी उतरवा ली। फिर खुसना

भी उतरवा लिया। अब चा हुसैन फकत चड्डी में थे। और कुली पूरी पोशाक में। ससुराल पहुँचे तो यक़ीन दिलाना मुश्किल हो गया कि वो ही चा हुसैन हैं। यह कोरी गप्प भी हो सकती है। किसी भोपाली खोपड़ी की उपज। चा हुसैन के बारे में ऐसे सैकड़ों क़िस्से थे। भोपालियों को क़िस्से बनाने और क़िस्से बढ़ाने में मज़ा आता था। एक बार चा हुसैन ने किसी असाध्य रोगी को दवाई का एक नुस्खा बताया और वह कारगर हो गया। दूसरे दिन से कहते हैं चा हुसैन को यूनानी शफाखाने में हक़ीमी करने को बैठा दिया गया।

साठ के दौर का वाकिया है। सर्राफा के कुछ मनचले व्यापारियों, शहर के कुछ नामचीन्ह लेकिन चलते पुर्जे पत्रकारों और कुछ भूतपूर्व हो चुके राजनीतिज्ञों ने मिल कर चा हुसैन को चुनाव लड़वाने का मन बनाया और चा हुसैन को चुनाव में खड़ा कर दिया। चुनाव नगर पालिका का था लेकिन इसमें जोश आम चुनाव जैसा ही था। नेहरू से मोहभंग और राजनीतिक अराजकता का दौर था। पता नहीं सौमित्र मोहन की प्रसिद्ध कविता लुकमान अली के लुकमान अली और चा हुसैन में कोई रिश्ता है या नहीं। पर मुझे हमेशा चा हुसैन के साथ लुकमान अली और लुकमान अली के साथ चा हुसैन की याद आती है। राजनीतिक अराजकता के उस दौर के दोनों सबसे सही प्रतिनिधि थे। चा हुसैन का एक मण्डल बन गया था। रोज शाम को सारे लोग मिलते। चा हुसैन के पर्चे तैयार किये जाते, छपवाये जाते और सारे शहर में बँटवाये जाते। कान्स्टीट्वेन्सी की कोई सीमा नहीं थी। उनका चुनाव चिन्ह था तराजू। पर्चे के माथे पर ही छपा रहता—मैं हूँ चा हुसैन तराजूवाला उर्फ गरीब की जोरू और शहर-भर की भौजाई। चा हुसैन को समझा दिया गया था कि भाड़ू का मतलब वकील होता है। इसलिए भाडू कहने पर भड़कने की ज़रूरत नहीं है। धीरे-धीरे चा हुसैन के दिमाग में यह बात बैठ गयी थी। और अब भाडू कहने पर वे अक्सर नहीं चिढ़ते थे। उनके पर्चे में सारे अवैध कामों को वैध करवाने के वायदे होते। मसलन सट्टा, जुआँ वैध कर दिया जायेगा। थानों की कमाई के हिसाब से नीलामी की जायेगी, जो थानेदार ज़्यादा ऊँची बोली लगायेगा वही उस थाने का थानेदार होगा आदि...। उन दिनों चुनाव में हर उम्मीदवार की अलग-अलग पेटियाँ होती थीं। सदाराम खन्ना भी चुनाव में खड़े हुए थे। लोगों का मानना था कि वह अपने घर पर जुआँ खिलवाते हैं। जब उनकी पेटी खुली तो उसमें से ताश के तीन इक्के निकले। यह चुनाव हमारे जनतन्त्र का सबसे सटीक और दिलचस्प रूपक था।

चा हुसैन हार गये लेकिन उनका शानदार जुलूस निकाला गया। लोगों ने पूछा कि चा हुसैन तो चुनाव हार गये फिर जुलूस क्यों? लोगों के बोदा दिमागों पर तरस खाते हुए आम सभा में एलान किया गया कि चा हुसैन उससे हारे हैं जो जीता है लेकिन दो अन्य उम्मीदवारों से तो चा हुसैन के वोट ज़्यादा हैं, यह जुलूस दो

उम्मीदवारों के विरुद्ध चा हुसैन की जीत का जुलूस है। चुनाव में हार जीत की ऐसी व्याख्या न पहले किसी ने सुनी थी न बाद में। उस चुनाव में लोगों की सारी दिलचस्पी चा हुसैन में ही थी। इसके बाद महीनों चा हुसैन नहीं दिखे। शायद वे बहुत बीमार हो गये थे। लेकिन बाद में भी वे चुनाव की विसंगतियों और विद्रूप के प्रतीक बने रहे और लोग हर चुनाव में शहर में नये-नये चा हुसैन ढूँढ़ते रहे। चा हुसैन कभी-कभी दोपहर में रामफलवाली मस्जिद में दिखाई दे जाते थे। भोपाल में बहुत-सी मस्जिदों के नाम दरख़्तों के नाम पर थे। मसलन तलैया में अरीठेवाली मस्जिद, घाटी भड़भूंजा पर चमेली वाली मस्जिद, केलेवाली मस्जिद, जामुनवाली मस्जिद, बड़वाली मस्जिद, आमवाली मस्जिद, मस्जिद मधुकामिनी, नीमवाली मस्जिद, गोंदेवाली मस्जिद जैसे कई नाम थे। मेरी यही दिक्कत है कि क़िस्से सुनाते-सुनाते मैं अक्सर कहीं का कहीं निकल जाता हूँ। मैंने अपने उस्ताद को एक बार अपनी इस दिक्कत के बारे में बताया तो वो केन लगे कि यार तुम भी एक ही चुगद हो क़िस्से का असल मज़ा मुख्य क़िस्से में नहीं विषयान्तर में ही होता है। बस वो दिन का दिन है कि मैं आज तलक कभी पटरी पर नहीं आया।

चा हुसैन हरफनमौला थे। अपने आखिरी दिनों में पिंजारे का काम करने लगे थे। जमील मियाँ एक पुराने रईस थे। एक बार उन्होंने चा हुसैन को अपना गद्दा भरने को दिया। चा हुसैन ने गद्दे में रूई डाली और उसके साथ खस के दाने भी बीच-बीच में डाल दिये। गद्दे पर जमील मियाँ जब करवट बदलते तो खस के दानों की खुशबू आती। जमील मियाँ दिल के भी रईस थे, चा हुसैन से इतने खुश हुए कि उन्हें अपने घर में ही रख लिया। चा हुसैन फिर अपनी मृत्यु तक जमील मियाँ के ही साथ रहे।

विलीनीकरण आंदोलन का अंत।
और क़िस्सा वेश्या पुलिस का।
भोपाल का भारत में विलय।

एक जून 1949 को आखिरकार हमारी भोपाल रियासत का भारत में विलय हो गया। डुग्गी कहता कि विलय न होता तो आज हम एक अलग देश होते। डुग्गी जब यह वाक्य बोलता तो टिल्लू पूछता...तो क्या उखाड़ लेते? विलीनीकरण के बारे में तरह-तरह की बातें कही जाती थीं। नवाब हमीदुल्ला ख़ाँ चेम्बर आफ प्रिन्सेस के चांसलर थे। इसीलिए कृष्णमेनन ने कहा था कि नवाब भोपाल का राजनैतिक प्रभाव उनके राज्य के आकार और राजस्व से कहीं अधिक था। पेड़ से बड़ी परछाईं थी। भोपाली कहते...छोटे से चुन्नू मियाँ इतनी लम्बी पूँछ...। नवाब भोपाल ने देशी रियासतों के सामने प्रस्ताव रखा था कि देशी रियासतें चाहें तो मिलकर एक

कामनवैल्थ के रूप में अपनी स्वतन्त्र हैसियत बनाये रख सकती हैं। वह चाहते थे कि केन्द्र में एक ढीली ढाली सी संघीय सरकार हो। तब हमारे मुल्क का नाम होता युनाइटेड स्टेट आफ इण्डिया। गप्पी कहता नाम वज़नदार होता। नवाब का यह भी मानना था कि ब्रिटिश हुकूमत अपनी सर्वोच्चता के अधिकार को किसी दूसरी सरकार को हस्तान्तरित नहीं कर सकती। लार्ड माउंटबेटन ने चेम्बर आफ प्रिन्सेस की जिस आखिरी मीटिंग को सम्बोधित किया था, नवाब भोपाल उस मीटिंग में शामिल नहीं हुए थे। वह किसी भी यूनियन में शामिल होने के पक्ष में नहीं थे। न हिन्दुस्तान में न पाकिस्तान में। तब हिन्दुस्तानी या पाकिस्तानी की तर्ज़ पर भोपाली होने की अकड़ कुछ अलग ही होती। दो मुल्कों के बीच हम लक्का कबूतर की तरह गरदन अकड़ाकर अपनी अलग ही गुटरगूँ करते। नवाब भोपाल दिल्ली से जब लौटकर आये तो हवाई अड्डे पर हज़ारों लोग जमा थे। नवाब ने भोपाल राज्य की स्वतन्त्रता की घोषणा कर दी। नवाब ने कहा कि वे एक गुलामी से निकलकर दूसरी गुलामी में नहीं जायेंगे। इसलिए 15 अगस्त, 1947 को जब देश आजाद हुआ तो भोपाल में कोई बड़ा जश्न नहीं हुआ। कहा जाता है कि नवाब ने दिल्ली से लौटने से पहले ही भोपाल के विलय के प्रस्ताव पर दस्तख़त कर दिये थे। फिर उन्होंने इसे छिपाने की कोशिश क्यों की? क्यों हवाई अड्डे पर भोपाल को एक स्वतन्त्र राज्य घोषित किया? नवाब ने कहा कि वो अपनी प्रजा की वफ़ादारी देखना चाहते थे। हक़ीक़त जो भी हो लेकिन इस घोषणा के बाद विलीनीकरण आंदोलन में उबाल आ गया था। विलीनीकरण आंदोलन के दो हिस्से थे। एक तो भारत में विलय और फिर भोपाल को मध्यभारत का हिस्सा बनाना। इन सारे सवालों पर भोपाल के राजनीतिज्ञों में ही विवाद नहीं था। जवाहरलाल नेहरू और सरदार वल्लभभाई पटेल के विचारों में भी मतभेद था। भोपाल की सियासत इन दो भागों में बँटी हुई थी।

विलीनीकरण आंदोलन में और तेजी आ गयी थी। सारे पुरुष नेता जब गिरफ्तार कर लिए गये तो 11 जनवरी, 1949 को महिलाओं ने मोर्चा सँभाल लिया और विलीनीकरण की माँग को लेकर धरने पर बैठ गयीं। यह एक ऐसी घटना थी जिसके बारे में किसी ने नहीं सोचा था। सरकार इसके लिए तैयार नहीं थी। शांतिदेवी और मोहिनी देवी नेतृत्व कर रही थीं। पुलिस ने धरने पर बैठी महिलाओं को हटाने की बहुतेरी कोशिश की पर नाकाम रही। पुलिस न तो महिलाओं को हाथ लगा सकती थी और न उन पर लाठी भाँज सकती थी। वह इधर-उधर लाठियाँ बजाकर महिलाओं को खदेड़ने की कोशिश कर रही थी। महिलाएँ थीं कि टस से मस होने को तैयार न थीं। हारकर फायर ब्रिगेड की मोटरें बुलाई गयीं और पानी फेंका गया। अनेक महिला कार्यकर्ता घायल हो गयीं। घटना ने आग में घी का काम किया। दो दिन बाद

फिर महिलाओं ने जुलूस निकाला। पुलिस महिलाओं को हाथ कैसे लगाती? महिला पुलिस की ज़रूरत थी लेकिन राज्य में महिला पुलिस नहीं थी। महिला पुलिस का विचार ही राज्य के लिए नया था। महिलाओं का आंदोलन फैलता जा रहा था। रातोंरात महिला पुलिस तैयार करना था। कई धुरंधर दिमाग इकट्ठे हुए और एक योजना बनाई गयी। शहर से और आसपास से धन्धा करनेवाली वेश्याओं को इकट्ठा किया गया और उन्हें पुलिस की वर्दी पहना दी गयी। दूसरे दिन जब महिला पुलिस आंदोलन स्थल पर पहुँची तो लोग अवाक् रह गये। आश्चर्य से आँख फाड़े-फाड़े लोग इस महिला पुलिस को देख रहे थे। देखते ही देखते लेकिन लोगों ने पुलिस की वर्दी में छिपी वेश्याओं को पहचान लिया। बखेड़ा खड़ा हो गया। सरकार को तुरन्त इस पुलिस को वापस लेना पड़ा।

14 जनवरी को बौरास गाँव में हुए गोलीकाण्ड की सारे देश में बहुत तीखी प्रतिक्रिया हुई। और नवाब का मंत्रिमण्डल समाप्त हो गया। भोपाल सी स्टेट घोषित कर दी गयी। बावन के चुनाव के बाद एक नयी सरकार का गठन हुआ। कांग्रेस ने मास्टर लाल सिंह को अपना नेता चुन लिया था। मगर उसी समय एक कार दुर्घटना में उनकी मृत्यु हो गयी। इसी को कहते हैं बिल्ली के भाग से छीका टूटना। शंकरदयाल शर्मा मुख्यमंत्री हो गये।

शहर फैल रहा था। ताँगे गायब हो रहे थे
और आधी काली आधी पीली रंग की
टैक्सियाँ शहर में दिखने लगी थीं।

विभाजन के बाद एक पंजाबी परिवार गप्पी के घर के सामनेवाले घर में आकर रहने लगा था। मेरा अनुमान था कि वो लोग गप्पी के बाबा की मृत्यु के कुछ दिन बाद आये थे। गप्पी की माँ का कहना था कि वो लोग बाबा की मृत्यु के पहले आ गये थे। परिवार के मुखिया को टी बी थी। वह बहुत दुबले-पतले, बीमार और बूढ़े लगते थे। उन्हें हम सब बाबूजी कहते थे। एक पुरानी मोटरसाइकिल सीढ़ियों के पास पड़ी रहती थी। उसे कभी कोई नहीं चलाता था। उस पर धूल जमी रहती। पता नहीं उसे वे पाकिस्तान से लाये थे या हिन्दुस्तान में ही खरीदा था लेकिन लगता था कि उससे उनकी कुछ यादें जुड़ी थीं, वे जब भी अकेले बैठे होते अक्सर उसी को देखते रहते। बाबूजी कहीं आते-जाते नहीं थे। उनकी पत्नी खूब मोटी थीं और खूब बातूनी भी। गप्पी की माँ से उनकी खूब पटती थी। उनका और उनकी बेटियों का गप्पी के घर में खूब आना-जाना था। हम सब उन्हें मौसी जी कहते थे। उनकी दो लड़कियाँ थीं। बड़ी लड़की गप्पी से बड़ी और जग्गी से थोड़ी छोटी थी। वह सुन्दर थी, बहुत चंचल और बिंदास। उसे घर में मुन्नी कहा जाता था। पंजाबी लड़कियों की तरह उसका

बदन भरा-भरा था और वह अपनी उमर से थोड़ी बड़ी लगती थी। उसकी छातियों में उभार दिखने लगे थे। वह आती और गप्पी के गाल पर चिकोटी काटकर फुर्र हो जाती। फिर किसी कोने में खड़े होकर गप्पी से बड़े जग्गी से जाकर बतियाने लगती। कई बार दोनों कोने में खड़े बहुत देरे तक धीरे-धीरे खुसुर पुसुर करते रहते। एक दिन वह उछलती-कूदती आयी और ऊपर की मंजिल तक आ गयी। दोपहर का वक्त था। दालान में गप्पी और जग्गी खेल रहे थे। गप्पी ने उसे देखा तो वह अंदर के कमरे में चला गया। मुन्नी ने जग्गी से कहा चलो डॉक्टर-डॉक्टर खेलते हैं। और दोनों दालान में बिछे पलंग पर एक चादर के भीतर छिप गये। गप्पी ने झाँककर देखा तो कुछ समझ नहीं आया। थोड़ी देर बाद मंझले ने आवाज़ लगायी कि पिताजी आ रहे हैं। पता नहीं क्या बात थी, उस दिन गप्पी के पिताजी दोपहर में ही ऑफिस से लौट आये थे। मुन्नी जल्दी से चादर से निकलकर भाग गयी। पिताजी आये और पास ही पड़ी सैंडिल उठाई और जग्गी को पीटना शुरू कर दिया। गप्पी को समझ नहीं आया। पिताजी कम ही बच्चों को पीटते थे। पीटते भी थे तो ज़्यादा से ज़्यादा एक-दो झापड़। उस दिन लेकिन पिताजी ने बहुत देर तक जग्गी को पीटा। जग्गी की शिकायत किसने की यह रहस्य ही बना रहा। जग्गी की पिटाई पर गप्पी भी खुश था और मंझले भी। यही हमारे घर का चलन था। जब भी किसी बच्चे की पिटाई होती बाकी सब खुश होते। इसलिए पिटाई करवाने के लिए कभी-कभी एक दूसरे की चुगली भी खाते रहते। चुगली हमेशा माँ से ही की जाती थी। पिताजी से चुगली खाने की हिम्मत किसी में नहीं थी। गप्पी के पिता यूँ भी बच्चों से बहुत कम बात करते थे। वह एक चुप्पे किस्म के आदमी थे। वह उस जमाने के आदमी थे जब बड़ों के सामने पिता अपने बच्चों को गोद में नहीं उठाता था, प्यार करना तो असम्भव बात थी।

मौसी जी की छोटी लड़की तब बहुत छोटी थी। उसे घर में पप्पू कहा जाता था। गप्पी और पप्पू अक्सर साथ खेलते। उन्हें साथ खेलते देखकर मौसी और गप्पी की माँ मुस्कुराते और कहते इन दोनों की बड़े होने पर शादी कर देंगे। दोनों लड़कियों के अलावा एक बड़ा लड़का था। वह दोनों लड़कियों से काफी बड़ा था। उसका नाम बलराम था। बलराम का एक बड़ा भाई और था जो बम बनाते हुए बम फटने से पाकिस्तान में मारा गया था। गप्पी को लगता था कि धूल से अंटी मोटरसाइकिल उसी की रही होगी। बड़े के मारे जाने के बाद ही यह परिवार भागकर हिन्दुस्तान आ गया था। मौसी जी विभाजन या पाकिस्तान के बारे में कभी कभार ही बात करती थीं। शहर फैल रहा था। विभाजन के बाद आये लोगों के कारण शहर में सम्प्रदायों का अनुपात बदल रहा था। अंदर ही अंदर एक अजीब-सा तनाव बढ़ता जा रहा था। सिन्धी व्यापारियों के पाँव जमने लगे थे। अब इब्राहीमपुरे में मुसलमान व्यापारियों के

बीच सिन्धी व्यापारियों की दुकानें फैलने लगी थीं। सिन्धी व्यापारी अपने अस्तित्व की लड़ाई लड़ रहे थे। वे कम लाभ पर धन्धा करते। पुराने बनियों का व्यापार भी इससे प्रभावित हो रहा था। शहर की फिज़ा में गाहे-बगाहे सिन्धियों के प्रति विरोध के स्वर भी सुनाई देने लगे थे।

भोपाल पहाड़ी शहर की तरह था। इतिहास की ही तरह उसकी सड़कों में भी बहुत उतार-चढ़ाव थे। शहर का फैलाव शुरू हुआ तो पुराने ताँगों से काम चलना मुश्किल हो गया। भोपाल के ताँगे इन्दौर उज्जैन के ताँगों से अलग थे। यहाँ के ताँगे वाले या तो नवाबी खानदान से अपने रिश्तों की डींगे हाँकते या दिलीप कुमार के क़िस्से सुनाते। नया दौर फिल्म की शूटिंग भोपाल के पास बुदनी में हुई थी और उसमें दिलीप कुमार ने ताँगा चलाया था। हर ताँगेवाले का दावा होता कि यही वह ताँगा है जिसे दिलीप कुमार ने 'नया दौर' फिल्म में चलाया था। इसी समय शहर में पीली छतवाली काली टैक्सियों का आना शुरू हुआ। टैक्सियों ने ताँगेंवालों के लिए परेशानी खड़ी कर दी थी। ताँगेवालों और टैक्सीवालों में आये दिन झगड़े होते। कुछ ताँगेवाले इकट्ठे होकर टैक्सी में बैठते और उसे किसी सुनसान जगह ले जाकर टैक्सी में तोड़फोड़ कर देते और ड्राइवर के साथ मारपीट करते। कई दिन तक घर में बैठे रहने के बाद बलराम ने भी टैक्सी चलाना शुरू कर दी थी। एक रात अचानक ही सामनेवाले घर में बहुत शोर होने लगा। रात काफी हो चुकी थी। शोर से सबकी नींद खुल गयी। रात को तो सारा क़िस्सा मालूम नहीं हुआ। दूसरे दिन लेकिन मौसी जी ने आकर बताया कि रात को चार ताँगेवालों ने बलराम की टैक्सी की और उसे एक सुनसान सड़क पर ले गये। उन्होंने उससे एक गली में टैक्सी मोड़ने को कहा। बलराम को शक हुआ। उसने चालाकी से काम लिया और उनसे कहा कि इतनी सँकरी गली में मोड़ना मुश्किल है, तुम लोग नीचे उतर जाओ, मैं कोशिश करता हूँ। वे लोग नीचे उतर गये। जैसे ही बलराम ने उन पर हेडलाइट डाली तो देखा कि वे चाकू निकाल चुके थे। बलराम ने एक्सीलेटर दबाया और टैक्सी भगा दी। चौक के थाने पर आकर ही टैक्सी रोकी। यह ऐसी घटना थी जिसने सबको डरा दिया था। बलराम ने उस दिन से रात में टैक्सी चलाना बंद कर दिया था।

लोटे साहब लोटा कहाँ भूल आए उर्फ
बिरजीसिया स्कूल के मास्टरों की दास्तान
और गप्पी का तिरंगा झंडा।

गप्पी पहली क्लास में कभी नहीं पढ़ा। उसे सीधे दूसरी क्लास में भर्ती किया गया था। मंझले और गप्पी दोनों उसी स्कूल में थे। मंझले सातवीं में थे और गप्पी दूसरी क्लास में। जब भी कोई मास्टर गप्पी को पीटता वह सीधे सातवीं क्लास में मंझले

के पास चला जाता। बिरजीसिया मिडिल स्कूल के हेडमास्टर साहब बहुत मोटे थे और उन्हें पीठ पीछे सभी बब्बा कहते थे। वह यह जानते थे। कोई शरारती बच्चा अगर आवाज़ कस देता तो वे बहुत जोर से चिल्लाते थे। दशहरे के बाद टेसू गानेवालों ने एक नया टेसू बनाया था। यह टेसू स्कूल में हेडमाटसाब के बारे में छिप-छिपकर सुनाया जाता क्योंकि उसमें बब्बा शब्द आता था। टेसू सबको याद हो गया था :

बब्बा बब्बा काँ गये थे
पत्तल छोड़ हगन गये थे
पत्तल ले गओ कौव्वा
बब्बा हो गए नउआ
नउआ ने मूँडी मूँड
बब्बा हो गए डूँड
डूँड पे धरा अंगरा
बब्बा हो गए बंदरा।

डिप्टी हेडमाटसाब का नाम बाबूलाल था। वह गप्पी और जग्गी को पढ़ाने घर आया करते थे। बहुत सीधे-सादे आदमी थे। गप्पी के घर के पास ही रहते थे। बिरजीसिया मिडिल स्कूल की छोटी कक्षाओं में टाट पट्टी पर बैठना पड़ता था। टाट पट्टी पर बैठने के लिए जूते उतारकर बैठना पड़ता। तीसरी क्लास में नया-नया ड्राइंग का मास्टर आया था। नाम था कृष्णकुमार। वह गुस्सैल था। पहले दिन ही उसने तिरंगा झंडा बनाने को कहा। गप्पी की ड्राइंग तब बहुत खराब थी। गप्पी को समझ नहीं आया कि तिरंगा झंडा कैसे बनाया जाये। उसने आड़ी कापी के पेज को तीन भागों में बाँटा और ऊपर लाल और नीचे हरा रंग भरकर पेन से बीच में चक्र बना दिया। यह भारतीय इतिहास का सबसे बुरा तिरंगा था। कृष्णकुमार माटसाब (मैं बार-बार मास्टर साहब को माटसाब लिख रहा हूँ क्योंकि मास्टर साहब को इसी तरह बोला जाता था, इसे चाहें तो व्याकरण का मुखसुख सिद्धांत माना जा सकता है) ने देखा तो जोर से चिल्लाए...बेवकूफ, ऐसे बनाते हैं तिरंगा? और पेन्सिल की नोंक गड़ाकर कागज पर इतनी जोर से क्रास बनाया कि कागज फट गया। गप्पी पिन्ना तो था ही, कापी के फट जाने और बेवकूफ कहे जाने से वह तिलमिला गया था। पलटकर बोला तुम्हारे बाप की कापी है जो इसे फाड़ डाला और आकर अपनी जगह पर धम्म से बैठ गया। कृष्णकुमार गुस्से में लाल हो गये। गप्पी के सामने आकर खड़े हुए और गप्पी के बालों को खींचकर गप्पी को खड़े होने को बोले। बाल खिंचने से गप्पी की खोपड़ी भन्ना गयी। लकड़ी की स्केल बस्ते से बाहर ही पड़ी हुई थी।

गप्पी ने स्केल उठाई और आड़ी स्केल से जोर से एक स्केल कृष्ण कुमार माटसाब के पैरों पर मारी। मास्टर तिलमिला गया और उसके हाथ से गप्पी के बाल छूट गये। बस इतनी-सी देर थी कि गप्पी फुर्ती से उठा और क्लास से बाहर दौड़ लगा दी। सीधे घर की तरफ दौड़ गया। घर के पास आकर उसे याद आया कि जूते और बस्ता तो वह स्कूल में ही छोड़ आया है। पर अब कुछ नहीं हो सकता था। माँ ने पूछा तो कह दिया जल्दी छुट्टी हो गयी। स्कूल का कोई मास्टर मर गया है। माँ सुनकर अपने कामधाम में लग गयीं। शाम को बाबूलाल माटसाब पढ़ाने आते थे। पिता ऑफिस से लौटकर बाहर बरामदे में खड़े थे उन्होंने देखा कि बाबूलाल माटसाब एक हाथ में बस्ता और दूसरे में गप्पी के जूते लटकाये चले आ रहे थे। पिताजी समझ गये। उन्होंने गप्पी को बुलाया और बाबूलाल माटसाब जब तक बैठक में दाखिल होते गप्पी की सुताई कर दी।

अच्छे-बुरे मास्टरों की लम्बी सूचियाँ थीं। गोवर्धन मास्टर बहुत ही मोटे थे। उनकी क्लास खत्म होने का जैसे ही घंटा बजता बच्चे बाहर निकलते ही चिल्लाते लोटे साहब लोटा कहाँ भूल आये...लोटे साहब इतने मोटे थे कि उन्हें कुर्सी पर बैठ जाने के बाद उठने में बहुत देर लगती थी। वह बैठे-बैठे ही पढ़ाया करते थे। वह लोटे साहब कहने से चिढ़ते थे। दूर से ही चिढ़ानेवाले लड़कों को गालियाँ बकते। कभी भूल से कोई लड़का पकड़ाई में आ जाता तो उसकी खैर नहीं होती। लड़के का सिर अपने दोनों घुटनों के बीच दाब लेते और फिर दोनों हाथ से उसकी पीठ पर ढोल बजाते। गप्पी की पिटाई के क़िस्सों में एक क़िस्सा लोटे साहब से पिटने का भी था। हालाँकि गप्पी ने उन पर आवाज़ नहीं कसी थी। वह कहीं और देखते हुए क्लास के दरवाजे के पास खड़ा था और तभी पीछे से चुपचाप लोटे साहब आये और उसे पकड़ लिया। उसने छूटने की बहुत कोशिश की पर छूट नहीं पाया। वह चिल्लाता रहा कि उसने आवाज़ नहीं कसी थी पर लोटे साहब ने कुछ न सुना और उसे धुन दिया। जैसे ही वह लोटे साहब के हाथों से छूटा जोर से चिल्लाया...पाखाने के लोटे...और भाग गया। लोटे साहब के लिए यह नया संबोधन था। गप्पी जब मैदान में आ गया तो पहली बार डुग्गी उसके पास आया और उसने गप्पी से हाथ मिलाया। गप्पी ने डरते-डरते उससे हाथ मिलाया। पता नहीं क्यों, गप्पी स्कूल में सिर्फ डुग्गी से ही डरता था। डुग्गी स्कूल के सबसे बदमाश लड़कों में गिना जाता था। वह छोटे दादा के नाम से मशहूर वैद्यजी का बेटा था। उसके बड़े भाई इंटर कॉलेज के दादा माने जाते थे। डुग्गी कंचे खेलने में बहुत उस्ताद था। वह सारे लड़कों के कंचे जीत लेता और उन्हें एक टीन के छोटे से डब्बे में भरकर सबके सामने बजाया करता। गप्पी को कंचे खेलने का शौक नहीं था। उसकी कभी-कभार इच्छा भी होती पर न तो उसके पास कंचे होते न पैसे। बाबा की मृत्यु के बाद घर की माली हालत बिगड़ती

जा रही थी। गप्पी के पिता डिस्पोज़ल का काम खतम होने के बाद ट्रेज़री में मुलाज़िम हो गये थे।

अपना शहर जो देखते-देखते साला
राजधानी हो गया। और इस तरह
जंगलों और शिकारगाहों का उजड़ना
शुरू हुआ।

गप्पी ग्यारह साल का था और मैं दस का जब कमीशनरी शासन की पाँच साल की अवधि खत्म हो गयी और हमारे शहर को मध्यप्रदेश की राजधानी बना दिया गया। डुग्गी ने कहा कि अच्छा खासा शहर था साला राजधानी हो गया। जबलपुर और रायपुर के नेताओं ने अपने-अपने शहरों को राजधानी बनवाने के लिए एड़ी चोटी का जोर लगा दिया। पर राजधानी बना भोपाल। सरदार पटेल भोपाल को राजधानी बनाने के पक्ष में नहीं थे, नेहरू भी डाँवाडोल थे। भोपाल के नेताओं ने मौलाना आजाद से सम्पर्क किया और मौलाना इसके लिए राजी हो गये। मौलाना के आगे फिर किसी की नहीं चली और भोपाल राजधानी बन गया। इसके साथ ही आसपास के जंगलों में कांक्रीट के जंगल उगने लगे। शेर चीतों और जंगली जानवरों को खदेड़ दिया गया। डुग्गी के पिता चुनाव लड़कर हार चुके थे। कांग्रेस की बात निकलते ही वह गालियाँ बकते। शहर अपनी पुरानी सीमाओं को लाँघ रहा था। पहले छोटे तालाब का पुलपुख़्ता पार करते ही सुनसान इलाके शुरू हो जाते। हालाँकि उससे आगे पुलिस लाइन थी और जहाँगीराबाद की आबादी भी थी पर शाम के बाद उस तरफ कम ही लोग जाते थे। जहाँगीराबाद नवाब जहाँगीर मुहम्मद खान ने बसाया था। 1840 में जब जहाँगीर मुहम्मद खान ने जहाँगीराबाद बसाया तब वहाँ जंगल था और वह नवाबों और ब्रिटिश पोलेटिकल एजेन्टों की शिकारगाह हुआ करता था। नवाब जहाँगीर खान को इमारतें बनवाने का शौक तो था ही वह उर्दू के अच्छे शायर भी थे। उनकी शायरी से प्रभावित होकर ग़ालिब ने अपने हाथ से लिखा अपना एक दीवान उन्हें तोहफे में भेजा था। यह अनमोल तोहफा पता नहीं कैसे और किन-किन हाथों से होता हुआ साठ के दौर में एक पुरानी किताबों की दुकान लगानेवाले के हाथ लग गया। उसने इसे मात्र सात रुपये में बेच दिया। अब यह अनमोल दीवान करॉची की मिर्जा गालिब अकादमी की लाइब्रेरी में रखा है। यक़ीन करें यह कोई भोपाली गप्प नहीं है। गाहे-बगाहे हम लोग सच भी बोलते हैं।

नवाब जहाँगीर खान की शादी सिकंदर जहाँ बेगम से हुई थी। जहाँगीर खान रंगीन मिजाज नवाब थे इसलिए उनकी अपनी सास कुदसिया बेगम से हमेशा खटपट चलती रहती थी। इनके टकराव के चलते एक बार तो ब्रिटिश हुकूमत को भी भोपाल

रियासत के मामले में दखल देना पड़ा। कुदसिया बेगम मजहबी पाबंदियों की कायल थीं। वह एक मजहबी खातून थीं। वे शरीयत का न केवल लिहाज करती थीं बल्कि उस पर सख़्ती से अमल भी करती थीं। मजहबी पाबंदियों के मामले में जहाँगीर मुहम्मद खान का ख्याल एकदम उलटा था। इसी के चलते उनके ताल्लुकात न केवल अपनी सास कुदसिया बेगम से खराब हुए बल्कि अपनी पत्नी सिकंदर जहाँ बेगम से भी खराब हो गये। वह शाही महल छोड़कर मुनीर मुहम्मद कोठी में चले गये। सिकंदर जहाँ बेगम अपनी माँ कुदसिया बेगम और अपनी बेटी शाहजहाँ बेगम के साथ इस्लाम नगर चली गयीं। शाहजहाँ बेगम के अलावा जहाँगीर मोहम्मद खान की एक औलाद और थी। हरम की पीरन नाम की एक औरत से उनका दस्तगीर नाम का एक लड़का था। जहाँगीर खान के इंतकाल के बाद दस्तगीर मुहम्मद खान ने भोपाल का नवाब बनने के लिए बहुत कोशिश की लेकिन सिकंदर जहाँ बेगम ने ब्रिटिश पोलेटिकल एजेन्ट से मिलकर सत्ता अपने अधिकार में ले ली।

अपने पिता की ही तरह शाहजहाँ बेगम शायर भी थीं और उन्हें नई-नई इमारतें तामीर करने का भी शौक था। वह फारसी, उर्दू और हिन्दी में कविताएँ लिखती थीं। फारसी में ताजवर के उपनाम से और उर्दू में शीरीं के उपनाम से। शीरीं उपनाम उन्होंने भोपाल की शीरीं नदी के कारण रखा था या किसी और वजह से इसका पता नहीं चलता। शीरीं नदी ईदगाह पहाड़ी और कोहेफिज़ा के बरसाती पानी और पहाड़ों से फूटनेवाले झरनों से बनी थी। बरसात के दिनों में नदी का बहुत शोर होता। लोग कहते कि घरों में बात करना भी कई बार मुश्किल हो जाता। शाहजहाँ बेगम भारतेन्दु की समकालीन थीं। भारतेन्दु ने अपनी पत्रिका में उनकी कविताएँ प्रकाशित की थीं। बेगम पर भारतेन्दु और नज़ीर का काफी असर था। उनकी लिखी होलियाँ रिआया में बहुत लोकप्रिय थीं। उनके तीन संग्रह थे। सदकुल बयान, ताजुल कलाम और दीवाने शीरीं। इसके अलावा उनकी ताजुल इक़बाल में भोपाल की पूरी दास्तान थी। उनकी एक दिलचस्प किताब है तहजीब निस्वान। नवाब सुल्तान जहाँ का मानना था कि वह औरतों का एनसाइक्लोपीडिया है। इसमें औरतों की बीमारियों और उसके इलाज के घरेलू नुस्ख़े, सीने पिरोने और कढ़ाई के तरीके, जेवरों और पोशाकों के बारे में, तरह-तरह के खाने पकाने के बारे में, मतलब यह कि औरतों से जुड़ी तमाम बातें उसमें हैं। पर शाहजहाँ बेगम शायरा थीं और उनकी ज़बान में कमाल की सादगी थी :

सिंगाड़े शरीफ़े अनार और बिही
बकसरत करे इसमें जलवागरी

लो आमद है चैत वैशाख की
कि जिसकी सिकत हमने यह है सुनी

चने और गेहूँ हों इसमें नसीब
शिकम सैर होता अमीरो गरीब।

उन्होंने वासोख़्त (अतुकांत) कविताएँ भी लिखी थीं...

आदमी को खाक से पैदा किया
देखिए अदना को क्या आला किया
ज़ख़्म का टाँका मेरे ठहरा न आह
सौजाने इंसा गो बखिया किया
शुक्र शीरीं उसका करना चाहिए
जिसने ए शीरीं तुझे गोया किया।

क़िस्सा मिंटो हाल का और
खपोटे वाली हाकियाँ।

मिंटो हाल नया-नया विधानसभा भवन बना था। एक शाम मैंने और गप्पी ने सोचा कि चल कर देखना चाहिए। पुल पुख़्ता से आगे बढ़ते ही लेकिन धुक धुक होने लगी। मुश्किल से दो-चार कदम ही आगे गये होंगे कि खतरे की बू आने लगी। यह बाहर से नहीं अंदर बैठे डर से पैदा हुई थी। खतरे कई तरह के थे। लड़कियों से ज़्यादा कम उम्र के लड़कों के लिए खतरे थे। छोटी लाइन के तरह-तरह के उस्तादों की कीर्ति भोपाल में थी। किसी के बारे में कहा जाता कि वह गरदन पर हाथ रख देता है तो ब्रेक लग जाता है और साँस रुक जाती है। पटाकर लड़कों को ले जानेवाले तो थे ही पर चाकू अड़ाकर लड़कों को ले जानेवाले भी कम न थे। गप्पी डर रहा था पर अहं आड़े आ रहा था। मैं कुछ देर इंतज़ार करता रहा कि शायद गप्पी कहेगा पर जब चुप रहा तो मैंने ही कहा कि गप्पी चलो वापस चलते हैं। गप्पी तत्काल तैयार हो गया और हम आधे रास्ते से वापस लौट आये। लगभग दौड़ते हुए हमने सारा रास्ता पार किया। लार्ड मिंटो भोपाल रियासत में आनेवाले पहले वाइस राय थे। वह बेगम सुल्तान जहाँ के जमाने में आये थे और आज से सौ बरस पहले उन्होंने 12 नवम्बर, 1909 को सुबह नौ बजे मिंटो हाल की नींव रखी थी। इसके बनने में 24 बरस और तीन लाख रुपये...उस जमाने में लगे थे। इतिहास का यह एक ऐसा दौर था जब ब्रिटिश हुकूमत के खिलाफ बगावत की आवाज़ें बुलन्द होने लगी थीं। इसलिए सुरक्षा के इंतज़ाम काफी कड़े थे। दरबार और लालकोठी के पास एक इस्तकबाल खाने और मेजबान खाने की ज़रूरत महसूस की जा रही थी। मिंटो हाल इसी इच्छा से तामीर किया गया था। लेकिन इसका इस्तेमाल वह कभी नहीं हुआ

जिसके लिए इसे बनाया गया था। कुछ दिन इसे फ़ौजी छावनी की तरह इस्तेमाल किया गया। सैयद अशफ़ाक़ अली ने लिखा है कि हुस्न के सरचश्मे को कोहे-आतिश फ़िशाँ में तब्दील कर दिया गया। कुछ दिन भोपाल की शहजादी ने इसके उस हाल को जिसमें बाद में विधानसभा की मीटिंगें होती थीं, स्कैटिंग हाल बना दिया था। डुग्गी ने कहा जहाँ पहले शहजादी और उसकी सहेलियां स्कैटिंग करती थीं अब सियासत स्कैटिंग कर रही है। कुछ दिन इसमें हमीदिया कॉलेज था। गप्पी के मंझले मामा उस समय हमीदिया कॉलेज में पढ़ते थे। वह बहुत खूबसूरत थे और दो लड़कियों से एक साथ प्रेम करते थे।

वह गप्पी के घर में ही रहते थे। एक दिन वह एक लड़की को लेकर चंपत हो गये। उन्होंने प्रेम विवाह कर लिया था। उन दिनों प्रेम विवाह एक बहुत बड़ी घटना थी। इसको लेकर घर में बहुत हंगामा हुआ। नाना नानी समेत सारे लोग इकट्ठा थे। बड़े-बड़े डायलाग रात-दिन बोले जा रहे थे। नाना ने कहा कि मंझला मेरे लिए मर गया। मैं जीवन भर उसका मुँह नहीं देखूँगा। नानी ने मंझले द्वारा की गयीं जाने कब-कब की बातों के सारे मुर्दे खोद डाले थे। काफी रोना-धोना मचा। छोटे मामा विदेश में थे। उन्होंने हनुमान जी की कसम खाते हुए लम्बा पत्र लिखा कि वह कभी प्रेम विवाह नहीं करेंगे। घर में बवाल मचा हुआ था। गप्पी बहुत खुश था। उसकी मंझले मामा से बिल्कुल पटरी नहीं बैठती थी। वह जब भी कैरम खेलने बैठता मामा उसकी गोटियाँ उठाकर चल देते और कह देते जाओ पढ़ने बैठो। मंझले मामा और गप्पी में आये दिन झगड़ा हो जाता।

राजधानी क्या बनी खाली छूटी जगहें तेजी से खत्म होने लगीं। गलियों या सड़कों के बाजू में छूटी हुई जगहों में पहले लड़के खपोटों से हाकी खेला करते थे। दोपहर में हाकी खेलते लड़के जगह-जगह दिख जाते। गलियों में दोनों तरफ नालियाँ थीं। बॉल को नाली में जाने से बचाने के लिए स्टिक वर्क की ज़्यादा प्रेक्टिस की जाती। बन्ने खाँ एक ऐसे खिलाड़ी थे जिनसे बॉल को छीनना आसान काम नहीं था। नालियों की गंदगी ने शहर के हाकी खिलाड़ियों को कलई का हुनर सिखा दिया था। हाकी और भोपाल में चोलीदामन का रिश्ता था। इसी दौर में कुछ मध्यवर्ग और रईस घरों के लड़के अलीगढ़ पढ़ने जाने लगे थे। छुट्टियों में जब वो वापस आते तो अपने साथ हाकी स्टिक भी लेकर आते। गर्मियों की छुट्टियों में इसलिए हाकी खेलते लड़के जगह-जगह दिखाई देते। मोहल्लों में ही टूर्नामेन्ट होते रहते। अलीगढ़ से हाकी स्टिक लेकर आनेवाले जाते समय अपनी स्टिक किसी न किसी को दे जाते। इस तरह धीरे-धीरे खपोटों के साथ ही हाकी स्टिक भी भोपाल की हाकी में दिखने लगी थी। 1909 में मिंटो हाल की ही नींव नहीं रखी गयी थी। काली परेड ग्राउंड पर पहला हाकी

टूरनामेंट भी हुआ था। पहले हाकी स्टिक का चलन नहीं था। आगे से मुड़ी लकड़ी जिसे खपोटा कहा जाता था, उसी से हाकी खेली जाती थी। हाकी के कई क्लब बन गये थे। सिकन्दरिया क्लब, भोपाल हीरोज़, नूरयाक्लब, इक़तिदारिया क्लब, अलैक्ज़ैन्ड्रिया ओल्ड ब्वायज़ एसोसिएशन और पुलिस का भी क्लब था। न उस समय हाकियाँ थीं न टीम की यूनीफार्म। पाजामे को ऊपर चढ़ा कर निक्कर की शक्ल दे दी ज़ाती और उस पर लम्बी-सी शेरवानी अपनी जगह कायम रहती। 1936 के बर्लिन ओलम्पिक के लिए जो भारतीय टीम चुनी गयी उसमें अहसन मुहम्मद खाँ और अहमद शेर खाँ को भोपाल से चुना गया था। कप्तान का चुनाव होने लगा तो ध्यानचंद, अहसन मुहम्मद खाँ और जाफ़र शाह को बराबर-बराबर वोट मिले थे। मगर जाफर शाह और अहसन मुहम्मद खाँ ने अपना नाम वापस ले लिया और ध्यानचंद हाकी के कैप्टन बन गये। पाकिस्तान की हाकी टीम में भी भोपाल से पाकिस्तान चले गये कई खिलाड़ी खेला करते थे। शहजादी आबिदा सुल्तान बाद को पाकिस्तान चली गयीं वरना उन्होंने नूरूस्सबाह के पास बाकायदा एक हाकी ग्राउंड बनवाया था।

सोने के डण्डे पर लाल झण्डा। गप्पी का दूसरा स्कूल। और अपनी याददाश्त का पहला दंगा।

शहर में कम्युनिस्ट पार्टी के अलावा दूसरी सबसे बड़ी पार्टी हिन्दू महासभा थी। कांग्रेस का नम्बर तीसरा था। कम्युनिस्ट पार्टी से शाकिर अली खान ही हमेशा विधान सभा का चुनाव जीतते। जो कम्युनिस्ट पार्टी से चिढ़ते थे उसे चार लोगों की पार्टी कहते। चार लोग याने बालकिशन गुप्ता, गोविन्द बाबू, मोहिनी देवी और शाकिर अली खान। बालकिशन गुप्ता विलीनीकरण के भी प्रमुख नेताओं में थे। विलीनीकरण आंदोलन समाप्त होने के बाद कांग्रेस ने उन्हें पार्टी में आने का निमन्त्रण दिया था, पर वह नहीं गये। उनके बड़े भाई सर्राफे के बड़े व्यापारी थे। जामा मस्जिद के नीचे उनकी दुकान थी। दुकान में एक तहखाना था। दुकान बंद होने पर सारा सामान उसी तहखाने में रखकर ताला लगा दिया जाता था। दुकान में कोई दरवाजे नहीं थे। दुकान में गद्दे और सफेद चादरें बिछी रहती थीं। जो किसान दिन में चाँदी खरीदने या गिरवी रखने आते और शाम को लौट नहीं पाते, उनके नाम पर्ची काट दी जाती थी। पर्ची से उन्हें दुकान के गद्दों पर सोने और शिब्भू चाचा के अग्रवाल पूड़ी भण्डार में पूड़ी सब्जी खाने का परमिट मिल जाता था। इस दुकान पर रात बारह एक बजे तक सर्राफे के पटियेबाजों का जमघट लगा रहता था। रात चाँदी के सट्टे का भाव खुलने के बाद ही लोगों की घर की तरफ रवानगी होती। बालकिशन गुप्ता के दूसरे भाई ठेकेदार थे। पर बालकिशन गुप्ता कम्युनिस्ट पार्टी में थे। उन्होंने एक फिल्म में गाने भी लिखे

थे। उनकी और एडवोकेट सूरजमल जैन की ही वजह से सर्राफे के वोट शाकिर साहब को मिलते थे।

डुग्गी की फुफेरी बहन की शादी थी। घर पर खाना चल रहा था। अख़्तर आपा भी आयी हुयी थीं। अख़्तर आपा भी कम्युनिस्ट पार्टी में थीं। मिट्ठूलाल सेठ की छोटी लड़की पंगत में बैठी हुई थी। मिट्ठूलाल सेठ नगर सेठ के भाई थे। उनकी लड़की डुग्गी से साल दो साल बड़ी होगी। चुनाव के दिन थे। हिन्दुओं में एकता बनाने की कोशिशें की जा रही थीं। उद्धवदास मेहता को जिताने के लिए एड़ी चोटी का जोर लगा दिया गया था। किसी ने अख़्तर आपा से कहा—लगता है इस बार कम्युनिस्टों की दाल नहीं गलेगी। अख़्तर आपा बहुत हाजिर जवाब थीं। तत्काल बोलीं देखते जाओ मियाँ, दाल किसी की गले जीतेंगे तो शाकिर साहब ही। डुग्गी ने कहा कि लेकिन सर्राफा तो पूरा भाईजी (उद्धवदास मेहता को सम्मान के साथ भाई जी कहा जाता था) के पीछे लामबंद हो गया है। अख़्तर आपा ने कहा, कोरी अफवाह है। चुनाव के दिन देखना। तभी लपककर मिट्ठूलाल की लड़की बोली यह सोने के डण्डे पर लाल झण्डा कब तक चढ़ा रहेगा आपा? आपा को इस तरह के वाक्य की उम्मीद नहीं थी। अचानक इस हमले से वह निहत्थी हो गयीं। वह खिसियानी-सी हँसी हँसकर एक तरफ चली गयीं। उद्धवदास मेहता विलीनीकरण में भी सक्रिय रहे थे। उनका घर गप्पी के ही मोहल्ले में था। गप्पी बहुत अर्से तक नहीं जानता था कि मेहता जी से उसके परिवार का क्या रिश्ता है। एक बार गप्पी ने पूछा तो पिताजी ने कह दिया कि वह तुम्हारे ताऊजी हैं। कई बरस बाद गप्पी को पता चला कि उसके पिता की शादी कभी मेहता जी की बहन से तय हुई थी। लेकिन वह शादी तय होने के बाद टूट गयी थी। उसके बाद बरसों तक दोनों परिवारों में अनबन चलती रही। जब सम्बंध धीरे-धीरे सामान्य हो गये तो गप्पी के पिता ने गप्पी के सबसे बड़े भाई को राष्ट्रीय स्वयंसेवक संघ में भेजना शुरू कर दिया था। संघ तब हिन्दू महासभा के साथ था। मुश्किल से एक हफ्ता भी नहीं हुआ होगा कि गाँधी जी की हत्या हो गयी। गप्पी के पिता सरकारी अफसर थे और कुछ मामलों में बहुत डरपोक थे। उन्होंने तत्काल बड़के का संघ में जाना बंद करवा दिया। इसके बाद कभी उन्होंने किसी को संघ में नहीं भेजा। उनके शंकरदयाल शर्मा से बहुत अच्छे सम्बंध थे। शंकरदयाल जी का घर में कभी-कभार आना-जाना भी था। श्रावणी पर बड़े तालाब के घाट पर शिव मंदिर में गप्पी के पिताजी ही यज्ञोपवीत बदलवाने का कार्य करवाते। इस आयोजन में शंकरदयाल जी अक्सर आते थे। गप्पी के घर की बैठक में जवाहरलाल नेहरू और शंकरदयाल शर्मा का एक फोटो लगा रहता था। भाई जी को इसलिए लगता था कि गप्पी के पिता कांग्रेस के समर्थक हैं और उन्हीं को वोट देते हैं।

मेहता जी अच्छे वक्ता नहीं थे। उनकी जगह आमसभा में भाषण भगवानदास सारस्वत देते थे। भगवानदास सारस्वत छुटपन में चौक की एक होटल में कप-प्लेट धोने का काम करते थे। एक दिन भाई जी उन्हें अपने साथ ले गये। उद्धवदास मेहता नेता होने के साथ ही एक अच्छे वैद्य भी थे और उनकी एक फार्मेसी थी। भगवानदास सारस्वत को उन्होंने दवाएँ कूटने के काम पर लगा दिया था। वह पढ़े-लिखे तो नहीं थे पर लोगों की बातें सुन-सुनकर उन्होंने भाषण देना सीख लिया था। भाई जी धीरे-धीरे उन्हें राजनीतिक सभाओं में ले जाने लगे थे। अब लोग हिन्दू महासभा में भाई जी के बाद उन्हीं को शहर का सबसे बड़ा नेता मानते थे। उनकी एक आँख खराब थी और वह गहरे रंग के ग्लासवाला चश्मा लगाते थे। साम्प्रदायिक भाषण देने में उनका कोई मुकाबला नहीं था। उन्होंने कई बार दंगा करवाने की नौबत पैदा की थी। एक बार बरखेड़ी में भगवानदास सारस्वत भाषण दे रहे थे। बरखेड़ी मुस्लिम बहुल इलाका था। सभा से पहले मंच पर शस्त्र पूजा की गयी थी। मंच पर तलवारें रखी हुई थीं। भाषण देते-देते सारस्वत जोश में आये और तलवार उठाकर गरजे कि मुसलमानो तुम्हारी किताब में कयामत के दिन जिस काणें दज्जाल का जिक्र किया गया है, मैं वो ही कांणा दज्जाल हूँ...आगे का वाक्य बोल पाते, तभी कोई बिल्ली जाने कहाँ से मंच पर कूदी और तभी कहीं से एक गाय भीड़ में घुस आयी...देखते ही देखते भगदड़ मच गयी। जिसको जिधर रास्ता मिला उधर ही दौड़ गया। किसी ने आवाज़ मार दी कि दंगा हो गया...दंगा हो गया। दुकानों के शटर फटाफट गिरा दिये गये। सारे शहर में सनाका खिंच गया। थोड़ी देर बाद पुलिस की गाड़ी से एलान हुआ कि दंगा नहीं हुआ है। सभा में एक गाय के आ जाने के कारण भगदड़ मच गयी थी। लोग अफवाहों पर ध्यान न दें। दूसरे दिन सभा स्थल पर सैकड़ों जूते चप्पल और दर्जनों साइकिलों का ढेर लगा था। भगवानदास सारस्वत की टक्कर का एक नेता मुस्लिम लीग में भी पैदा हो गया था। एक दिन सारस्वत गरजते तो दूसरे दिन हाशमी उसका जवाब देते। दोनों में तीखीं नोंक-झोंक होती। शहर इस नोंक-झोंक में एक सार्वजनिक कॉमेडी की तरह मज़ा लेता। साम्प्रदायिक जुमलेबाजी के बावजूद किसी किस्म का तनाव नहीं था। पर धीरे-धीरे तनाव पैदा करने के उपाय खोजे जा रहे थे।

गप्पी और मैं सातवीं या आठवीं क्लास में थे। रंगपंचमी का दिन था। होली के हुरियारों के साथ रंग खेलते हुए हम लोग बुधवारा के पास निकल आए थे। हमारे साथ डुग्गी और सलीम भी था। तभी अचानक दंगा शुरू हुआ। चारों ओर पत्थर सन्ना रहे थे। बचते-बचाते हम चारों भागे। बुधवारा से चौक की तरफ आनेवाली कई संकरी गलियों से निकलते हुए हम भागते रहे। सलीम कहीं बीच से निकल कर अपने घर की तरफ चला गया था। डुग्गी इतवारे जानेवाली गली में मुड़ गया था।

अंत में मैं और गप्पी ही बचे थे किसी तरह हम एक पतली-सी गली से निकलते हुए अपने घर पहुँचे थे। इसके कुछ देर बाद ही कर्फ्यू का एलान करती गाड़ियाँ सड़कों पर घूमने लगी थीं। लोगों के लिए तो सड़कों पर निकलने की पाबन्दी थी पर अफवाहों को सारे शहर में घूमने की खुली छूट थी। मैंने और गप्पी ने पहली बार कोई दंगा देखा था। कई दुकानें हमारे सामने लुटी थीं। लोहा बाज़ार के कोने पर नागर वाच कंपनी नाम की दुकान हमारे देखते-देखते लूटी गयी थी। लखेरापुरा में भी एक कपड़े की दुकान हमारे सामने लुटी थी। चम्पालाल गप्पी का पक्का दोस्त था। वह हमारे साथ ही पढ़ता था। उसकी दुकान पर किसानों के लिए जूते बनते थे और कोल्हापुरी चप्पलें मिलती थीं। वह गेवरडीन का एक पूरा थान लूटकर ले आया था। इस बात को वह बहुत शान से बताया करता था। कर्फ्यू जारी था। रात में अचानक अफवाह उड़ी की लखेरापुरा में आग लगा दी गयी है और मोचियों की सारी दुकानें जलकर राख हो गयी हैं। मोचियों की दुकानों की पट्टी गप्पी के घर से दस-बारह घर बाद ही शुरू होती थी। अफवाह के साथ ही जाग पड़ गयी और बहुत शोर होने लगा। कर्फ्यू के बावजूद मोहल्ले के लोग सड़कों पर निकल आये थे। कुछ ही देर में पुलिस आ गयी और उसने वापस सबको घर के अंदर भेज दिया। तीसरे रोज कर्फ्यू खुल गया था। पिताजी ऑफिस गये थे। माँ नरसिंहगढ़ गयी हुई थीं। घर में गप्पी और उसकी बहन थी। शाम को बहन ने कहा कि चौक तक जाकर देख अगर कोई सब्जी की दुकान खुली हो तो जाकर कुछ सब्जी ले आ। गप्पी सब्जी लेने चला गया। लौटते में देखा कि पुलिस ने मस्जिद के सारे दरवाजों को घेर लिया है और एलान हो रहा है कि सब लोग अपने-अपने घर में चले जायें। देखते ही देखते पुलिस ने हवाई फायर शुरू कर दिये। गप्पी का घर मस्जिद के एकदम पास था। गोलियाँ चलने की आवाज़ से उसकी बहन बहुत घबरा गयी। गप्पी लौट रहा था। उसके लिए यह एक तमाशा ही था। वह अपने कौतूहल को रोक नहीं पाया और रुक गया। चौक में कोई डर भी नहीं था। उधर बहन का घबराहट के मारे बुरा हाल था। पिताजी भी घर में नहीं थे। जब गप्पी घर में घुसा तो बहन बुरी तरह से रो रही थी। बाद में कई तरह की अफवाहें उड़ीं कि मस्जिद में हथियार जमा थे और मुसलमानों ने तय किया था कि नमाज़ के बाद वे इकट्ठे होकर निकलेंगे और सर्राफा लूट लेंगे आदि...। भोपालियों में जो गप्प उड़ाने का हुनर था उसका दुरुपयोग होना शायद तभी पहली बार शुरू हुआ होगा।

आठवीं के बाद गप्पी का स्कूल बदल गया था। हमीदिया हायर सेकेण्डरी स्कूल पहले फायर ब्रिगेड ऑफिस के पास था। इसके आँगन में एक ऊँची-सी दीवार थी और दीवार की दूसरी तरफ हमीदिया गर्ल्स हायर सेकेण्डरी स्कूल था। ऊपर की मंजिल से दूसरी तरफ का आँगन दिखाई देता था। खाने की छुट्टी में जब लड़कियाँ

आँगन में आ जातीं तो बहुत सारे लड़के इधर की गेलरियों में चढ़ जाते। दुपहर की छुट्टी का सारा समय लड़कियों के खिलखिलाने और लड़के-लड़कियों के बीच इशारेबाजी में बीत जाता। कुछ ही दिनों बाद ब्वायज़ स्कूल को यहाँ से हटाकर छोटे तालाब के पास गिन्नौरी में ले जाया गया। गिन्नौरी का यह भवन इन्टर कॉलेज का था। इन्टर कॉलेज समाप्त हो गया था। अब पहले की तरह मेट्रिक बोर्ड नहीं था। बोर्ड का इम्तहान ग्यारहवीं में होता था। ग्रेजुएशन तीन साल का हो गया था। लेकिन अजमेर बोर्डवाला मेट्रिक भी साथ-साथ चल रहा था।

जग्गी पढ़ने में शुरू से कुछ कमज़ोर थे। गर्मी की छुट्टियों में जब सारे भाई-बहन नरसिंहगढ़ में इकट्ठे हो जाते तभी स्कूल की परीक्षाओं का रिजल्ट आता। जग्गी को अक्सर किसी न किसी विषय में सप्लीमेंट्री आती और उसे बीच छुट्टियों में पढ़ाई करने के लिए भोपाल लौटना पड़ता। दसवीं क्लास में जग्गी और गप्पी दोनों साथ आ गये थे।

राजधानी बनने से एक बरस पहले ही गप्पी का छोटा भाई पैदा हो गया था। जग्गी और गप्पी जब एक ही क्लास में आ गये तो उनमें आये दिन खटपट होती रहती। जग्गी घर में सबके लाड़ले थे। जब वह पैदा हुए थे तो उन्हें सूखिया रोग हो गया था, इसलिए वे कई बरस तक नरसिंहगढ़ रहे थे। नानी उन्हें कुछ ज़्यादा ही लाड़ करती थीं। उन्हें दूसरों की कमजोरियों को पहचानना ज़्यादा बेहतर ढंग से आता था। वह सुबह जल्दी उठते और नहा-धोकर नियम से गायत्री मंत्र का जाप करते। पिता उनकी इस बात से खुश रहते। शाम को जब माँ खाना बना रही होतीं या जब माँ छूने से होतीं तो खाना बनाने में मदद करने पहुँच जाते। सारा घर का सामान साइकिल पर लादकर ले आते। महीने का सामान लाने और रोज की सब्जी भाजी लाने का काम अक्सर वही करते। गप्पी को इस बीच लगता कि कोई उससे प्यार नहीं करता है। माँ का सारा ध्यान छोटे की तरफ चला गया था। गप्पी किसी भी चीज़ की माँग करते तो उन्हें डाँट पड़ जाती। घर की आर्थिक स्थिति बहुत अच्छी नहीं थी। बड़के को इंजीनियरिंग पढ़ने के लिए बम्बई भेज दिया गया था। इसलिए बजट गड़बड़ाया हुआ था। किसी किताब के लिए गप्पी पैसे माँगते तो तत्काल उन्हें मासी के लड़कों का उदाहरण दिया जाता कि उन्हें देखो वो लाइब्रेरी से लाकर किताब पढ़ लेते हैं। गप्पी को ये सारी बातें समझ नहीं आती थीं। उसे अक्सर लगता कि कोई उसे प्यार नहीं करता। वह दिनोंदिन चिड़चिड़ा होता जा रहा था। वह अक्सर घर से बाहर रहता। सारा-सारा दिन उसके घर से बाहर रहने और रात को भी देर से घर लौटने को लेकर अक्सर किच-किच मची रहती। एक बार भुआ आयी हुई थीं। गप्पी घर में जैसे ही घुसा उसके पिता ने भुआ को आवाज़ लगाई कि जल्दी आओ गप्पी आ गये हैं, देर करोगी तो ये फिर चले जायेंगे। पिता ने लगभग मज़ाक उड़ाने

के अंदाज़ में कहा था। माँ की शिकायत थी कि वह जब भी बोलना शुरू करती है गप्पी सुनता नहीं और चप्पल घालकर चल देता है। कभी-कभी गप्पी कहता कि लगता है मैं तुम्हारा बेटा नहीं हूँ...माँ चिढ़कर कहतीं...हाँ तुम्हे घूड़े पर से उठा कर लाए थे...वह भी चिढ़कर जोड़ता–हो सकता है अनाथालय से लाए हो...माँ और चिढ़ जाती, कहतीं...हाँ...हमारे कम थे न, इसलिए तुम्हें अनाथालय से लाये थे...। गप्पी के पिता अनाथालय ट्रस्ट के अध्यक्ष भी थे। माँ का यह ऐसा तर्क था कि गप्पी किसी किस्म की फेंटेसी नहीं गढ़ पाता था। उससे बड़े तीन भाई और एक बहन थी और अब उससे छोटा भी एक भाई हो चुका था। घर में सबको लगता था कि छोटे के होने के बाद गप्पी का चिड़चिड़ापन बढ़ गया है। सब मानते थे कि गप्पी को लगता होगा कि सबसे छोटे होने के कारण जो उसे मिला हुआ था, वह उससे छिन गया है। सच तो पता नहीं पर गप्पी में तेजी से घर के प्रति एक अलगाव पैदा हो रहा था।

उस दिन सुबह से ही बारिश हो रही थी।
जिस दिन गप्पी घर छोड़कर बम्बई
भाग गया।

मोतीलाल मास्टर साहब तबादले पर नीमच से आये थे। उनका गप्पी के घर में आना-जाना शुरू हुआ तो उन्होंने सारे घर को अपने रंग में रंग लिया। कुछ ही दिन बाद स्थिति यह हो गयी कि कोई काम मोतीलाल मास्टर साहब से पूछे बिना नहीं होता। गप्पी के पिता आसानी से किसी पर विश्वास नहीं करते थे। पर पता नहीं मोतीलाल जी ने क्या जादू किया कि वह हर बात में उनसे राय-मशविरा करते। मोतीलाल मास्टर साहब की आँखें कुछ अजीब री थीं। चढ़ी-चढ़ी सी। सामने देखकर बात करते तो लगता कि वह छत की तरफ देख रहे हैं। उन्हीं ने बताया था कि वह तंत्र साधना करते थे जिसके कारण उन्हें ब्लड प्रेशर हो गया था और उनकी आँखें स्थायी रूप से ऊपर चढ़ गयी थीं। गप्पी को उनका हर मामले में दखल देना पसन्द नहीं था। हायर सेकेन्डरी पास करने के बाद ओम को छोड़कर गप्पी के सारे दोस्त मोतीलाल विज्ञान महाविद्यालय में दाखिला लेना चाहते थे। सबके बीच एक ही वाक्य अक्सर सुनाई पड़ता कि फर्स्ट इयर इज़ रेस्ट ईयर। सब मानकर बैठे थे कि बी.एस-सी फर्स्ट ईयर तो एक साल में निकल ही नहीं सकता। गप्पी इससे सहमत नहीं था। उसकी इच्छा पहली बार में ही फर्स्ट ईयर पास करने की थी। वह मेडिकल में जाना चाहता था। वह सिर्फ डाक्टर होने के सपने देखता। ओम उसका पक्का दोस्त था। उसके दो बड़े भाई वैद्य थे और वह किसी भी तरह मेडिकल में जाना चाहता था। गप्पी और ओम ने तय किया कि वो मोतीलाल विज्ञान महाविद्यालय के बजाय सैफिया कॉलेज में दाखिला लेंगे। गप्पी के पिता इसके लिए तैयार थे। सैफिया कॉलेज

प्राइवेट कॉलेज था और शहर के एक सबसे बड़े बोहरा व्यापारी सज्जाद हुसैन का था। शहर के बहुत सारे पेट्रोल पम्प और होटल उन्हीं के थे। वह एक मुस्लिम कॉलेज माना जाता था। कुछ लोग उसे भोपाल की अलीगढ़ युनिवर्सिटी भी कहा करते थे। यह जुमला बुरे अर्थ में बोला जाता था। वह एक ऐसा कॉलेज था जिसमें साइंस, आर्टस्, कामर्स और लॉ सभी फेकल्टीज़ थीं। वह पहली क्लास से लेकर पोस्ट ग्रेजुएशन तक था।

ओम और गप्पी ने पूरा मन बना लिया था कि वह बाकी दोस्तों से थोड़ा अलग हटकर जमकर पढ़ाई करेंगे और पहली बार में ही फर्स्ट ईयर पास करके मेडिकल में दाखिला लेंगे। इन दिनों घर में थोड़ा तनाव शुरू हो चुका था। जग्गी और गप्पी में आये दिन झगड़ा होता रहता। गप्पी के सैफिया कॉलेजवाले फार्म पर पिताजी को दस्तखत करना था। शाम को मोतीलाल मास्टर साहब अक्सर ही घर आते थे। उस शाम पिताजी ने फार्म पर दस्तखत करने को पेन खोला ही था कि मोतीलाल मास्टर साहब ने घर में प्रवेश किया। पिताजी के हाथ में फार्म देखा तो पूछा किसका फार्म है? पिताजी ने बताया कि गप्पी सैफिया कॉलेज में एडमीशन ले रहा है। इतना कहना था कि मोतीलाल मास्टर साहब ने तपाक से कहा, वह तो गुण्डों का कॉलेज है। उसमें तो कतई एडमीशन नहीं लेना चाहिए। पिताजी साइन करते-करते रुक गये और गप्पी को बुलाकर कहा कि तुम मोतीलाल विज्ञान महाविद्यालय में एडमीशन ले लो। सैफिया कॉलेज ठीक नहीं। गप्पी ओम से कह चुका था। गप्पी ने बहुत तर्क दिए पर पिताजी नहीं माने। वह एक बार तय कर लेते तो तय कर लेते। फिर उन्हें कोई नहीं मनवा पाता। गप्पी भी कम जिद्दी नहीं था। पिताजी ने सैफिया का फार्म फाड़कर उसकी चिन्दियाँ बाहर फेंक दीं। कमरे से बाहर जाते हुए उन्होंने फीस के लिए अस्सी रुपये दिये और कहा कल जाकर मोतीलाल कॉलेज में जमा कर दो। गप्पी भिनभिनाते हुए कमरे से निकला और सीधे सीढ़ियाँ उतरकर ओम के घर चला गया।

ओम भी थोड़ा दुखी हुआ। उसने फार्म भर दिया था। गप्पी भिन्नाया हुआ था। गप्पी और ओम घर से निकले, किराये की साइकिलें लीं और घूमने निकल गये। बहुत देर तक यहाँ-वहाँ भटकते रहे। भटकते भटकते रात हो गयी थी। घड़ी देखी, लगभग आठ बज रहा था। गप्पी ने कहा अब लौटना चाहिए वरना घर में और बखेड़ा मचेगा। शाहजहाँनाबाद में मॉडल स्कूल के पासवाले दरवाजे से नीचे जाती सड़क एक सीधी ढलान जैसी थी। साइकिल उस पर तेजी से उतरने लगी। जंगली फिल्म कुछ दिन पहले ही देखी थी। दरवाजे के नीचे आकर दोनों ने जोर से चिल्लाया याहू...। दरवाजा गूँज गया। दरवाजे के सामने खड़ा ट्राफिकवाला इस अप्रत्याशित आवाज़ से अचकचा-सा गया था। उसने तत्काल हाथ बढ़ाकर साइकिल पकड़ ली। रात हो चुकी

थी। साइकिल में उन दिनों लाइट लगाना ज़रूरी था। साइकिलों में लाइट नहीं थी। गप्पी ने ट्राफिकवाले को समझाने की कोशिश की कि उन्हें बहुत दूर जाना है। पर वह नहीं माना। उसने कहा दोनों साइकिलों की हवा निकाल दो। गप्पी आनाकानी कर रहा था। ट्राफिकवाला हवा निकालने को झुकने लगा तो गप्पी झुका और मुँह से हवा निकलने की आवाज़ करके बोला कि लो हवा निकल गयी। ट्राफिकवाला समझ गया। देखते-देखते दोनों में झूमा झटकी हो गयी। सामने ही थाना था। उसने एक पुलिसवाले को आवाज़ देकर बुला लिया। पुलिसवाला और ट्राफिकवाला मिलकर दोनों को पकड़ कर थाने ले गये। मामला निपटते-निपटते बहुत रात हो गयी।

गप्पी दबे पाँव घर में घुसा लेकिन सीढ़ी चढ़ते ही सामने जग्गी आ गया और छूटते ही उसने कहा—कहाँ से आ रहे हो इतनी रात को? गप्पी यूँ भी काफी उखड़ा हुआ था। थाने में पुलिसवाले ने उसे दो-एक झापड़ भी जड़ दिये थे। झूमा झटकी में कंधे पर से उसका कमीज फट गया था। उसने उतनी ही उजड्डता से कहा तुमसे मतलब! जग्गी ने कहा मुझे सब मालूम है...तुम कहाँ जाते हो क्या करते हो। गप्पी और उखड़ गया तभी पिताजी जाने कहाँ से प्रकट हुए और एक झन्नाटेदार झापड़ गप्पी के गाल पर पड़ा...झापड़ का पीछा करते उनके शब्द गूँजे...बड़े भाई से ज़बान लड़ाता है। गप्पी गुस्से में फन्नाता हुआ अपने कमरे में चला गया। नींद उड़ चुकी थी और दिमाग गुस्से से उबल रहा था। उसने तय किया, अब इस घर में वह नहीं रह सकता। घर छोड़ देने का विचार पहली बार उसके मन में नहीं उठा था। घर में जब-जब तनाव बढ़ता वह सबसे पहले घर छोड़ने के बारे में ही सोचता था। वह बहुत छुटपन में एक बार घर छोड़ने की कोशिश कर चुका था। वह कहाँ जायेगा? क्या करेगा? बहुत रात तक वह इसी बारे में सोचता रहा। सोचते-सोचते शायद एक झपकी-सी लगी होगी जो जल्दी ही खुल भी गयी।

गप्पी सुबह उठा तो धीमी-धीमी-सी बारिश हो रही थी। वह तैयार हुआ। फीस के रुपये जेब में रखे और एक छाता लेकर घर से निकल गया। बाज़ार जाकर उसने एक छोटा-सा खटकेवाला चाकू खरीदा। गर्मी की छुट्टियों में वह अपनी बहन के साथ बम्बई गया था। अभी तक उसने इतनी लम्बी दूरी की वही एक मात्र ट्रेन देखी थी। उसका उसे समय भी पता था। उसे लगा कि भोपाल से भागने के लिए बम्बई ही सबसे बढ़िया जगह है। फिल्में देख-देखकर फिल्मों में जाने का एक सपना भी मन के किसी कोने में दबा रहा होगा। बम्बई के बारे में लेकिन कई क़िस्से उसने सुन रखे थे। इसलिए उसे लगा कि एक चाकू उसके पास होना चाहिए। हालाँकि वह बहुत छोटा-सा चार इंच का चाकू था। वह सीधा स्टेशन गया। टिकट खरीदा और ट्रेन के आने तक इधर-उधर घूमता रहा। वह लगातार इधर-उधर देख रहा था कि कोई परिचित उसे देख न ले। इस घबराहट में वह कभी छाते को खोल लेता कभी बंद

कर लेता। ट्रेन आयी तो वह उसमें चढ़ गया और छाता उसने स्टेशन पर ही छोड़ दिया। ट्रेन चली तो उसने राहत की साँस ली।

गप्पी की उस दिन की डायरी का एक पन्ना
जो भागनेवाले दिन के कई दिन बाद
लिखा गया होगा।

मैंने घर छोड़ दिया। वह डरावना सपना आखिरकार सच हो गया। मैं अक्सर ऐसा सपना देखता था कि मैने घर छोड़ दिया है और मैं एक ट्रेन में बैठा हुआ कहीं चला जा रहा हूँ...कहाँ जा रहा हूँ यह मैं कभी नहीं जान पाया। मैं सपने में कहाँ जाते हुए अपने को देखता था, यह खुद मेरे लिए भी एक रहस्य था...। ट्रेन जैसे-जैसे आगे जा रही थी एक अनिश्चितता मन में बढ़ती जा रही थी। यह सपना नहीं था, मैं सचमुच जा रहा था। घर छोड़ दिया था और गुस्सा इससे आगे नहीं सोचने दे रहा था कि अब लौटकर घर नहीं जाना है, कभी भी नहीं। चाहे होटल में कप-प्लेट ही क्यों न धोना पड़े पर लौटकर घर नहीं जाऊँगा। सीटें खाली थीं पर बैठने का मन नहीं हो रहा था। अगल-बगल के लोगों को देखकर मुझे लग रहा था कि लोग मुझे देख रहे हैं। लोग अगर पूछेंगे तो क्या कहूँगा। हो सकता है लोग पूछें कि तुम्हारा सामान कहाँ है। मैंने मन ही मन बहाने ढूँढ़े। कह दूँगा, मेरे घरवाले सब पहले ही बम्बई जा चुके हैं। सामान उन्हीं के साथ चला गया। एकाध आदमी ने यह पूछा भी और मैंने मन ही मन तैयार बहाना दोहरा दिया। उसने कुछ और कुरेदने की कोशिश की तो मैं दरवाजे से बाहर देखने लगा। कुछ देर बाद अचानक मुझे ख्याल आया कि घर में क्या बात हो रही होगी? फिर लगा अभी तो किसी को इस बात का ख्याल भी नहीं होगा कि मैं शहर छोड़कर चला गया हूँ। सारा हंगामा तो तब शुरू होगा जब मैं रात को नहीं लौटूँगा। हो सकता है कल घरवाले पुलिस में रिपोर्ट करें। करें तो करें, मैंने सिर को झटका देकर विचारों को परे धकेलने की कोशिश की। एक बार फिर मन ही मन दोहराया कि चाहे कुछ हो जाये घर नहीं लौटना है। कुछ लोग अभी भी मुझे देख रहे थे या हो सकता है, मुझे ही ऐसा लगा हो। चोर की दाढ़ी में तिनका।

मैं बाथरूम में घुस गया। मुँह धोया और बेसिन पर लगे आइने में अपने को देखा। मैं बहुत दुबला था। चेहरा भी अजीब लंबोतरा-सा लगा। नाक मोटी और दाँत भी ऊबड़-खाबड़। लगा कि अगर थोड़ा चेहरा-मोहरा अच्छा होता तो बम्बई फिल्म इंडस्ट्री में भी कोशिश की जा सकती थी। तत्काल ही दूसरे विचार ने जगह बनाई...क्या यह ज़रूरी है कि हीरो ही बना जाये। कई साइड रोल होते हैं उसके लिए कोशिश की जा सकती है। इस बीच मैंने कई कोणों से अपना चेहरा देखने की

कोशिश की, मन ने कहा नहीं इतना बुरा भी नहीं है...कि कोई काम न मिल सके। कुछ-कुछ लिखना भी शुरू हो गया था...सोचा कुछ नहीं तो डायलाग लिखने का काम तो किया ही जा सकता है और गीत भी...गीत की कुछ पंक्तियाँ मन ही मन गुनगुनायीं...पर फिल्म इंडस्ट्री कहाँ है, मुझे कोई पता नहीं था। किससे मिलना पड़ता है, किससे बात करनी पड़ती है, कुछ भी पता नहीं था। मन को फिर एक झटका दिया...अब जो होगा देखा जायेगा। किसी न किसी से पता चल ही जायेगा। आईने के सामने खड़े-खड़े थकान होने लगी...बाहर निकल आया...। रात हो गयी...मन में एक बार फिर घबराहट ने सिर उठाया...जब तक काम नहीं मिलेगा क्या होगा? कहाँ रहूँगा...कहाँ सोऊँगा...जेब में अस्सी रुपये थे...बम्बई के जेबकतरों के क़िस्से बहुत सुन चुका था। एक बार फिर बाथरूम में घुसा और पतलून के बेल्टवाले हिस्से में लगे अस्तर में चाकू से एक छेद बनाया और रुपयों को मोड़कर उसके भीतर घुसा दिया। अब कोई डर नहीं था। इस जगह से कोई पैसे नहीं चुरा सकता था। रात बढ़ी जा रही थी। दिमाग सोच-सोचकर थक रहा था, आँखों में नींद नहीं थी...ट्रेन सुबह-सुबह बम्बई पहुँचती थी...। काम ढूँढ़ने के लिए पूरा दिन मिलेगा। किसी से समय पूछा। रात बारह बज चुका था...लगा घर में फिकर होना शुरू हो गयी होगी...पता लग गया होगा कि मैं घर छोड़कर भाग चुका हूँ...। खिड़की से सिर टिकाए रात-भर मैं इसी तरह के उटपटाँग विचारों में खोया रहा...।

चौथी किश्त

जीवन और क़िस्से कभी समाप्त नहीं होते। मनुष्य जैसे अपना पुनरुत्पादन करता है उसी तरह क़िस्से भी अपनी औलादें पैदा करते रहते हैं और उनका वंश कभी समाप्त नहीं होता। मनुष्यों में बाँझपन एक बार मिल भी जाये पर क़िस्सों में किसी किस्म का बाँझपन नहीं होता। हम आप ज़्यादा से ज़्यादा चार पीढ़ी पहले के किसी पूर्वज को जानते होंगे। गया में फलगू नदी पर बैठा हमारे खानदान का कोई पण्डा अपना खाता खोलकर अधिकतम दस पीढ़ी के नाम बता देगा। स्मृति की नदी उद्गम की दिशा में बहुत ज़्यादा दूर तक नहीं बहती। क़िस्सों का वंश-वृक्ष बनाना तो और भी टेढ़ी खीर है।

क़िस्से कुछ-कुछ शराब की तरह होते हैं जो चाहे कितने की मुँह और कितनी ही ज़बानों से होकर गुज़रे लेकिन वे जूठे नहीं होते। चण्डूखाने की चिलम जैसे एक के हाथ से दूसरे के हाथ में आती-जाती रहती है, क़िस्से भी एक क़िस्सेबाज से दूसरे क़िस्सेबाज के पास सफ़र करते रहते हैं। चाहो तो उसे चिलम या हुक्का कुछ भी कह लो। बस उसमें तम्बाकू और आग बची रहना चाहिए।

घर से बाहर भाग जाना जितना आसान था, अपने भय से बाहर भाग जाना उतना आसान नहीं था। भय एक ऐसा परजीवी था जो गप्पी से खुराक लेकर उससे ज़्यादा ताकतवर हो गया था।

विक्टोरिया टर्मिनस पर ट्रेन से उतरकर बाहर आने तक गप्पी के लिए कुछ भी अपरिचित नहीं था। दो महीने पहले ही वह बम्बई में अपनी बहन के घर आया था। गर्मी की छुट्टियाँ उसने बम्बई में ही बिताई थीं। बम्बई का वह उसका पहला सफ़र था इसलिए उसने पैदल ही बम्बई की खाक छान मारी थी। 1962 का बम्बई मुंबई नहीं था। न सड़कों पर बहुत भीड़ थी, न बसों में। लोकल ट्रेन में सफ़र करना भी बहुत कठिन नहीं था। वह अकेला ही इधर-उधर भटकता रहता। मेरिन ड्राइव पर शाम ढलते ही समुद्र उछलने लगता और किनारों पर बड़े-बड़े सीमेन्ट के सितारों से टकराकर लहरें इतनी ऊँची उछलतीं कि उनकी फुआरों से फुटपाथ और आधी दूर तक सड़क भी भीग जाती। फुटपाथ पर चलते हुए वह कई बार उन फुआरों में भीगा था। बंबई एक साफ-सुथरा शहर था। बहन के घर के पास की सड़कें आधी रात के बाद धुलना शुरू हो जातीं। भूलेश्वर का इलाका गुजरातियों का इलाका था। सुबह-सुबह गुजराती महिलाओं के झुण्ड हाथों में पूजा की थालियाँ लिए मन्दिरों की ओर जाते हुए दिखते। बंबई जाना-पहचाना-सा शहर लग रहा था लेकिन स्टेशन से बाहर निकलते ही उसे अजीब से डर ने दबोच लिया। जैसे-जैसे वह आगे बढ़ने लगा डर बड़ा होने लगा। उसके अपने कद से भी बड़ा। घर से भाग आना जितना आसान था, इस डर से बाहर भाग पाना उतना आसान नहीं था। वह जिधर भी कदम बढ़ाता डर उसी रास्ते पर आकर खड़ा हो जाता। वह समझ नहीं पा रहा था कि वह किधर जाए। डर को गच्चा देकर निकलना कोई आसान काम नहीं था। चाय के एक ठेले पर खड़े होकर उसने एक चाय पी और फिर आगे बढ़ा। उसने रात को भी कुछ नहीं खाया था। सींगदाना और मुरमुरे की एक दुकान उसे दिखी तो उसने एक पुड़िया खरीदी। उसे याद आया कि बहन के घर के नीचे भी एक ऐसी ही दुकान थी जिस पर सींगदाना और मुरमुरे मिला करते थे। मूँगफली के नमकीन दाने उसने पहली बार बंबई में ही खाये थे। उसने पुड़िया से कुछ मुरमुरे और मूँगफली के नमकीन दाने मुँह में डाले। तभी उसे याद आया कि उसने मुँह नहीं धोया है। साथ कोई सामान नहीं था। ब्रश करना भी सम्भव नहीं था। कमीज में जगह-जगह सलवटें पड़ चुकी थीं। कई सवाल एक साथ सर उठाने लगे। वह कैसे मुँह धोयेगा। कपड़े कैसे बदलेगा। फारिग होने कहाँ जायेगा। उसने फुटपाथ पर नज़र डाली। उसके पास कोई चादर या बिस्तरा भी नहीं था। रात वह कहाँ बितायेगा। फिल्मों में देखे बंबई की फुटपाथों

के कई दृश्य उसकी आँखों के आगे घूमने लगे। उसे लगा दिन अगर किसी तरह कट भी गया तो रात कहाँ काटेगा? उसने अपने बगल में खड़े डर की तरफ देखा, डर उससे बड़ा हो चुका था। डर का कद बढ़ रहा था या उसका अपना कद छोटा होता जा रहा था, कहना मुश्किल था। उसने अपने ही डर के बगल में खड़े होकर अपना कद नापने की कोशिश की तो पाया कि वह अपने डर के कान तक भी नहीं आ पा रहा था। वह डर के बगल से हट गया लेकिन एक पल बाद ही डर फिर उसके बगल में आकर खड़ा हो गया। वापस लौटने के रास्ते में उसका अहम् खड़ा था। बहुत देर तक अपने अहम् से लड़ने-झगड़ने के बाद उसने तय किया कि वह बहन के घर जायेगा। उसने मन ही मन एक कहानी बनाई और बहन के घर की तरफ चल पड़ा।

सारे रास्ते वह मन ही मन एक कहानी बनाता रहा जिसे बहन के घर जाते ही उसे सुनाना था। बहन के घर पहुँचते-पहुँचते काफी समय हो चुका था। बहन के घर के पास पहुँचते हुए वह कई बार रुका। उसने कई बार अपने को रोकने की कोशिश की। कई बार सोचा कि कम-से-कम एक रात वह बंबई की सड़कों पर गुजारकर देखे। बहन के घर जाना ज़रूरी ही होगा तो वह एक दिन बाद भी जा सकता है। लेकिन जैसे ही वह दूसरी तरफ बढ़ने को होता उसका डर उसे धकियाकर आगे बढ़ा देता। उसका डर जो पहले उससे भी दुबला-पतला और कमज़ोर था, देखते ही देखते उससे ज़्यादा तंदुरुस्त हो गया था। डर एक ऐसा परजीवी था जो आपके ही शरीर से अपनी खुराक पाकर आपको कमज़ोर करता जाता है और हर दिन आपसे ज़्यादा ताकतवर होता जाता है। उसने वनस्पतिशास्त्र में परजीवी पौधों के बारे में पढ़ा था। डर लेकिन कोई पौधा नहीं था। वह एक अदृश्य जीव था जो दिखता नहीं था पर था और हर घड़ी महसूस होता था। आप चाहे उसे न छू सकें लेकिन वह जब चाहे आपको छू सकता था।

बहन के घर के सामने ही कबूतरखाना था। सैकड़ों कबूतर सड़क पर डाले गये दानों को चुग रहे थे। कबूतर दाना चोंच में भरते और फड़फड़ाकर छोटी-सी उड़ान भरते। सड़क के शोर पर कबूतरों की फड़फड़ाहट हावी थी। वह एक पल को रुका और पुड़िया में बचे हुए मुरमुरे और सींगदाने उसने कबूतरों के बीच फेंक दिये। कबूतरों में से कुछ कबूतर उड़े और फिर उन मुरमुरों पर टूट पड़े। वह भारी कदमों से बहन के घर की ओर बढ़ गया। बहन दूसरे माले पर रहती थी। वह धीरे-धीरे सीढ़ियाँ चढ़ रहा था। एक थकान उसके सारे वजूद पर तारी होती जा रही थी। बहन के घर में दो कमरे और एक रसोई का छोटा-सा कमरा था। एक कमरा तीसरे माले पर था। वह जीजा का अपना निजी कमरा था। उसने बहन के घर का दरवाजा खटखटाया। बहन निकलकर आयी। जीजा घर में नहीं थे। उसने राहत की साँस ली।

जीजा का घर में नहीं होना आश्चर्यजनक था। जीजा का इस समय बाहर जाना उनकी दिनचर्या से मेल नहीं खाता था। उनकी दिनचर्या बहुत अजीब-सी थी। वे सुबह उठने के बाद तीन-चार बार बहुत देर तक उबाली हुई कड़क चाय पीते। फिर बहुत देर तक गुसलखाने में घुसे रहते। एक-डेढ़ घंटे में नहाकर निकलते। इसके बाद उनकी पूजापाठ शुरू होती तो वह भी एक-डेढ़ घंटे चलती। लगभग दो या तीन बजे वे सुबह का खाना खाते। दोपहर में वे नियम से सोते और शाम को हाथ-मुँह धोकर तैयार होते। कलफ लगी धोती और रेशमी कुर्ता पहनकर निकल जाते। फिर उनके वापस लौटने का कोई निश्चित समय नहीं था। वे कोने की दुकान पर एक पान खाते। वे मंझले कद के और खूब गोरे-चिट्टे थे। पान उनको बहुत रचता था। बहन गप्पी को देखकर चौंकी और फिर उसने कुछ संदेह से उसकी तरफ देखा। उसने जो कहानी बनाई थी धीरे-धीरे अटक-अटककर बहन को सुना दी। बहन ने उस पर कोई खास प्रतिक्रिया नहीं दी। इसी बीच जीजा आ गये थे।

जीजा के आते ही उन्हें एक तरफ ले जाकर बहन ने उनसे जाने क्या कहा। वह उनकी बातें नहीं सुन पाया। जीजा भाँप गये थे। उन्होंने गप्पी से बात करने से पहले भोपाल फोन लगाया और उसके घरवालों को बता दिया कि गप्पी बंबई पहुँच गया है। कुछ देर फोन पर बातें होती रहीं। यह अनुमान लगाना कठिन था कि दूसरी तरफ से क्या कहा जा रहा था।

पहली कहानी जो इतनी अतार्किक थी कि थोड़ी देर में ही तर्कों के सामने ढेर हो गयी। तर्क कल्पना को खेलने के लिए जगह नहीं देता था।

बहन शायद उसकी सुनाई कहानी जीजा को बता चुकी थी। जीजा ने बहुत तसल्ली के साथ उससे एक बार फिर उस कहानी को सुनाने को कहा। उसने एक बार फिर अपनी कहानी को दोहराया कि वह मोतीलाल विज्ञान महाविद्यालय में फीस भरने के लिए पैसे लेकर कॉलेज गया था। कॉलेज जानेवाली सड़क के बगल में ही एक सूखा-सा नाला है। सड़क पर सीनियर लड़कों के झुण्ड देखकर वह डर गया और नाले की तरफ उतर गया। तभी वहाँ दो-तीन लोगों ने उसे रोक लिया और कुछ सुँघाकर बेहोश कर दिया। फिर उन लोगों ने उसे बंबई की ट्रेन में डाल दिया। उसको जब होश आया तो उसने पाया कि वह ट्रेन में है और इस तरह वह यहाँ पहुँच गया। जीजा ने इस मुख़्तसर-सी कहानी को सुना और कहा कोई बात नहीं। तुमने पुलिस में शिकायत नहीं की? उसने इंकार में मुंडी हिला दी। जीजा ने एक बार फिर कहा कोई बात नहीं, शाम को बात करेंगे। शाम जीजा एक आदमी को लेकर आये और बताया कि ये सी आई डी में काम करते हैं। तुम सारी बात इन्हें बताओ...फिर देखते

हैं कि क्या किया जा सकता है। गप्पी अंदर ही अंदर हार चुका था। वह समझ गया था कि उसकी कहानी में कोई दम नहीं। गप्पी ने बहुत बेमन से एक बार फिर कहानी को दोहराया। उस आदमी ने दो-तीन तर्क किये। उन लोगों ने तुम्हें बेहोश क्यों किया? क्या उनने तुमसे पैसे छीने? फिर वे बंबई की गाड़ी में तुम्हें क्यों छोड़कर गये? स्टेशन तक वे तुम्हें कैसे लाये? जब तुम्हें होश आया तो तुमसे बोगी में दूसरे लोगों ने कुछ पूछा नहीं? साधारण से सवालों के आगे ही उसकी कहानी ढेर हो गयी थी। कहानी की पूरी पोल खुल चुकी थी। पहली बार उसे लगा कि तर्क कितनी क्रूर चीज़ है। वह कल्पना को खेलने के लिए कोई जगह ही नहीं देता। वह कल्पना के सारे खिलौने छीन लेता है। तर्क का मैदान सँकरा होता है उसमें कल्पना न हाकी खेल सकती है न सितौलिया। उसे पहली बार लगा कि उसे कहानी बनाना नहीं आता। वह कहानीकार नहीं बन सकता। फिल्मों के लिए कहानी लिखने का उसका इरादा चौपट हो गया। यह दिन लेखक बनने की उसकी इच्छा की अकाल मृत्यु का दिन था। उसका मन हुआ कि वह सब कुछ सच-सच बता दे। लेकिन उसकी हिम्मत दगा कर रही थी। सच कोई ऐसी कमीज़ नहीं थी जिसे पहनकर आप हमेशा स्मार्ट ही लगें। यह ऐसा सच था जिसे बोलकर उसे अपनी ही नज़रों में अपमानित होना था। पराजित होना था। बहुत बौना हो जाना था। जीजा ने भाँप लिया था कि गप्पी से जवाब देते नहीं बन रहा है। उन्होंने सीआईडी के रूप में परिचित करवाये गये आदमी को रोक दिया और बातों का रुख बदल दिया। कुछ देर बाद वह आदमी चला गया। दूसरे दिन गप्पी ने बहन को सब कुछ बता दिया था।

कबूतर दिन-भर बरामदे में गुटरगूँ करते और
मन में एक अनिश्चितता कुड़कुड़ाती रहती।
सामने के घर में एक बूढ़ी कंघी
करती रहती थी।

घर के नीचे कबूतरखाने के कबूतर दुपहर में उड़कर ऊपर आ जाते। बरामदे में दिन-भर उनकी गुटरगूँ की आवाज़ भरी रहती। शाम तक बरामदे की मुँडेर उनकी बीट से भर जाती थी। जीजा दो-तीन दिनों में एक बार सुबह-सुबह बाल्टी में पानी और कपड़ा लेकर कबूतरों की बीट साफ करते। उनमें कमाल का धैर्य था। वह बहुत तल्लीनता से घंटों कबूतरों की बीट साफ करते रहते। बीच-बीच में जब वे थक जाते तो उनके लिए चाय बनती। चाय पीते हुए वे कबूतरों को मुँडेर पर बैठने से रोकते रहते। चाय खत्म करके वे वापस बीट साफ करने में जुट जाते। कभी-कभी जीजा की माँ और उनकी विधवा चाची भी बंबई आ जाती थीं। चाची सुन्दर भी थीं और बहुत मजेदार भी। जीजा की उनसे अक्सर ही खटपट चलती रहती। चाची बहुत कम

इसलिए उन्होंने कहा कि अगर वह भोपाल नहीं जाना चाहता है तो वे उसे बंबई में ही दाखिला दिला देंगे। उसे जीजा की बात पर थोड़ा-थोड़ा भरोसा भी होता। लेकिन बीच-बीच में जीजा यह भी समझाते कि बंबई के कॉलेज में दाखिला मिलना बहुत आसान नहीं है। भोपाल की पढ़ाई और बंबई की पढ़ाई में भी बहुत फरक है। फिर मार्कशीट और टीसी वगैरह तो भोपाल से लाना ही पड़ेगी। कुछ दिन बाद जब एक दिन गप्पी के मंझले भाई उसे भोपाल ले जाने को आ गये तभी उसे पता चला कि जीजा उसे सिर्फ रोके रखने के लिए ही इस तरह की बात कर रहे थे। मंझले के आते ही सारी कहानी का पटाक्षेप हो गया।

समुद्र में उठा ज्वार थम चुका था। समुद्र वापस बड़े तालाब में बदल गया था। एक शाम गोहर महल की सीढ़ियों पर सिगरेट पीते हुए डुग्गी ने कहा अपना तालाब अपना तालाब है, समुद्र कितना ही बड़ा क्यों न हो पर समुद्र किसी का अपना समुद्र नहीं होता। उदासी अब अनमनेपन में बदल चुकी थी। यह एक ऐसा अनुभव था जिसने गप्पी को पूरी तरह बदल दिया था। अब वह पहलेवाला गप्पी नहीं था।

साधू बनने को भेजा गया लड़का कव्वाल
होकर लौटा। आवारगी के सिवा
किसी के पास कोई काम नहीं था।

गप्पी के लौट आने के बाद घर में तनाव बढ़ता जा रहा था। गप्पी को लगता वह एक पराजित व्यक्ति है। कभी-कभी उसे लगता जैसे घर में सब उसका मज़ाक उड़ा रहे हैं। कई बार भाइयों से झड़प हो जाती। वह ज़्यादा से ज़्यादा वक्त घर के बाहर गुजारने लगा था। इस बात पर भी आये दिन झगड़े होते। न वह बाहर रह पा रहा था न घर के अंदर। वह घर में होता तो उसका दिमाग बाहर भटकता रहता और बाहर दोस्तों के बीच होता तो अचानक वह कहीं अपने ही अंदर गायब हो जाता। इन्हीं दिनों डुग्गी ने एक दिन बताया कि जगदीश लौट आया है। जगदीश मावेवाले नेमा का लड़का था। वह अक्सर स्कूल से भाग जाता। उसका मन पढ़ाई में नहीं था। आये दिन स्कूल से उसकी शिकायतें आतीं। एक दिन तंग आकर उसके पिता ने उसे सुधारने के लिए किसी आश्रम के गुरुकुल में भेज देने का निर्णय ले लिया। वह बहुत रोया। बहुत जिद की पर तब वह छोटा था। उसकी एक न चली। जिस दिन वह जा रहा था, दोस्तों के साथ गप्पी भी उसे विदा करने गया था। वह पीले रंग में रँगी धोती पहने था। बदन पर ऊँची-सी बंडी थी। बाल एकदम छोटे-छोटे कर दिये गये थे। एक लम्बी-सी चुटइया थी जिसमें गाँठ लगी हुई थी। उसकी इस हालत को देखकर हँसी भी आ रही थी और दुख भी हो रहा था। जगदीश बहुत उदास था। दोस्तों को देखा तो वह झेंप गया। उसने आँसू रोके और मुँह फेर लिया। वह चला

उम्र में ही विधवा हो गयी थीं। उनकी कोई संतान नहीं थी। जीजा खटपट हो जाती तो वह सौरों चली जातीं या देवास। उन्हें बहुत सारी थीं। खासकर द्विअर्थी पहेलियाँ। गर्मी के दिन थे। चाची गप्पी के चौ आयीं थीं। कई बार वह बंबई जाते या बंबई से देवास लौटते हुए भोप गप्पी, के यहाँ चली आती। गर्मी के दिनों में सब छत पर सोते थे। छत पर पानी छींटकर ठंडा कर दिया जाता और बिस्तर लगा दिये जाते थे—गप्पी मैं और चाची छत पर थे। चाची ने कहा चलो एक पहेली री...मरी री...पूरा किया जब...चैन पड़ी तब। मैं और गप्पी बड़े हो रहे चाची के मुँह से ऐसी पहेली सुनकर झेंप गये। चाची ने कुछ देर मज़ फिर कहा...अरे इसका मतलब है चूड़ी पहनाना। जब चूड़ी पहनानेवाला के हाथ पर चूड़ी चढ़ाता है तो वो इसी तरह की आवाज़ निकालती है अ चढ़ जाती है तो उसे चैन आ जाता है। बस इतनी ही बात है। चाची अजीब सी शरारत भरकर हमें देखा और हँस पड़ीं। पिछली बार जब गप्पी था तब चाची बंबई में ही थीं। उन्हीं ने पहली बार कमला नेहरू पार्क से जूते की कहानी उसे सुनाई थी। चाची को ऐसी बहुत सारी कहानिय वह हर कहानी कुछ इस अंदाज़ में सुनातीं जैसे कोई जासूसी कहानी सु जीजा के घर के सामने सड़क के दूसरी तरफ एक घर था जिसके छज्जे एक अधेड़-सी औरत कंघा लिए बाल औंछती रहती। रात को जब बि तो जीजा के बरामदे से उसके घर का आगे का कमरा पूरा दिखाई पड़ कमरे में रखा रेडियो बजता रहता। कभी-कभी वह रेडियो की आवाज़ बढ़ औरत अक्सर जीजा के घर की तरफ देखती रहती और जैसे ही कोई उ देखता वह कुछ काम करने लगती। जीजा के पिता ने आत्महत्या की थी मामले को रफा-दफा करने के लिए कहा गया कि वह स्टोव जला रहे थे औ ही स्टोव भभक गया। अचानक उनके कपड़ों में आग लग गयी। घर में था। इसलिए उन्हें बचाया नहीं जा सका। एक क़िस्सा यह भी था कि जीज बहुत बड़े ज्योतिषी थे। उनकी एक भविष्यवाणी विफल हो गयी और उन्हो में आकर आत्महत्या कर ली थी। लेकिन दबी ज़बान से यह भी कहा जा सामनेवाली औरत के चक्कर में ही उन्होंने आत्महत्या की थी। जीजा की जीजा के साथ नहीं रहती थीं। जीजा जब बंबई में रहते तो उनकी माँ सौरं थीं। कभी-कभी जब वे बंबई आतीं तो जीजा घूमने निकल जाते।

गप्पी बेचैन था। समझ नहीं पा रहा था कि क्या करे। कभी-कभी उ करता कि वह चुपचाप यहाँ से भी भाग जाये। पर हिम्मत नहीं होती। एक विफलता ने ही उसे अंदर से तोड़ दिया था। जीजा इस बेचैनी को समझ

गया। बरसों से उसका कोई पता नहीं था। हम लोग भी धीरे-धीरे उसे भूल- सा गये थे। जगदीश लौटा तो वह पूरी तरह बदल चुका था। चौक में जब वह मिला तो उसके बाल बढ़े हुए थे। अच्छी-खासी दाढ़ी-मूँछ थी। मस्जिद की सीढ़ी पर बैठा वह सिगरेट में निकाले हुए तम्बाकू को वापस भर रहा था। उसने सिगरेट जलाई तो रहस्य खुला कि वह गाँजा भर रहा था। उसने कश लगाया और हम लोगों की तरफ देखा। उसकी आँखों में एक अजीब-सी चमक कौंधी। उसने गाँजे की सिगरेट हम लोगों की तरफ बढ़ाई लेकिन सबने इंकार में मुंडी हिला दी। उसका गला बचपन से ही बहुत अच्छा था। बातों का पिटारा खुला तो पता लगा कि वह आश्रम से बहुत पहले ही भाग गया था। इस बीच वह कई साल कव्वालों की सोहबत में रहा था। मस्जिद की सीढ़ियों से लगी भत्ते भाई के पिता की चाँदी की दुकान थी। उसकी छत पर बैठकर उस दिन पहली बार जगदीश ने कव्वाली सुनाई थी। कुछ अच्छी कव्वालियाँ उसे याद थीं लेकिन बीच-बीच में जब वह तरंग में आता तो नॉनवेज याने कुछ अश्लील कव्वालियाँ भी सुनाता। आश्रम के अनुशासन में कुछ ही दिन बिताने की इतनी तीखी प्रतिक्रिया उसके व्यक्तित्व में हुई थी कि उसने जगदीश को पूरी तरह आवारा बना दिया था। डुग्गी मैं और गप्पी के अलावा भी चौक के कई दोस्त अक्सर इकट्ठे होकर उससे कव्वाली सुनते थे। कुछ दिन बाद ही लेकिन उसने दोस्तों से जब-तब पैसे माँगना शुरू कर दिया था। वह कई बार लम्बे-चौड़े बहाने बनाकर दोस्तों से पैसे माँग लेता। शुरू-शुरू में तो दोस्त उसे पैसे दे देते लेकिन जल्दी ही सब समझ गये थे कि पैसे माँगना उसकी आदत हो गयी है। इसलिए दोस्त उससे कटने लगे थे। जगदीश और गप्पी दोनों ही घर से भागे थे। दोनों के भागने में लेकिन एक फ़र्क़ था। गप्पी घर से भागा था और जगदीश गुरुकुल से। लेकिन एक समानता भी थी कि दोनों लौट आये थे। दोनों के मन पराजित थे। इसलिए दोनों में थोड़ी नज़दीकी बढ़ गयी थी।

जगदीश पूरी तरह आवारा हो चुका था। शहर की कई वेश्याओं से उसकी दोस्ती थी। वह कोठों पर पड़ा रहता। शहर में एक इलाका था जिसमें वेश्याओं के कोठे थे। इसी मोहल्ले में एक बहुत खटारा-सा टाकीज़ था—लक्ष्मी टाकीज। इसलिए पूरे इलाके का नाम ही लक्ष्मी टाकीज़ हो गया था। लक्ष्मी टाकीज़ का मतलब वेश्याओं का मोहल्ला हो गया था। लक्ष्मी टाकीज़ में हमेशा ही सी ग्रेड फिल्में लगती थीं। इस टाकीज़ में फिल्म देखने का अलग ही मज़ा था कि आप बालकनी का टिकट ले लें और जब फिल्म में बोर होने लगें तो बाहर की बालकनी में निकल आयें और सामने के कोठों पर चलता नाच देख लें। अक्सर लोग फिल्म के बीच सिगरेट पीने को निकलते और बालकनी में सिगरेट पीते हुए सामने के कोठों पर चलते नाच का मज़ा लेते। सामने की कतार के पीछेवाली कतार के कोठों का भी दृश्य बालकनी से नज़र

आता था। लक्ष्मी टाकीज़ में टिकट सस्ता था इसलिए कभी-कभी जब पैसे कम होते और फिल्म देखने की इच्छा ज़्यादा ही कुलबुलाने लगती तो हम लोग लक्ष्मी टाकीज़ चले जाते। मैटिनी शो में कभी-कभी वहाँ अच्छी फिल्में भी लग जाती थीं। हंटरवाली छाप कई फिल्में हमने इस टाकीज में देखी थीं। जगदीश के पिता उसे दुकान पर बैठाने की कोशिश करते। पर वह मुश्किल से ही हाथ आता था। कभी-कभी जब घेरघारकर उसे दुकान पर बैठा ही दिया जाता तो वह गल्ले से रुपये मारकर दुकान से भाग जाता। उसकी उस दिन खूब पिटाई होती। पर अब उस पर पिटाई विटाई का कोई खास फ़र्क़ नहीं पड़ता।

दोस्तों का एक ऐसा ग्रुप तैयार हो चुका था जिसमें सभी ने यह तय कर लिया था कि उनको इस साल पास नहीं होना है। इम्तहान में नहीं बैठने का निर्णय सामूहिक था इसलिए इम्तहान के दिनों में इस ग्रुप का एक ही काम था कि वह कॉलेज में इम्तहानवाले हॉल के बाहर झुण्ड बनाये खड़ा रहता। सीनियर्स खिड़की के रास्ते पेपर बाहर भेज देते और यह ग्रुप किताबों से उसके उत्तर तैयार करके पर्चियाँ किसी तरह अंदर पहुँचाता। सारे दोस्त कॉलेज समय पर आते पर क्लास में कभी भूले से ही कोई जाता था। जाते भी थे तो किसी न किसी प्रोफेसर को तंग करने ही जाते या जब कोई जवान और नई लेडी टीचर कॉलेज में आती तो एक दिन सब तय करके उसकी क्लास में ज़रूर जाते। क्लास में जाते भी तो कुछ ही देर में एक-एक कर सब बाहर आ जाते और केन्टीन में पहुँच जाते। सारा दिन केन्टीन में बैठकर कुर्रा खेलते और चाय और भजिये खाते रहते। कॉलेज से लौट कर सारी दोपहर पटियों पर बीतती। कुछ देर को घर लौटते और शाम होते-होते वापस सब इकटठे हो जाते। फिर रात तक पटियों पर शतरंज होती रहती।

क़िस्सा दारूलकुहला का उर्फ़ हम एक पुरानी परंपरा के नए उत्तराधिकारी थे। दिलीप कुमार और दारा सिंह की फिल्में और रातभर खुली रहनेवाली पोकर की चाय की दुकान।

फालतू लड़कों की इस टोली का एक ठिकाना जामा मस्जिद की सीढ़ियाँ थीं। जामा मस्जिद के सामने एक पुलिस चौकी थी। उसी के बगल में कुर्ते की जेब की तरह अंदर की ओर धँसी हुई एक चाय की दुकान थी। दुकान में एक अंदर की तरफ धँसा हुआ कमरा था। गप्पी के ज़्यादातर दोस्त ऐसे थे जिनके पिताओं की चौक में ही दुकाने थीं। इसलिए छिपकर सिगरेट और चाय पीने के लिए इस अंदर की तरफ धँसे कमरे में ही बैठा जाता था। इस दुकान को पोकर की दुकान कहा जाता था। यह दुकान कभी बंद नहीं होती थी। इम्तहान के दिनों में आधी रात को सब यहीं चाय

पीने आते थे। हालाँकि पोकर के तीन भाई और थे। बड़ा श्याम था। मंझला पोकर था। उससे छोटा हरीश था और सबसे छोटा किशन था। श्याम और हरीश थोड़े खड़ूस थे। पोकर सीधा था और ज़्यादा मिलनसार भी। दुकान उसके व्यवहार के कारण चलती थी या किशन के कारण। किशन थोड़ा जनखों जैसा था। वह अजीब मटककर चलता। आँखों में सुरमा लगाये रहता। वह गोरा था, कम उम्र भी और भोपाली में जिसे चिकना कहते हैं वैसा चिकना भी। मनचले दोस्त और पुलिसवाले उससे छेड़छाड़ भी करते रहते। वह भी इस छेड़छाड़ के जवाब में जनख़ों की तरह हरकतें करता। कभी-कभी जब दुकान में कोई नहीं होता तो पुलिसवाले उसके गाल पर चिकोटी काट लेते। पुलिस चौकी में जब सूनापन होता तो पुलिसवाले उसे चाय के बहाने बुला लेते। रात को वह घर लौटता तो कोई न कोई उसके पीछे लगा होता। उसका घर दुकान से थोड़ी दूर पुरानी सब्जी मंडी के पास था। एक रात गप्पी भी उसका पीछा करते हुए उसके घर की अँधेरी गली तक गया था। उसके बाद क्या हुआ यह बात बहुत कुरेदने के बाद भी कभी गप्पी ने नहीं बताई। दुकान में सबका खाता चलता था। दोस्तों का ख्याल था कि पोकर हिसाब की कॉपी में गड़बड़ी करता है और पैसे बढ़ा देता है। कभी-कभी दोस्त उसके हिसाब की कॉपी पार करके उसके पृष्ठ फाड़ देते। कुछ दिन चिकचिक होती फिर सब कुछ पहले जैसा हो जाता। घंटों वहाँ बैठकर गप्पी और उसके दोस्त माचिस का कुर्रा खेलते। माचिस को टेबल के किनारे पर तिरछा रखा जाता। एक कोना जो बाहर निकला होता उसे अंगूठे से हिट करके उछाला जाता। माचिस चित गिरती तो एक प्वाइंट। आड़ी खड़ी हो जाती तो पाँच प्वाइंट और सीधी खड़ी हो जाती तो दस प्वाइंट मिलते थे। कभी-कभी बीच में एक खाली गिलास रख दिया जाता और माचिस अगर गिलास में चली जाती तो पच्चीस प्वाइंट मिलते। जो इस कुर्रे में हारता उसे सबकी चाय का भुगतान करना पड़ता।

शाम को दूसरा अड्डा इतवारे में भूरे की चाय की दुकान थी। भत्ते भाई के चाचा कम्युनिस्ट पार्टी में थे। इसलिए उनके चाचा को सभी चाचा कहते थे। कामरेड बालकिशन गुप्ता भोपाल विलीनीकरण के नेता थे। कम्युनिस्ट पार्टी को कुँआरों की पार्टी कहा जाता था। उसमें सारे नेता कुँआरे थे। सबसे पहले बड़ी उमर में बालकिशन गुप्ता ने ही शादी की थी। डुग्गी कम्युनिस्ट नहीं था। कम्युनिस्ट कोई भी नहीं था। हम कम्युनिस्ट का मतलब भी नहीं जानते थे। लेकिन चाचा के चलते कभी-कभी चुनाव के दिनों में जब कोई काम बता दिया जाता तो बिना किसी हुज्जत के सब पार्टी का काम करते। आसपास के मोहल्लों में पार्टी की पर्चियाँ बाँट आते। कम्युनिस्ट पार्टी के ऑफिस के सामने के खुले हिस्से को लाल चौक कहा जाता था। हालाँकि आम बोलचाल में कोई उस चौक को लालचौक नहीं कहता था। सब उसे इतवारा चौक ही कहते थे। यही उसका असली नाम था। अक्सर इस लाल चौक पर ही

कम्युनिस्ट पार्टी की मीटिंगें होती थीं। कम्युनिस्ट पार्टी की मीटिंग शुरू होने से पहले कामरेड हबीब माइक सँभाल लेते। छोटा-मोटा भाषण देते। जब कुछ लोग आकर सामने बिछी दरियों पर बैठने लगते तो शहर के दो मशहूर शायर कैफ़ भोपाली और ताज भोपाली अपना कलाम सुनाया करते। समा बँध जाता और जब भीड़ इकट्ठी हो जाती तो मीटिंग शुरू होती। कैफ़ भोपाली का एक कता और एक गीत उन दिनों बहुत लोकप्रिय था।

कैफ़ भोपाली की आवाज़ बहुत बुलन्द थी। वह ऊँचे पूरे कद्दावर पठान थे। तरन्नुम में अपनी ग़ज़ल पढ़ते थे। ग़ज़ल से पहले वे एक क़ता सुनाते...

न प्यार न मोहब्बत की बात करते हैं
फ़क़त अनाज की किल्लत की बात करते हैं
ये कम्युनिस्ट गद्दार सालों को जेल में ठूँस दो
कि बग़ावत की बात करते हैं।

इसके बाद उनका चर्चित गीत हवाओं में गूँजने लगता—

हैया रे हैया
भूखा है बाबा नंगी मैया। हैया रे हैया...

इस गीत का एक दिलचस्प हिस्सा था—

कालिज बनाये स्कूल बनाये
लड़कन को उसमें पढ़वे बिठाये
जैसे हैं मास्टर वैसे पढ़ैया...हैया रे हैया।

डुग्गी ने एक दिन कहा कि हम सब तो दारुलकुहला के सदस्य हैं...। दारुलकुहला के बारे में हम लोग नहीं जानते थे। चाचा का एक घर खाली था। वह भत्ते भाई के पास था। उन्होंने उसका एक कमरा खोल दिया था कि सब लोग यहीं बैठकर पढ़ा करेंगे। पढ़ना किसी को नहीं था। लेकिन वहाँ बैठा जाने लगा। डुग्गी ने एक दिन कहा यह हमारा दारुलकुहला है। एक दिन शायद कामरेड हबीब ने या मथुरा बाबू ने हमें दारुलकुहला का क़िस्सा सुनाया था।

बात हम लोगों के पैदा होने के भी तेरह-चौदह साल पहले को थी। 1932 में जिगर मुरादाबादी भोपाल आये थे। जिगर साहब आये तो शहर के शायरों की

महफिलें जमने लगीं। काहिली और कविता के बीच कोई अज्ञात-सा रिश्ता ज़रूर था। शायरों को निकम्मा माना जाने का चलन आम था। ताज भोपाली अक्सर एक शेर सुनाते...रख के दीवाँ बगल में अपने मीर/पूछते फिरिये काम...शायर का। उनका खुद का भी एक शेर था...किया है इश्क ग़ज़ल भी कही, शराब भी पी/गरज़ गुजार ली मैंने तो शायरों की तरह। जिगर साहब की महफिलें सारी-सारी रात चलती थीं। जिगर साहब थोड़े बेतकल्लुफ आदमी थे। उनकी शरारतें बाहर निकलने को मचल रही थीं। जब रहा न गया तो एक दिन उन्होंने मुहममद अली खाँ से अपनी कसमसाहट का जिक्र किया। कई दिनों तक सिर खपाने के बाद एक दिन यह तय पाया गया कि एक अंजुमन-उल-कुहला बनाई जाए। इसमें छोटे-बड़े का फ़र्क़ न हो। अंजुमन का समय रात 9 बजे से सुबह 3 बजे तक मुकर्रर किया गया। जौहर कुरैशी ने बिला वक़्त लगाये अपने मकान के निचले हिस्से में एक कमरा इस अंजुमन के लिए दे दिया। इस जगह का नाम रखा गया दारुलकुहला। काहिलों का यह अपने ढंग का हिन्दुस्तान का पहला क्लब था। इसके लिए भोपाल से ज़्यादा मुफीत कोई शहर हो भी नहीं सकता था। स्टेट के उस दौर में शहर और शहर में कामधंधों की जो हालत थी उसमें काहिली से ज़्यादा बेहतर कोई विचार नहीं हो सकता था। दारुलकुहला का एक ही मक़सद था। काहिली को आम करना और फैलाना। अच्छा खासा क़िस्सा चल रहा था। डुग्गी ने इतनी जोर से वाह की कि सब चौंक गये। डुग्गी की इस वाह ने घुर्रू मियाँ की याद दिला दी। घुर्रू मियाँ छह फुटे लहीम-शहीम आदमी थे। मजाहिया शायरी करते और उनकी एक टेलरिंग की दुकान थी। उनकी टेलरिंग के बारे में अक्सर यह मज़ाक चलता था कि वो लोगों के कपड़े अपने नाप से सी देते हैं। किसी महफिल में अगर घुर्रू मियाँ होते तो उनकी वाह वाह अलग से ही सुनाई देती। उनकी दाद आती तो पढ़नेवाला शायर कुछ देर को अचकचा सा जाता, समझ नहीं पाता कि कि घुर्रू मियाँ तारीफ़ कर रहे हैं या मज़ाक उड़ा रहे हैं। कोई नया जमूरा पढ़ रहा होता तो वह अपना शेर भूल जाता।

दारुलकुहला का एक लाइन का संविधान था और उसकी फीस एक तकिया या एक ईंट थी। हर मेम्बर को अपना सिर टिकाने के लिए अपना तकिया या अपनी ईंट लेकर आना होता था। एक लाइन का संविधान था कि लेटा हुआ, बैठे हुए को और बैठा हुआ खड़े हुए को हर हुक्म दे सकता है। मेम्बरान आते तो दरवाजे से ही रेंगते हुए अंदर दाखिल होते। गलती से अगर कोई बैठा हुआ दिख जाता या गफलत में कोई खड़े-खड़े दाखिल हो जाता तो उसकी शामत आ जाती। लेटे हुए मेम्बरान उस पर हुक्मों की बारिश कर देते। मियाँ जरा हुक्का भर दीजिए...जरा पान ले आइये...पानी पिला दीजिए...वगैरह-वगैरह। इस नियम को हर मेम्बर को मानना ज़रूरी था। काहिली का यह आलम था कि कहते हैं एक बार मौलवी मेंहदी साहब

लेटे-लेटे हुक्का पी रहे थे। इत्तफाक से किसी का हाथ लगा और अंगारों से भरी चिलम उनके सीने पर गिर गई। मगर साहब उन्होंने हरकत न की। आहिस्ता-आहिस्ता एक तरफ सरके और थोड़ा तिरछे होकर सारे अंगारे नीचे गिरा दिये। यह क़िस्सा शरक़ी ख़ालिदी ने बयान किया है। दारुलक़ुहला में लेटे-लेटे ही ग़ज़ल पढ़ी जाती और लेटे-लेटे ही दाद दी जाती। इस क्लब के सदर जिगर मुरादाबादी थे और चार ओहदेदार थे। महमूद अली खाँ क्योंकि इसके संचालक थे इसलिए उन्हें इसका सेक्रेट्री याने नाज़िमुलक़ुहला बनाया गया। गुलाम हुसैन खाँ को नक़ीबुलक़ुहला कहा गया। उनकी आवाज़ बुलंद थी इसलिए उन्हें यह काम सौंपा गया। मौलवी मुहम्मद मेंहदी को उम्मुलक़ुहला का खिताब दिया गया। हँसते समय उनका पेट हिलता था। इसी तरह हर मेम्बर का नाम रखा गया था। जो कद में छोटे थे उन्हें फ़ितनातुलक़ुहला। जिनका पेट गुम्बद की तरह था उन्हें क़ुब्बतुलक़ुहला। जो बहुत गोरे थे उन्हें सबीहुलक़ुहला और कामरेड खान शाकिरअली खान को जो बहुत लम्बे थे तवीलुलक़ुहला का खिताब दिया गया।

उन दिनों भोपाल में पंजाबियों का जोर बढ़ गया था। पता नहीं पंजाबियों और भोपालियों में किस बात पर ठन गई थी। भोपाली गुस्से में थे। इसी दौरान सुबहे-वतन नाम का एक अखबार निकला और उसने इस फूट को और बढ़ा दिया। दारुलक़ुहला में इस गुस्से के इज़हार की गूँज जिगर साहब के दो शेरों में भी सुनाई देती है।

बेताब है बेख़्वाब है मालूम नहीं क्यों
दिले माही बे आब है मालूम नहीं क्यों

इसी ग़ज़ल के आगे के शेरों में भोपालियों के उस दौर के गुस्से का भी पता चलता है।

भोपाल की गलियों में जिधर देखिए हर सू
पंजाब ही पंजाब है मालूम नहीं क्यों।

यू पी भी है, सी पी भी है सूबे तो बहुत हैं
एक सूबा ए पंजाब है मालूम नहीं क्यों।

क़िस्सा जिगर साहब के जिस शेर पर खत्म हुआ उसके आखिरी शब्द बहुत दिनों तक सबकी ज़बान पर चढ़ गये थे। एक मजेदार-सा तकियाकलाम हो गया था...मालूम नहीं क्यों? बात-बेबात इस आधे टुकड़े का इस्तेमाल होता। डुग्गी ने कहा

दिलीप साहब की फिल्म लगी है, चल रहे हो? मैंने और गप्पी ने एक साथ कहा–नहीं। डुग्गी ने कहा फिकर मत करो, टिकट के पैसे मैं दूँगा। उसे पता था कि हमारी जेबें हमेशा ही तंग रहती थीं। हम उसकी जेब को निचोड़कर ही अपने शौक पूरे किया करते थे। लेकिन गप्पी ने कहा–नहीं। इस नहीं का मतलब नहीं, नहीं था। डुग्गी ने कुछ चिढ़कर पूछा–क्यों? गप्पी बोलता तभी सबने एक साथ कहा–मालूम नहीं क्यों? सब हँस पड़े। डुग्गी दिलीप कुमार का फेन था। उसे लगता था कि वह दिलीप कुमार की तरह लगता है। उसे दिलीप कुमार के अंदाज़ में अलग-अलग मुद्राओं में फोटो खिंचवाने का शौक था। दिलीप कुमार की कोई फिल्म लगती तो वह पहले दिन देखता। दिलीप कुमार के खिलाफ कोई कुछ बोलता तो वह चिढ़ जाता। टाकीज़ पर जब टिकट खरीद लिए जाते तो सुभाष मुँह बनाकर कहता–दिलीप कुमार कैसा बंदर की तरह लगता है। डुग्गी बुरी तरह उखड़ जाता और गुस्सा होकर टाकीज़ से चल देता। दोस्त किसी तरह उसे मना कर लाते।

वह वापस आता और सबको डाँटकर कहता अब अगर किसी ने दिलीप साहब के बारे में कोई जुमला कसा तो वह बिना फिल्म देखे चला जायेगा। सब चुप हो जाते और मुँह घुमाकर हँसते। दिलीप कुमार दूसरे दोस्तों को भी पसंद था लेकिन डुग्गी को चिढ़ाने में सबको मज़ा आता। दोस्त दिलीप कुमार के तोड़ पर दारा सिंह की तारीफ़ करते। शहर में कभी-कभी एक साथ दिलीप कुमार और दारा सिंह की फिल्म लगती, डुग्गी दिलीप कुमार की फिल्म चलने को कहता तो सारे दोस्त दारा सिंह की फिल्म का प्रस्ताव रख देते। इस पर कई बार बहुत झें-झें होती। पता नहीं वह कौन-सा साल था। दारा सिंह ने अपनी सौ फिल्म पूरी की थीं। उनका एक इन्टर्व्यू किसी अखबार में छपा था। उसमें दारा सिंह से साक्षात्कार लेनेवाले ने पूछा था कि आपको क्या स्टंड फिल्मों का दिलीप कुमार कहा जा सकता है? दारा सिंह ने कुछ मज़ाक में कहा–नहीं, आप चाहें तो दिलीप कुमार को सामाजिक फिल्मों का दारा सिंह कह सकते हैं। इस वाक्य को कौन कहाँ से पढ़कर आया था, पता नहीं। लेकिन इस एक वाक्य ने दोस्तों की बाँछें खिला दी थीं। जब भी डुग्गी दिलीप कुमार की तारीफ़ करने लगता दोस्त दारा सिंह का यही वाक्य दोहरा देते।

सीहोर के कॉलेज में एक साल। सीहोर वाली चाची। 1857 की क्रांति के क़िस्से और शतरंज का जोरी का खेल।

घर में एक तनाव था जिसके चलते घर कभी भी रबर की तरह तन जाता था। इसी के बीच किसी तरह गप्पी ने अपना फर्स्ट ईयर पास कर लिया था। सेकेण्ड ईयर में दाखिला लेने की तैयारी ही हो रही थी कि एक दिन पिता ने गप्पी को बुलाकर कहा

कि अब आप इस शहर में रहने लायक नहीं हैं। आप जाकर सीहोर कॉलेज में दाखिला ले लीजिए। पिता जब गुस्से में होते तो उनकी आवाज़ का पिच बहुत सपाट हो जाता। तुम की जगह वे आप कहने लगते। पिता का यह फैसला गप्पी के लिए बहुत अप्रत्याशित था। गप्पी गड़बड़ा-सा गया। शहर में कम-से-कम चार दोस्तों का सहारा था। पर पिता का निर्णय मान लेने के अलावा कोई चारा नहीं था। पिता बहस नहीं करते थे सिर्फ फैसला सुनाते थे और उनके निर्णय बदलते नहीं थे। पिता सीहोर जाकर गप्पी की फीस जमा कर आये थे। सीहोर भोपाल से ज़्यादा दूर नहीं था। बस से चालीस-पैंतालीस मिनिट का सफ़र था। कभी-कभी तो कॉलेज के लड़के हिम्मत करके साइकिलों से फिल्म देखने भोपाल चले आते। एक बार दोस्तों के उकसाने पर गप्पी भी साइकिल से चला आया पर लौटते हुए उसकी हिम्मत जवाब दे गयी। दोस्तों ने एक ट्रक को रुकवाया और सब अपनी साइकिलों के साथ उसमें सवार हो गये। इस रास्ते पर चलनेवाले ट्रक छात्रों को पहचानते थे इसलिए कभी-कभी जब वे खाली होते कॉलेज के लड़कों को बिठा लेते। बस का किराया इस तरह बच जाता। नाके के पास ही कॉलेज था और उसी के बगल में हॉस्टल था। दो मंजिला हॉस्टल में मुश्किल से कुछ ही लड़के थे। सारे लड़के आसपास के गाँव के थे। सिर्फ एक प्रमोद मनावत था जो इन्दौर से आया था। वह थोड़ा नकचढ़ा था। उसके भी घरवालों ने उसकी आदतों से तंग आकर उसे सीहोर भेजा था। इसलिए कुछ दिन बाद उसकी और गप्पी की दोस्ती हो गयी। शाम होते ही हॉस्टल में सन्नाटा हो जाता। हॉस्टल का मैस कुछ दिन चलता फिर मैस चलानेवाले और लड़कों के बीच झगड़ा हो जाता और मैस चलानेवाला छोड़कर चला जाता। नाके के पास सड़क की एक तरफ पंजाबी ढाबा था और दूसरी तरफ एक होटल। होटल पर सुबह-सुबह बूँदी और कचौरी मिलती थी। सीहोर की बूँदी और कचौरी भोपाल तक प्रसिद्ध थी। जब मैस बंद हो जाता तो ढ़ाबे में खाना खाना पड़ता। कॉलेज से सीहोर का शहरी इलाका थोड़ा दूर था। कॉलेज के आसपास गन्ने के खेत थे। सीहोर में एक शुगर मिल थी। कभी-कभी तिब्बती साधू भी सड़कों पर दिख जाते थे। दलाई लामा ने अपने कुछ अनुयायियों का सीहोर में हैण्डमेड कागज बनाने का कुटीर उद्योग लगवाया था। बहुत सुन्दर हैण्डमेड कागज बनता था। कॉलेज से थोड़ी दूर पर बस स्टेण्ड था और उसके बाद शहर तक का रास्ता काफी सूना था। शाम के बाद शहर जाना मुश्किल होता था। राहजनी के कई क़िस्से प्रचलित थे। हालाँकि गप्पी की जेब में इतने पैसे कभी नहीं होते कि लुटने का खतरा हो। लुटने से ज़्यादा मारपीट का डर लगता था। राहजनी करनेवालों के हाथ जब कुछ न लगता तो वे राहगीर से मारपीट करके अपनी भड़ास निकालते। सीहोर जिला था। भोपाल राजधानी बन जाने के बाद भी तहसील ही था। तहसील हुज़ूर। बीसवीं सदी के दूसरे दशक में ही अंग्रेजों ने सीहोर में अपना सिविल स्टेशन

बना लिया था और सीहोर गवर्नर जनरल के एजेन्ट का हेडक्वाटर बन गया था। उसमें सेना की एक टुकड़ी रहती थी जिसे भोपाल बटालियन कहा जाता था। वहाँ एक छोटा-सा किला था और उसके बगल में एक मस्जिद थी। इस मस्जिद में लगे शिलालेख में लिखा था कि यह मस्जिद मोहम्मद तुगलक के एक सामन्त मुघीसउद्दीन ने बनवाई थी। गप्पी ने एक दिन दोस्तों से कहा कि अब उसने अपनी राजधानी तुगलकाबाद में बना लेने का फैसला कर लिया है। सारे दोस्तों ने एक स्वर में कहा...और तुम्हारा तुगलकाबाद सीहोर है। डुग्गी ने जोड़ा कि उसे तुगलकाबाद के बजाय मुघीसउद्दीनाबाद कहा जाना चाहिए। कहा जाता है कि उन्नीसवीं सदी के अन्तिम दिनों में भोपाल की सिकन्दर बेगम ने इस मस्जिद की मरम्मत करवाई थी। किसी समय सीहोर अपनी बढ़िया मलमल के लिए भी जाना जाता था। अब वह मलमल नहीं थी, बस मलमल के कुछ क़िस्से थे जो धीरे-धीरे मलमल की तरह ही खत्म हो चले थे।

सीहोर में तेलियों के दो समूह थे और उनमें हमेशा ही तलवारें खिंची रहती थीं। दशहरे पर तेली शस्त्र पूजा करते और फिर पूजा की तलवारें उठाकर कोई न कोई उत्पात मचा देते। मुस्लिम आबादी भी अच्छी खासी थी। तेली नहीं लड़ते तो हिन्दू मुस्लिम के बीच ठन जाती। हॉस्टल में गाँव से आये लड़के जब तब कॉलेज के पास के गन्नों के खेत में घुसकर गन्ने उखाड़ लाते। कॉलेज बगल में होने की वजह से खेतों के मालिक कुछ न कह पाते। बस से आनेवाले लड़के कॉलेज पर बस रुकवाने के लिए हुज्जत करते। कोई बसवाला अकड़ जाता तो उससे झगड़ा होता। एक बार एक बसवाले ने बस धीमी की पर उतरते हुए लड़का गिर गया और उसकी कॉलर बोन टूट गयी, जैसे ही कॉलेज में खबर पहुँची सारे लड़के सड़क पर आ गये। पास के खेत से गन्ने उखाड़-उखाड़कर लट्ठ की तरह घुमाने लगे। सारा रास्ता रोक लिया। बसवाले को पता चला तो उसने बस पुलिस चौकी पर ले जाकर खड़ी कर दी। पुलिस ने आकर लड़कों का समझाया कि उन्होंने ड्राइवर को गिरफ्तार कर लिया है तब जाकर लड़के वापस अपनी क्लास में गये।

नमक चौराहे के पास ही नई सड़क पर गप्पी के चाचा की रेडीमेड कपड़ों की दुकान थी। दुकान के सामनेवाली गली में चाचा का घर था। छुटटी के दिन गप्पी चाचा के घर चला जाता था। चाची बहुत अच्छी शतरंज खेलती थीं और सीहोर के बारे में क़िस्से सुनाना शुरू करतीं तो पूरी दोपहर कब कट जाती पता ही नहीं चलता। चार बजे चाची चाय बनाती और चाय पीकर गप्पी वापस हॉस्टल के लिए निकल जाता। चाचा की दो लड़कियाँ और दो लड़के थे। बड़ी लड़की गप्पी से बड़ी थी। बिंदा जिज्जी की उमर ज़्यादा हो गयी थी। उनकी शादी नहीं हुई थी इसलिए वो ज़्यादा ही पूजापाठ करती थीं। चाचा के घर में ही श्रीजी का मंदिर था। मंदिर की सेवा

घरवालों के पास थी। मंदिर की सेवा चाची और बिन्दा जिज्जी ही करती थीं। बाकी बच्चे छोटे थे। सुबह-सुबह कुएँ से पानी खींचकर मंदिर की धुलाई के काम में सारे बच्चों को लगना पड़ता। श्रीजी के मंदिर की सेवा थोड़ी कठिन होती थी। श्रीजी के शृंगार आदि में बहुत समय लगता। चाची की सारी सुबह इसी काम में खर्च होती। दोपहर तक चाची फुरसत में हो जातीं। गप्पी अक्सर दोपहर में ही चाची के घर पहुँचता। पहली बार जब गप्पी चाची के घर पहुँचा तो चाची खूब खुश हो गयीं। उनके कमरे में एक टेबल पर शतरंज बिछी हुई थी। मोहरे भी जमे थे। लग रहा था कि कोई अभी-अभी खेल के बीच से उठ कर गया है। मारे जा चुके मोहरे भी बगल में रखे हुए थे। गप्पी भी शतरंज का शौकीन था। उसने चाची से पूछा यह कौन खेल रहा था। चाची ने कहा मैं और प्रीतम दादा खेल रहे थे। प्रीतम दादा गप्पी की माँ के फुफेरे भाई थे। गप्पी को प्रीतम मामा बहुत पसंद थे। वो बहुत मजेदार व्यक्ति थे। वो जितनी देर रहते उतनी देर हँसाते रहते। उन्हें शास्त्रीय संगीत बहुत पसंद था। वो गाते भी अच्छा थे लेकिन शास्त्रीय संगीत का मज़ाक भी खूब बनाते रहते। एक दिन उन्होंने सा रे गा मा पा धा नी सा की कई पैरोडी बनाई थी। सा ले ग धे पा नी पी जा। दूसरी थी...सा रे दि न से पा दा नि था...। गप्पी और उसके भाई अक्सर उन पैरोडियों को दोहराते रहते।

प्रीतम दादा कहीं नहीं दिख रहे थे। गप्पी ने पूछा तो चाची ने बताया कि वो तो छह-सात महीने पहले आये थे। हम लोगों में जोरी का खेल होता है। जोरी का खेल इतनी आसानी से खत्म नहीं होता। उन्हें वापस जाना था। जब अगली बार आयेंगे तब आगे का खेल होगा। तब तक शतरंज ऐसे ही बिछी रहेगी। प्रीतम दादा जब आते हैं चार-छह चालें होती हैं और फिर चले जाते हैं। यह बाजी तो पिछले दो साल से चल रही है। गप्पी की शतरंज अच्छी थी। नेशनल और इन्टरनेशनल के नियम भी वह जानता था लेकिन जोरी का खेल उसे पता नहीं था। उसे पहली बार पता लगा कि शतरंज में एक जोरी का खेल भी होता है जिसमें जो मोहरा जोरी पर होता है उसे मारा नहीं जा सकता। यह खेल बरसों तक चलता रहता है। अक्सर उसका कोई नतीजा नहीं निकलता। चाची तब तक दूसरी शतरंज निकाल लायी थीं। उन्होंने गप्पी से पूछा कि वह जोरी का खेल खेलेगा या दूसरा। गप्पी में इतना धैर्य नहीं था। वह कॉलेज में चैंपियन था। उसे लगा एक-दो बाजी खेलकर वह निकल जायेगा। थोड़ी देर में ही चाची ने उसे दो-तीन बार मात दे दी। गप्पी का अपने खेल को लेकर सारा भरम चकनाचूर हो चुका था। गप्पी का छुट्टी का दिन उसके बाद से चाची के यहाँ ही बीतता। कभी-कभी वह भोपाल भाग जाता। भोपाल पहुँचकर भी वह अक्सर अपने घर नहीं जाता। या तो किसी दोस्त के घर रुक जाता या हॉस्टल में किसी दोस्त के यहाँ पड़ा रहता।

अप्रैल, 1857 में लिथोग्राफ पर छपा एक पर्चा बाँटा गया था। चाची ने एक दिन 1857 का क़िस्सा सुनाना शुरू किया जिसमें अंग्रेजों को देश से निकाल बाहर करने का आह्वान था। पर्चा जैसे ही सिकन्दर बेगम के हाथ लगा उनके पाँव के नीचे से ज़मीन खिसक गयी। शाम होते-होते उन्होंने ब्रिटिश एजेन्ट को इसकी सूचना दे दी। वो अंग्रेजों की वफादार थीं। उस समय सीहोर मुख्यालय में साठ तोपची थे। 200 घुड़सवार थे और लगभग छह सौ पैदल सैनिक थे। ये सारे सैनिक हिन्दुस्तानी थे। कुल जमा छह अंग्रेज ऑफीसर थे। भोपाल और सीहोर के मुसलमान मन ही मन बहादुरशाह जफ़र के वफादार थे और हिन्दू नाना साहब पेशवा से सहानुभूति रखते थे। एक जुलाई को इन्दौर में विद्रोह हो गया। विद्रोह को कुचलने के लिए 75 सैनिकों की एक टुकड़ी को आदेश दिया गया लेकिन सिर्फ छह सैनिकों ने ही आदेश माना, बाकी सब मुकर गये। 9 जुलाई को सीहोर के पॉलिटिकल एजेन्ट ने अपने 20 यूरोपीयों को साथ लिया और सीहोर छोड़ दिया। कमान सिकन्दर बेगम को सौंप दी। इधर अंग्रेजों का पाँव बाहर निकला और उधर कॉन्टिन्जेन्ट के सैनिकों ने सीहोर कैन्टोन्मेन्ट पर कब्जा कर लिया।

चाय पियोगे...चाची अपना पान लगाने को रुकीं और मुन्नी से कहा कि भैया के लिए चाय बना ला। पान दाढ़ में दबाया और फिर शुरू हो गयीं। चाची इस तरह सुना रही थीं जैसे वह 1857 की क्रांति की चश्मदीद गवाह हों।

सैनिकों ने अंग्रेजों के बंगलों, डाकघर और सीहोर के चर्च में ऐसी लूटपाट मचाई की एक चीज़ भी साबुत नहीं बची। विद्रोहियों का जो नेता था न...शुजात खान पिंडारी, उसने मुख्य अधिकारी को मार डाला। सैनिकों को सिकन्दर बेगम ने आदेश दिया तो सैनिकों ने बेगम का आदेश मानने से ही इंकार कर दिया। इससे पहले कि कोई कार्यवाही हो पाती सीहोर कैवलरी के रिसालदार ने भी विद्रोह की घोषणा कर दी। विद्रोह को कुचलने के लिए बेगम ने भोपाल से एक टुकड़ी भेजी लेकिन यह टुकड़ी भी विद्रोहियों से जा मिली...बस इतनी ही गनीमत समझो कि उसने सीहोर के खजाने को लुटने से बचा लिया।

दिसम्बर आ गया। विद्रोह दूर-दूर तक फैल चुका था। ह्यूरोज ने आखिरकार विद्रोह को कुचलने की कमान सँभाल ली। पहले बंदी बना लिए गये कई विद्रोही जेलों में अभी तक बंद थे और कोर्ट मार्शल की प्रतीक्षा कर रहे थे। लगभग डेढ़ सौ लोगों को मुजरिम करार कर दिया गया। गोली मार देने के आदेश दे दिये गये। सूर्यास्त हो रहा था। सीहोर का आसमान लाल था तभी सारे कैदियों को जेल से बाहर लाया गया और लाइन में खड़ा कर दिया गया। कहा जाता है कि जब इन एक सौ उनचास

कैदियों को गोली मारी गयी तो एक सैनिक पता नहीं कैसे इनमें से बच निकला। वह जो निकल भागा उसका क्या हुआ, वह कहाँ गया? क्या यह वही है जो मुक्तिबोध की कविता में अँधेरे में तैयार कर रहा लश्कर?

चाची क़िस्सा सुनातीं तो लगता जैसे किसी फिल्म का साउण्डट्रेक सुन रहे हों।

एक किताब कई काम आ सकती है। पदम यानि पदम भैया की छतवाला कमरा। मैटिनी शो और सैकिण्डहैण्ड किताब की दुकान।

गप्पी फाइनल में वापस भोपाल लौट आया था। डुग्गी आयुर्वेद की पढ़ाई करने इन्दौर चला गया था। शुरू-शुरू में सब उसके नाम के आगे कविराज जोड़कर उसका मज़ाक उड़ाते। डुग्गी के पिता भी वैद्य थे। कविराज वैद्यक के लिए दी जानेवाली कोई डिग्री थी। डुग्गी छुट्टियों में आता-जाता था। वापस लौट आने के बाद गप्पी के लिए घर में रहकर पढ़ना सम्भव नहीं था। पदम को भी पढ़ने के लिए कोई साथी चाहिए था। दोनों ने एक दिन तय किया कि वे साथ-साथ स्टडी करेंगे। पदम को सभी पदम भैया कहते थे। पदम के तीन मंजिले मकान में छत पर एक कमरा था जो पदम का अपना कमरा था। छत पर होने के कारण वहाँ एकान्त भी था। यूँ पदम का परिवार बहुत बड़ा था। कई भाई-बहन थे। संयुक्त परिवार था। पदम के बाबा और दो चाचा भी उसी मकान में रहते थे। लेकिन सबके अपने-अपने हिस्से बटे हुए थे। छत पर अक्सर कोई आता-जाता नहीं था। इसलिए पूरी स्वतन्त्रता थी।

डुग्गी के घर के पास ही नाइयोंवाली गली में पदम का मकान था। नाइयोंवाली गली में अब मुश्किल से ही नाइयों का कोई मकान बचा था। नाइयों के कई काम थे। हर घर का अपना एक नाई होता था। गप्पी के पिता कभी सैलून में बाल कटवाने नहीं जाते थे। उनका अपना नाई था। चिमनलाल जब भी पिता के बाल काटने आता तो पिता की हजामत के बाद वह गप्पी और उसके बड़े भाई की भी हजामत करता। हजामत से पहले ही पिता कह देते की गुद्दी पर जीरो मशीन से हजामत कर देना। गप्पी को चिमन से बाल कटवाना बिल्कुल पसन्द नहीं था। वह सैलून में जाकर नई फेशन के बाल कटवाना चाहता था। इसलिए कभी-कभी जब चिमन पिताजी की हजामत बनाने आता गप्पी चुपके से घर से बाहर खिसक जाता। चिमन की माँ हमारे घर की खवासन थी। घर में होनेवाले बुलौये और न्यौतों के लिए न्यौतने का काम उसी के हिस्से था। यह खवासन गप्पी के पैदा होने के बाद से आयी थी, पहलेवाली खवासन की मृत्यु के बाद। वह अक्सर कहती कि उसे किसी बच्चे की जचकी करवाने और मालिश करने का मौका ही नहीं मिला।

इसलिए जब गप्पी का छोटा भाई हुआ तो वह बहुत खुश हुई। वह छोटे को मानता का बेटा कहती थी।

पदम के बाबा ने कुछ बरस पहले ही नाइयोंवाली गली में मकान बनवाया था। पदम का परिवार आगरा से आया था। पदम के बाबा ने चौक में मिठाइयों की दुकान खोली थी–आगरा मिष्ठान्न भण्डार। उन दिनों चौक में मिठाइयों की ज़्यादा दुकानें नहीं थीं। एक दुकान थी जिसे मथुरावाले की दुकान कहा जाता था। उसके बगल में ही शिब्भू चाचा का पूड़ी भंडार था। दो-तीन दुकानें नमकीन की थीं। चौराहे पर एक तीन मंजिला मकान था जिसमें ऊपर की मंजिल पर जो घर था, उसके बारे में यह प्रसिद्ध था कि वहाँ जुएँ का अड्डा चलता है। वहाँ छह-सात लड़कियाँ रहती थीं। गप्पी उनमें से एक लड़की से मन ही मन प्रेम करता था। इसलिए गप्पी अक्सर उस घर के सामनेवाली सिगरेट की दुकान पर खड़ा रहता और बीच-बीच में ऊपर भी देखता रहता। घर के नीचे दहीवालों की दो दुकानें थीं। कल्याण सेठ की दही की दुकान भी थी और वह सट्टा खिलाने का काम भी करते थे। लेकिन उनके सट्टे का कारोबार लखेरापुरा की गली में उनके घर से चलता था। सर्राफेवाले जब रात को दुकानें बंद करके घर जाते तो पहले रतलामी सेव भण्डार से खारी सेव की एक पुड़िया लेते और फिर कोने की दही की दुकान से एक दोने में दही लेकर घर जाते थे। आगरा मिष्ठान्न भण्डार मिठाई की दूसरी दुकान थी इसलिए दुकान जल्दी ही चल निकली। पदम तब छोटा था। वह रात में अक्सर मिठाई की दुकान के बाहर निकले पटिये पर ही सोता था। सुबह-सुबह कई बार जब मैं और गप्पी उधर से निकलते तो वह बड़ी-बड़ी कड़ाहियों को घिस-घिसकर माँज रहा होता। एक दिन उसने हमारे ही स्कूल में आठवीं क्लास में दाखिला ले लिया। कुछ दिन तो वह सबसे कटा-कटा-सा रहा लेकिन जल्दी ही वह गप्पी का दोस्त बन गया। वह बहुत मेहनती था और बहुत मजेदार भी। दुकान से उसे रोज एक दोना मिठाई मिलती थी। वह दोने को छिपाकर ले आता और हम सबको उसमें से थोड़ी थोड़ी मिठाई खिलाता।

पदम और गप्पी दोनों के पास कोर्स की सारी किताबें थीं। तंगी के दिन थे। एक दिन फिल्म जाने का मन हुआ, डुग्गी लेकिन इन्दौर जा चुका था वरना उसे फिल्म के लिए पटा लिया जाता और वह कहीं न कहीं से पैसे की जुगाड़ कर ही लेता। वह पैदाइशी फितरती था। इसकी टोपी उसके सिर करने में उसे वक्त नहीं लगता था। बहुत देर तक माथापच्ची करने के बाद अचानक पदम की बत्ती जली, बोला यार पढ़ना तो हमको साथ-साथ ही है फिर हर सब्जेक्ट की दो-दो किताबों की क्या ज़रूरत है। एक किताब बेच देते हैं। आइडिया धाँसू था और फिल्म देखने की इच्छा मन में कुलाँचें भर रही थी। तत्काल एक किताब निकाली गयी और गप्पी और पदम सैकिण्ड हैण्ड किताबों की दुकान की तरफ लपक गये। एक किताब कई काम आ

सकती है। उससे इम्तहान पास किया जा सकता है यह तो गप्पी को पता था लेकिन उससे फिल्म भी देखी जा सकती है, इसके बारे में कभी नहीं सोचा था। शकर के खिलौने बेचनेवाले इसी तरह की आवाज़ें लगाते थे कि जब तक जी चाहे खेलो, टूट जाये तो खा लो। किताब बिक गयी और फिल्म देख ली गयी। यह अद्‌भुत फार्मूला उनके हाथ आ गया था। उसके बाद जब भी फिल्म देखने का मन होता एक किताब निकाली जाती और बेच दी जाती। इम्तहान शुरू हो गये थे। इकोलाजी के पेपर से पहले तीन दिन का गेप था। सोचा था कि गेप में ही रिवीज़न किया जायेगा। किताब ढूँढ़ना शुरू हुआ। पदम के पास किताब नहीं मिली। गप्पी ने अपनी किताबों में ढूँढ़ा तो वहाँ भी किताब नदारत थी। शायद दोनों ही किताबें गलती से बेची जा चुकी थीं। बड़ी मुश्किल थी। ऐन इम्तहान के समय कोई दूसरा दोस्त भी अपनी किताब क्यों देगा। सैकिण्ड हैण्ड किताब की दुकान पर तलाश की गयी पर कहीं वह किताब नहीं मिली। नई किताब खरीदने के लिए दोनों में से किसी के पास पैसे नहीं थे। पदम भैया ने डिक्शनरी से एक शब्द ढूँढ़ा यूटेन्सिलस्। पदम को पैसे अपने बाबा से माँगने पड़ते थे। वे थोड़े पढ़े-लिखे आदमी थे। और पैसा देने में बहुत सवाल करते थे। उन्हें धोखा देना आसान नहीं था। पदम लेकिन घर से पैसे माँगने के लिए तरह-तरह के बहाने बनाने में बहुत माहिर था। कभी-कभी वह पैसे का जुगाड़ करने के लिए दुकान पर बैठ जाता और मौका मिलते ही दुकान के गल्ले से कुछ पैसे मार देता। पदम को डर लग रहा था कि बाबा को यूटेन्सिल्स् का मतलब न पता हो। वह डरते-डरते उनके पास गया और बहुत गंभीर होकर कहा कि उसे कुछ पैसे चाहिए। बाबा ने भी अपनी आदत के अनुसार ही उससे सवाल किये। पदम ने कहा कि उसे यूटेन्सिलस् के लिए कैमिस्ट्री लेब में पैसे जमा करने हैं। बाबा को यह शब्द समझ नहीं आया। उन्होंने पूछा यूटेन्सिलस् क्या होता है। पदम ने उन्हें समझाया कि प्रेक्टिकल में जो फ्लास्क और टेस्ट ट्यूब आदि की ज़रूरत पड़ती है उन्हें यूटेन्स्लिस् कहा जाता है। बाबा ने काफी नानुकर करते हुए उसे पैसे दे दिये। पैसे तो मिल गये पर किताब नहीं मिली। अब सिर्फ कॉपियों में बने कुछ नोट्स से ही काम चलाना था इसलिए उस पैसे से भी एक दिन फिल्म देख ली गयी।

क़िस्सा मनुआभान के टेकरे का। एक
राजा भोज परमार था, दूसरा मुसलमान
और तीसरा श्वेताम्बर। और
तीसरी बार घर छोड़ना गप्पी का।

फाइनल का रिजल्ट आ चुका था। गप्पी के पिता ने एक दिन गुसलखाने से निकलते हुए गप्पी से कहा कि तुम चतुर्वेदी जी के पास चले जाना, वो असिस्टेंट स्टेशन

मास्टर हैं। मेरी उनसे बात हो गयी है। रेलवे में कुछ नौकरियाँ निकली हैं वे मदद कर देंगे। गप्पी ने कहा कि मुझे रेल्वे की नौकरी नहीं करना। पिता चिढ़ गये। उनकी आवाज़ में तनाव आ गया था। उन्होंने लगभग खीजते हुए कहा—तो अब आपने क्या करने का सोचा है? वे तुमसे आप पर आ गये थे। उन्हें गुस्सा आता तो उनकी भाषा में उल्टा ही असर होता था। गप्पी ने आवाज़ को संयत रखने की कोशिश की और कहा कि मैं आगे पढ़ूँगा। इन लच्छनों से आप पोस्ट ग्रेजुएशन नहीं कर सकते। पिता सीढ़ियों के पास आ चुके थे और उन्हें जल्दी में ऊपर जाकर पूजा करनी थी। गप्पी ने भी थोड़ा आवाज़ को लम्बा कर कहा कि मैं आज तक फेल नहीं हुआ...। पर मैं आपको आगे नहीं पढ़ा सकता...पिता ने फैसला सुनाया और सीढ़ियाँ चढ़ गये। फाइनल में पास होने की सारी खुशी काफूर हो चुकी थी। पिनपिनाते हुए गप्पी ने चप्पल पहनी और घर से बाहर हो गया। जब वो डुग्गी के घर पहुँचा तो सब उसी का इंतज़ार कर रहे थे। सारे दोस्त मनुआभान की टेकरे पर गोट करने की तैयारी में लगे हुए थे। कार्यक्रम अचानक ही बना था। साइकिल के कैरियर पर खाने पीने का सामान बाँधा जा रहा था। साइकिलें कम थीं और दोस्तों की संख्या जादा थी। जिन साइकिलों पर खाने का सामान नहीं बँधा था उन पर दो-दो लोग सवार हो गये। मनुआभान के टेकरे की चढ़ाई पर तो पैदल ही चढ़ना था इसलिए कोई दिक्कत नहीं थी। हालाँकि मनुआभान के टेकरे पर गोटें अक्सर बारिश आने के बाद होती थीं। गर्मियों में ऐसा कभी-कभार ही होता था पर ठलुआई का मूड बन गया तो सब चल पड़े। रिजल्ट खुलने के बाद से पिकनिक का मूड बन रहा था। चिकलोद, केरवा डेम और भदभदा के बारे में भी सोचा गया पर अंत में पता नहीं क्यों सब मनुआभान की टेकरे पर जाने को एकमत हो गए। मनुआभान के बारे में कामरेड बालकिशन गुप्ता ने बताया था कि मनुआ भाण्ड अंधा था और वह कमलापती की गाथाएँ गाया करता था। वह इसी टेकरे पर पड़ा रहता था और कभी-कभी यहाँ बैठकर बाँसुरी बजाया करता था। इसीलिए इस टेकरे का नाम मनुआभाण्ड का टेकरा हो गया। लेकिन अक्षय बाबू ने मनुआभान की एक अलग ही कहानी सुनाई थी...।

अक्षय बाबू के अनुसार इस पहाड़ी के निकट ही एक भाण्ड परिवार रहता था जिसका मुखिया मनुआभाण्ड था। इस परिवार के लोग गाने-बजाने और बहुरुपिये का काम करते थे। कहते हैं कि दरबार में भी मनोरंजन करने के लिए ये लोग जाया करते थे। मनुआभाण्ड बहुत अच्छा कलाकार था। वह तरह-तरह के भेस बनाता पर राजा को कभी भ्रम में नहीं डाल पाता। एक दिन राजा ने मनुआभाण्ड से कहा कि जिस दिन तुम ऐसा भेस धारण करोगे कि मैं तुम्हें पहचान न पाऊँ...उस दिन मैं तुम्हें अपनी जागीर से एक गाँव दे दूँगा। एक दिन मनुआ राजा के दरबार के पास

पहुँचा ही था कि उसी समय एक श्वेताम्बर जैन मुनि गोचरी लेने महल पर पहुँच गये। राजा ने और उनके परिवार ने मुनि को नमन किया। मुनि आहार लेकर चले गये। मनुआ के दिमाग की बत्ती जल गयी। मनुआ चतुर था। वह जैन मुनि के पास पहुँच गया और उन्हीं की सेवा-टहल करने लगा। उसने कुछ ही दिन में जैन मुनि की भाषा और व्यवहार सीख लिया। दो-तीन महीने बाद जैन मुनि विहार को निकल गये।

एक दिन मनुआभान श्वेताम्बर जैन मुनि का भेस बनाकर पात्र हाथ में लेकर राजा भोज के महल पर जा पहुँचा। राजा भोज और उनके परिवार ने उसकी उसी तरह आवभगत की जैसी उसने पहलेवाले मुनि की आवभगत की थी। जब राजा ने मनुआ को प्रणाम किया तो मनुआ मन ही मन सोचने लगा कि वह असल में साधु हो जाए तो उसे कितना सम्मान मिलेगा। मनुआ का हृदय परिवर्तन हो गया और उस दिन के बाद वह अपने घर नहीं लौटा। कहते हैं कि मनुआ साधु हो गया और साधना से एक दिन आचार्य पद पर प्रतिष्ठित हुआ। यह भी माना जाता है कि भक्ताम्बर स्तोत्र के रचयिता मानतुंग आचार्य वास्तव में मनुआभाण्ड ही थे। जनश्रुति के अनुसार बारह वर्ष बाद जैनाचार्य मानतुंग का भोपाल आगमन हुआ। शहर के बहुत सारे लोग उनके दर्शन को टेकरे पर पहुँचे। राजा भोज भी अपने परिवार के साथ दर्शन को आये। उनके प्रवचन के बाद लेकिन एक अजीब घटना घटी। राजा भोज से मानतुंग महाराज ने प्रश्न किया–राजन्, तुमने मुझे पहचाना? राजा ने कहा महाराज आपको कौन नहीं जानता। आपकी तो कीर्ति देश-देशान्तर तक फैली हुई है। आचार्य ने कहा राजन ध्यान से देखो और पहचानो। राजा ने फिर अपनी बात दोहरा दी। आचार्य ने कहा कि राजन् मैं वही मनुआभाण्ड हूँ जो अपने परिवार के साथ इसी टेकरे पर रहता था। राजा के आश्चर्य का ठिकाना न रहा। अक्षय बाबू ने कहा कि लगता है राजा भोज नाम के कई राजा हुए होंगे। जनश्रुति के अनुसार ये राजा भोज श्वेताम्बर जैन थे। शाहजहाँ बेगम की किताब में एक राजा भोज वह थे जिन्होंने अपनी छत से एक टूटे हुए चाँद को देखकर जब नजूमियों से उसका रहस्य जाना तो उसके बाद इस्लाम धर्म कबूल कर लिया और मुसलमान हो गये।

शाम तक दोस्त खाते-पीते और मस्ती करते रहे। कुछ देर को गप्पी भी अपनी सारी चिन्ताएँ भूल गया था। टेकरी से उतरते-उतरते शाम हो गयी थी। गप्पी को उसकी उदासी ने वापस दबोच लिया था। डुग्गी और गप्पी दोस्तों से अलग पैदल ही आड़ी-टेढ़ी पगडण्डी के रास्ते से उतर रहे थे। गप्पी ने कहा यार डुग्गी लगता है अब मैं ज़्यादा दिन घर में नहीं रह पाऊँगा...डुग्गी ने शुरू में तो समझाने की कोशिश की फिर बोला कुछ दिन काट ले, मैं इस महीने के आखिर में जब वापस इन्दौर

जाऊँगा तो तू भी मेरे साथ ही चला चलना...वहीं देखेंगे कि क्या हो सकता है। डुग्गी भी पढ़ ही रहा था। डुग्गी की बात से गप्पी को कुछ तसल्ली हो गयी थी और उसने उसके साथ जाने का मन भी बना लिया था।

गप्पी की डायरी का एक पन्ना।

मनुआभाण्ड के टेकरे से लौटकर थकाहारा मैं घर में घुसा और घुसते ही पिताजी से सामना हो गया। उन्होंने छूटते ही बिना किसी संदर्भ के पूछा—तो आपने क्या तय किया? यह सवाल इतना अप्रत्याशित था कि मुझे कोई जवाब नहीं सूझा और मैं बिना कोई उत्तर दिए अपने कमरे में चला गया। कुछ देर यूँ ही अपने बिस्तर पर आँख मूँदे पड़ा रहा। मुझे खुद नहीं पता था कि मैं क्या सोच रहा हूँ...शायद मैं कुछ नहीं सोच रहा था या शायद कुछ नहीं सोच पा रहा था। मैं मनुआभाण्ड नहीं था कि जाकर साधु हो जाता। साधुओं से मुझे हमेशा से ही एक अजीब-सी चिढ़ थी। इसलिए मैं मज़ाक में भले ही कभी कह दूँ कि मैं साधू हो जाऊँगा लेकिन मैं कभी भी साधु होना नहीं चाहता था। मैं जब बंबई भागा तो किसी ज्योतिषी ने मेरी कुण्डली देखकर घरवालों को बताया था कि इसका गुरु प्रबल है, गुरु प्रबल नहीं होता तो यह ज़रूर डाकू हो गया होता। मुझे यह बात बहुत मजेदार लगती थी। डाकू होनेवालों में साधू होने के भी कुछ न कुछ लच्छन ज़रूर होते होंगे। हालाँकि जगदीश के साथ उल्टा हुआ था। वह साधुओं की संगत में आवारा हो गया था। रात को अचानक ही मैंने माँ को कहते सुना कि अब इस घर में कोई एक ही रह सकता है... अगर गप्पी रहेगा तो मैं नरसिंहगढ़ चली जाऊँगी...। मुझे लगा कि अब डुग्गी के इन्दौर जाने तक इन्तज़ार नहीं किया जा सकता। कोई न कोई निर्णय कल ही करना होगा।

रात-भर बार-बार मेरी नींद खुलती रही। मैंने घर छोड़ने का निर्णय कर लिया था। दूसरे दिन पिता के चले जाने के बाद मैंने एक बैग में अपने दो जोड़ कपड़े रखे और अपनी साइकिल ली और चिल्लाकर कहा कि मैं जा रहा हूँ...। माँ रसोई के बाहरवाले बरामदे में खड़ी थीं। उन्होंने कोई जवाब नहीं दिया। उन्होंने मुझे बैग लेकर जाते हुए देख लिया था। बाहर आकर मैंने अपनी साइकिल के कैरियर पर बैग को लगाया और चल दिया। साइकिल छोड़ दूँ या साथ ले लूँ, कुछ देर तक यह द्वन्द्व मेरे मन में चलता रहा लेकिन फिर मैंने साइकिल साथ ले ली। यह नाना की साइकिल थी। मैंने अपने कई महीने के वजीफे के रुपये इसमें लगाये थे। टायर-ट्यूब से लेकर आधी से ज़्यादा चीज़ें मैं इसकी बदल चुका था। मुझे नवाब साहब के यहाँ से पच्चीस रुपये महीने का वजीफ़ा मिलता था। यह वजीफ़ा हालाँकि पिता के कारण ही मिलता

था इसमें मेरी योग्यता का कोई योगदान नहीं था।

मालवा की एक कथा के अनुसार भर्तृहरि ने नौ बार घर छोड़ा था। वह बार-बार घर छोड़कर साधू हो जाता और बार-बार वापस लौट आता। मैं भी दो-बार घर छोड़कर वापस लौट चुका था लेकिन इस बार मैं भागकर किसी अपरिचित जगह नहीं जा रहा था। मैंने तय कर लिया था कि घर नहीं लौटूँगा...कोई न कोई नौकरी ज़रूर मिल जायेगी...इस बार कोई बड़े सपने आँखों में नहीं थे...कोई टुच्ची-सी नौकरी करते हुए घर से अलग रहने की इच्छा लेकर ही घर से निकला था...। मैं डुग्गी के घर पहुँचा और उसे बता दिया कि मैं घर छोड़ आया हूँ...डुग्गी ने कहा ठीक है, फिकर नॉट...। डुग्गी ने इसके बाद कुछ नहीं कहा। वह शायद समझ गया था कि इस समय कुछ भी ज़्यादा बोलना मुझे रुला देगा। डुग्गी का बड़ा भाई उसी शाम इन्दौर जा रहा था। मैंने डुग्गी से कहा अभी आता हूँ...और बिना रुके चौक चला गया। चौक में एक किराये की साइकिलवाले की दुकान थी। मैंने साठ रुपये में अपनी साइकिल बेच दी। थोड़ा दुख हुआ पर जल्दी से मैंने रुपये जेब में रखे और तेज कदम से डुग्गी के घर की ओर लौट गया। शाम को मैं डुग्गी के भाई के साथ इन्दौर चला गया...।

बस में जाते हुए मुझे ताज साहब का एक शेर रह-रहकर याद आ रहा था...।

मैं लम्हा-लम्हा मरता जा रहा हूँ
मेरा घर मेरा मक़्तल तो नहीं है।

पाँचवीं किश्त

तानाशाही लिखे हुए पर प्रतिबंध लगा सकती है। छपे हुए शब्द पर काली रोशनाई फेर सकती है। किताब और पत्रिका को जलाकर खाक कर सकती है। लेकिन कहा जाता है न कि कमान से निकला तीर और ज़बान से निकला शब्द वापस नहीं लिया जा सकता। बोला गया शब्द लिखे गये शब्द से ज़्यादा स्वतन्त्र होता है। क़िस्सा तानाशाह की पहुँच से बाहर होता है। तानाशाह का हाथ जब तक उसके गिरेबान तक पहुँचेगा वह कहीं का कहीं निकल जायेगा। वह हवा से तेज चलता है और आग से जल्दी फैल जाता है। वह घुमंतों की कला है। नागार्जुन ने कहीं कहा था कि अपने देश में लिखने से ज़्यादा ज़रूरी है बोलना। क़िस्सा बोलने की कला है। कहने सुनने की कला। क़िस्सा कहनेवाले को अगर पुलिस पकड़कर जेल में डाल दे तो वह कैदियों को अपने क़िस्से सुनायेगा। और खुदा न खास्ता उसे अलग-थलग किसी कोठरी में बंद कर दिया गया तो वह दीवारों को क़िस्से सुनायेगा। दीवारों के भी तो कान होते हैं। वो चाहे बोल न पायें सुन तो सकती हैं।

भटकन का सिलसिला शुरू हो गया।
अपना शहर छूटा तो फिर कई शहर
और कस्बे छूटते गये।

गप्पी के पिता शब्दों को खर्च करने के मामले में बहुत कंजूस थे। पोस्टकार्ड का आविष्कार लगता था उन्हीं के लिए हुआ है। वह अक्सर पोस्टकार्ड ही लिखते थे और उसकी पीठ को भी वे अमूमन खाली ही छोड़ देते। कभी-कभी उस पर गप्पी की माँ अपनी चिट्ठी लिख दिया करतीं। गप्पी को लिखे पत्र में अधिकतम डेढ़, कभी-कभी दो और बहुत हुआ तो ढाई पंक्तियाँ होतीं। चिरंजीव जैसा शब्द भी वे कभी पूरा नहीं लिखते। चि लिखकर एक बिन्दी लगा देते। आशीर्वाद लिखते तो उसके आगे-पीछे कुछ न होता। लेकिन हस्ताक्षर की जगह वे अपना पूरा नाम लिखते। वे बड़े स्पष्ट और सुंदर अक्षर लिखते थे। इसलिए उनका हस्ताक्षर एक पूरी पंक्ति की तरह होता था। उसमें आठ अक्षर थे। इस तरह पूरे पत्र में अगर डेढ़ लाइन होती तो उनके हस्ताक्षर से मिलकर वह ढाई पंक्ति का पत्र हो जाता। फूफा जब पोस्टकार्ड लिखते तो वह पूरा भरा होता। छोटे-छोटे मोतियों से सुन्दर अक्षरों में लिखे उनके पत्र में कोई जगह खाली नहीं छूटती। वे सबके बारे में लिखते। यहाँ तक कि मौसम में जो परिवर्तन हो रहे होते उनका भी जिक्र होता और सबके हालचाल का हवाला होता। अनाज के भाव में होनेवाले उतार-चढ़ाव का भी जिक्र होता। फूफा के जवाब में पिता बामुश्किल चार-पाँच पंक्ति का पत्र लिखते। फूफा इस बात से बहुत चिढ़ते थे। गप्पी चिट्ठी लिखने में बिल्कुल अपने पिता की तरह था। गप्पी इन्दौर चला गया। यह पहला मौका था जब मैं कुछ दिन गप्पी से अलग रहा। गप्पी को इन्दौर गये लगभग एक हफ्ते से ऊपर हो गया था। उसका कोई समाचार नहीं मिल रहा था। साठ के उत्तरार्ध में टेलीफोन का चलन आम नहीं हुआ था। कई दिन बाद उसका एक छोटा-सा पत्र आया। लिखा था कि इन्दौर में बहुत भटकने के बाद भी कोई नौकरी नहीं मिली इसलिए उज्जैन आ गया हूँ। भुआ के घर में हूँ। यहाँ मॉडल स्कूल में नौकरी मिल गयी है...।

मॉडल स्कूल में गप्पी की पहली नौकरी लग गयी थी। बहुत साल बाद गप्पी के बहनोई ने बताया था कि मुक्तिबोध ने भी इसी स्कूल में कुछ दिन नौकरी की थी। फ्रीगंज में यह एक छोटा-सा स्कूल था। सुबह की पाली में इसी में मिडिल स्कूल लगता था। दो-तीन दिन बाद ही स्कूल के हेडमास्टर ने गप्पी को बुलाकर कहा कि आप सुबह की शिफ्ट में भी चक्कर मार दिया करें। मिडिल स्कूल में हेडमास्टर नहीं था। हेडमास्टर साहब चाहते थे कि गप्पी उसका इंतज़ाम भी देख ले। हेडमास्टर अपनी बला गप्पी के सिर डालना चाहता था। हेडमास्टर के रूम से जब गप्पी बाहर निकला तो राधेश्याम मास्टर उसे एक तरफ ले जाकर बोला मिडिल स्कूल के

हेडमास्टर का काम देखने के लिए इसे एलाउन्स मिलता है। तुम कह देना अगर एलाउन्स दोगे तो ही मैं यह काम देखूँगा। गप्पी की नौकरी अभी पक्की नहीं थी। वह कोई पंगा लेना नहीं चाहता था इसलिए चुप लगा गया। भुआ ने कहा कि जब नौकरी लग गयी है तो तुम विक्रम युनिवर्सिटी में ही एम.एस सी. में भी दाखिला ले लो। गप्पी की जेबें खाली थीं। वह एक साल के लिए इसे टाल देना चाहता था। लेकिन कहीं न कहीं मन में दाखिला लेने की इच्छा भी कुलबुला रही थी। भुआ की आर्थिक स्थिति तब बहुत अच्छी नहीं थी। भुआ ने फीस के लिए पैसे दिये तो एक मन हुआ कि मना कर दे फिर सोचा कि तनखा मिलने पर वह पैसे वापस कर देगा। गप्पी का मौसेरा भाई भी वनस्पतिशास्त्र में एम.एस-सी कर रहा था। उसके साथ जाकर किसी तरह फार्म भर दिया। मौसेरा भाई शहीद चौक के पास एक लाज में रहता था। वह गप्पी से लगभग डेढ़ साल बड़ा था। इस लाज में कई कमरे थे और उनमें बाहर से आकर पढ़नेवाले विद्यार्थियों को किराये पर कमरा मिल जाता था। हमारे समाज में ननद-भौजाई में एक आंतरिक किस्म की लड़ाई और प्यार चलता रहता था। भुआ गप्पी को शुरू से ही प्यार करती थीं और इस बात को लेकर गप्पी की माँ कई बार ताना कसती रहतीं। भुआ भी जब मौका मिलता माँ के बारे में चार बातें सुना देतीं। दोनों की उम्र में थोड़ा ही अंतर था और दोनों को एक दूसरे के बचपन के कई क़िस्से पता थे। मौका लगते ही दोनों एक दूसरे के क़िस्से सुना देतीं। उनके वाक्यों में एक वाक्य लगभग तकियाकलाम की तरह दोहराया जाता कि...बचपन से ही उनका स्वभाव ऐसा है। यह खबर जब गप्पी के घर तक पहुँची कि गप्पी ने उज्जैन में युनिवर्सिटी में दाखिला ले लिया है तो गप्पी की माँ ने गप्पी के मौसेरे भाई से पूछा कि गप्पी की फीस किसने भरी। यह बात उनको बहुत बुरी लगी थी कि गप्पी की फीस भुआ ने दी है। गप्पी की माँ का मानना था कि भुआ उन्हें नीचा दिखाने के लिए ही गप्पी से लाड़ जता रही हैं।

स्कूल की नौकरी और युनिवर्सिटी की क्लासेस में तालमेल बिठाना मुश्किल था। उसे अजीब-सी कसमसाहट हो रही थी। उसे लगता उसने गलत किया। उसे उज्जैन नहीं आना था। शनिवार-इतवार की छुट्टी में वह अक्सर इन्दौर चला जाता।

शहर में कर्फ्यू था। नेपथ्य में विक्रम विश्वविद्यालय था। पर महानाट्य का मंच माधव कॉलेज में जमाया गया था। रात हो रही थी और भोंपू का वृत्तांत जारी था।

इन्दौर से लौटकर गप्पी उज्जैन पहुँचा तो रात हो चुकी थी। शहर में कर्फ्यू था। गप्पी के पास कोई सामान नहीं था। धीरे-धीरे वह फ्रीगंज की तरफ बढ़ा। शहीद पार्क तक

पहुँचते-पहुँचते भी चार जगह उसे पुलिसवालों ने रोका। उसे लग रहा था कि आज खैर नहीं। खरामा-खरामा पर वह शहीद पार्क तक पहुँच ही गया। पहले मन हुआ कि जल्दी से भुआ के घर चला जाये पर मन में कहीं दिन-भर की घटनाओं को जानने की उत्सुकता भी उछलकूद मचा रही थी। इसलिए वह लॉज की तरफ बढ़ गया। लॉज सामने ही था। वह तेजी से लॉज की सीढ़ियाँ चढ़ गया। मौसेरे भाई का कमरा पहली ही मंजिल पर था। भाई के कमरे पर ताला लटक रहा था। आसपास नज़र दौड़ाई। गलियारे के दूसरे छोर पर भोंपू का कमरा था। उड़के हुए दरवाजे से रोशनी की एक पट्टी बाहर बरामदे में गिरी हुई थी। भोंपू कमरे में ही था। भोंपू का असली नाम भूपेन्द्र था। वह पास ही किसी गाँव से आया था और युनिवर्सिटी में पढ़ रहा था। उसे सब भोंपू कहते थे। वह चुटकी बजाते लोगों को दोस्त बना लेता। दोस्त मानते थे कि किसी बात को अगर शहर में फैलाना हो या किसी खास व्यक्ति तक पहुँचाना हो तो बस भोंपू को बता दो। कुछ ही घंटों में वह बात मिर्च-मसाले के साथ शहर के तमाम दोस्तों को मालूम हो जायेगी। भोंपू क़िस्से सुनाने में उस्ताद था, वह किसी भी घटना का, जो चाहे उसने देखी हो या न देखी हो, वर्णन इस तरह करता जैसे आँखों देखा हाल सुना रहा हो। भोंपू के बारे में यह आम धारणा थी कि वह जो बताये और जितना बताये उसमें से कम-से-कम साठ प्रतिशत माइनस कर देना चाहिए।

गप्पी भोंपू के कमरे में जाकर पलंग पर पसर गया। वह थका हुआ था। उसने एक सिगरेट जलाई, पैकेट में तीन-चार सिगरेटें बची थीं और रात को कहीं सिगरेट मिलना सम्भव नहीं था। पहले उसने सोचा कि पैकेट को कोने में फेंक दे, हालाँकि यह पैंतरा अब पुराना हो चुका था और सारे दोस्त इसे पहचान चुके थे। उसे मालूम था कि भोंपू थोड़ी देर बाद ही सिगरेट माँगेगा इसलिए उसने पैकेट टेबल पर ही रख दिया। भोंपू आया और जैसा पहले से ही तय था उसने सिगरेट निकाली और अपनी जेब के हवाले कर ली। बोला चाय के बाद जलाऊँगा। भोंपू चाय बनाने लगा और गप्पी बाहर की गैलरी में आकर खड़ा हो गया। शहीद पार्क के आसपास सन्नाटा पसरा था। दो-तीन पुलिसवाले गश्त कर रहे थे जो बीच-बीच में लम्बी सीटी मारते और आगे बढ़ जाते। शहीद पार्क के अंदर दो-तीन पुलिसवाले स्टूल पर बैठे ऊँघ रहे थे। तभी किसी मनचले ने पता नहीं कहाँ से एक पत्थर सन्नाया जो शहीद पार्क में लगी फिसल पट्टी पर गिरा। टीन की फिसलपट्टी पर पत्थर के गिरने की जोर की आवाज़ हुई। ऊँघते हुए पुलिसवाले चौंककर जाग गये और आसपास डंडा फटकारने लगे।

गप्पी कमरे में लौट आया। भोंपू ने चाय बनाते-बनाते क़िस्सा शुरू कर दिया था। क़िस्सा शायद बहुत देर से उसके पेट में कुलबुला रहा था। कोई सुननेवाला न

मिलता तो उसका तो पेट ही फट गया होता। बोला यह कांड तो कभी भी हो सकता था। बहुत दिनों से इसकी तैयारी चल रही थी। इस क़िस्से के दो ही प्रमुख पात्र थे–शिवमंगल सिंह सुमन जो माधव कॉलेज के प्राचार्य थे और दूसरे नंददुलारे वाजपेयी जो विक्रम विश्वविद्यालय के उपकुलपति थे। नेपथ्य में विक्रम विश्वविद्यालय था पर इस महानाट्य का मंच था माधव कॉलेज। भोंपू ने पास आकर इस तरह फुसफुसाकर कहा जैसे कोई बहुत रहस्य की बात बता रहा हो। छात्रों ने पहले से ही तैयारी कर ली थी। कॉलेज के कैम्पस में, ऊपर छत पर, गेलरियों में जगह-जगह पत्थर इकट्ठे कर लिए गये थे। पत्थरों की ढेरियाँ लगी हुई थीं। पुलिस को भी सारी खबर पहले से ही मिल चुकी थीं। उसने भी सुबह-सुबह ही कॉलेज के गेट के बाहर एक ट्रक मोटी गिट्टी डलवा दी थीं। बस दोनों को शुरुआत का इंतज़ार था। दोनों बहाना ढूँढ़ रहे थे तभी एक लड़के ने शायद बाहर का जायजा लेने के लिए कॉलेज के गेट से बाहर पाँव रखा ही था कि पुलिसवालों ने उसे धर दबोचा। दो-चार लट्ठ घुमाकर मारे तो लड़का चिल्लाता हुआ कॉलेज के अंदर भागा। शंख फूँके जाने की देर थी कि दोनों ओर से पत्थरबाजी शुरू हो गयी। मैदान में लड़के पूरी तैयारी में थे। जगह-जगह पानी की बाल्टियाँ रखी थीं और चार-चार छह-छह के झुण्ड उन बाल्टियों के आसपास इकट्ठे थे। पुलिस पत्थरबाजी में कमज़ोर पड़ रही थी। वह बाहर थी और लड़के कैम्पस के भीतर थे। कैम्पस की दीवार ऊँची थी, पुलिसवालों को पत्थर सन्नाने में मुश्किल हो रही थी। तभी पुलिस के माइक पर कुछ एलान हुआ और पुलिस ने आँसू गैस के गोले फेंकना शुरू कर दिया। आँसू गैस का गोला कॉलेज कैम्पस के अंदर आकर गिरता और लड़के तत्काल उसे हाथ में पकड़े तौलिया से उठाते और पानी की बाल्टी में बुझा देते। ऐसा करते हुए भी थोड़ी बहुत गैस तो आँखों में लगती ही थी। जब कुछ लड़के थक जाते और उनकी आँखें जवाब देने लगतीं तो उनकी जगह दूसरे छात्र आ जाते। कोई भी पीछे हटने को तैयार नहीं था।

पुलिस ने तभी कॉलेज का गेट तोड़ा और दनदनाता हुआ एक जत्था अंदर घुस आया। कॉलेज में पुलिस के अंदर घुसते ही कुछ छात्र सुमन जी को सूचना देने को दौड़ गये। सुमन जी शायद तैयार ही बैठे थे वे तत्काल मैदान में निकल आये। माइक पहले से तैयार था। सुमन जी ने माइक सँभाला और उनकी गरजदार आवाज़ सारे मैदान में गूँजने लगी। पुलिस के जत्थे अंदर घुस आये थे और छात्रों पर लाठी बरसा रहे थे। पुलिस सुमन जी की तरफ बढ़ी तो छात्रों ने उन्हें घेर लिया। सुमन जी गरज रहे थे...भोंपू ने सुमन जी की नकल उतारी...पुलिस मेरे कॉलेज के कैम्पस से बाहर चली जाये...मैं कहता हूँ पुलिसवाले तत्काल बाहर निकल जायें...। मेरे छात्रों पर...मेरे बच्चों पर लाठियाँ बरसाना बंद करें...मेरे बच्चों पर लाठियाँ बरसानेवालों को पहले मेरी लाश पर से होकर गुज़रना होगा। पुलिस को लाठियाँ बरसाना है तो मुझ

पर लाठियाँ बरसाए...। सुमन जी का जादू काम कर गया था। छात्र दुगने जोश में आ गये। पुलिस भी गुस्से में बेकाबू हो गयी। भोंपू ने कहा सुमन जी के उपकुलपति बनने की राह में एक ही रोड़ा था—नंददुलारे वाजपेयी। सुमन जी को पता था कि इस कंटक को दूर करते ही विक्रम विश्वविद्यालय पर उनकी पताका फहराने लगेगी।

इतिहासवाले शर्मा जी पता नहीं कब कमरे में आये। बोले शवमंगल जीत गया। वे शिवमंगल सिंह सुमन को हमेशा शवमंगल कहते थे। उन्होंने एक बार और अपना वाक्य दुहराया और कमरे से बाहर चले गये। बहुत सारे छात्र घायल हुए थे। सब अस्पताल पहुँचा दिये गये थे। भोंपू ने बताया कि कर्फ्यू में ही सुमन जी ने अपनी कार निकाली और फलवालों के घर जाकर उन्हें लेकर आये, उनसे दुकान खुलवाकर जितने फल दुकानों में थे सब अपनी कार में भरवा लिए और अस्पताल पहुँच गये। सुमन जी का जादू ऐसे ही नहीं चलता था। सुमन जी को सारा शहर जानता था। उनकी कार को कौन रोक सकता था। सुमन से कोई नहीं जीत सकता। भोंपू तरह-तरह के मसाले मिला कर क़िस्सा सुना रहा था। गप्पी रात को भोंपू के ही कमरे पर रुका रहा। बहुत रात तक भोंपू क़िस्से सुनाता रहा। युनिवर्सिटी कुछ दिन के लिए बंद हो ही गयी थी। गप्पी ने राहत की साँस ली कि कम-से-कम कुछ दिन उसे युनिवर्सिटी नहीं जाना पड़ेगा। वैसे भी उसे समझ में आ गया था कि दो घोड़ों की सवारी करना सम्भव नहीं है।

भोपाल का समय दूसरी जगहों के समय से अलग था। यहाँ रह चुका शख़्स किसी और समय के साथ कदमताल नहीं कर पाता। यहाँ का पानी पिया, वापस यहीं लौट आता था।

इमामी गेट के पास **आर.के. हुलास राय वाच मेकर, भोपाल** नाम की घड़ीसाज की दुकान थी। भोपाल में घड़ीसाज की यह पहली दुकान थी। यह लगभग उन्नीसवीं सदी के ढलान पर खुली थी। शाहजहाँ बेगम ने दुकान के संचालक को एच.एच. रूलर ऑफ भोपाल के खिताब से नवाज़ा था। दुकान की दीवाल पर एक घड़ी लगी रहती थी जो लगभग डेढ़ सौ साल से भी ज़्यादा पुरानी थी। घड़ी का डायल परकार से गोला खींचकर खुद हुलास राय ने अपने हाथों से बनाया था और इसके अंक रोमन लिपि में लिखे गये थे। हुलास राय किले पर नौकरी भी करते थे। वह समय देखकर तोप चलाया करते थे जिसके लिए उन्हें बीस रुपये महावार पगार मिलती थी। उन दिनों किले के बुर्ज से हर रोज़ दोपहर बारह बजे और रात को नौ बजे तोप दागी जाती थी। यह भोपाल का अपना समय था। भोपाल स्टेन्डर्ड टाइम जो धूपघड़ी के हिसाब से तय होता था। यह मद्रास के समय से आधा घंटा आगे था। भोपाल के बाशिन्दों

की घड़ियों में यूँ भी कोई बहुत दिलचस्पी नहीं थी। डुग्गी कहता कि जब घड़ी के रुक जाने से समय नहीं रुकता तो ऐसे समय को जानने का क्या फायदा...घड़ी देखकर ज़्यादा से ज़्यादा यही तो पता चलता है कि हमने कितना वक़्त बरबाद कर दिया...यूँ भी अपने को वक़्त का कौन-सा अचार डालना है। उससे जब भी कोई समय पूछता तो वह कभी इसका सीधा जवाब नहीं देता, कहता...वक़्त बहुत खराब चल रहा है यार...भाई भाई का नहीं रहा...।

शाहजहाँ बेगम की दिली ख़्वाहिश थी कि ताजमहल पर एक घंटाघर बनाया जाये। घंटाघर बनाने का काम बेगम ने हुलास राय को दे भी दिया था लेकिन मामला इतना खर्चीला हो गया कि योजना आधे में ही खटाई में पड़ गयी। उन विशाल घड़ियों के ढाँचे बरसों तक हुलास राय के मकान के पिछवाड़े पड़े धूल खाते रहे। हुलास राय की दुकान पर विलायती ग्राहकों की भी आमद थी। बैरागढ़ की बैरकों में बंदी बनाये गये इतालवी कैदी भी कभी-कभी साइकलों से उनकी दुकान पर आते। उन दिनों भोपाल में तीन ही घड़ियाँ थीं। एक किले पर, दूसरी पैलेस पर और तीसरी पॉलेटिकल एजेंट के पास। इन सबका समय हुलास राय की तोप तय करती थी। कुछ समय बाद लेकिन इतनी घड़ियाँ हो गयीं कि अहमदाबाद पैलेस के हर कमरे में तीन-तीन घड़ियाँ लगा दी गयीं, यहाँ तक कि गुलसखाने में भी घड़ी लगा दी गयी। लोग कहते कि बेगमें घड़ी देखकर नहाती हैं कि किस दिन उन्हें नहाने में कितना वक़्त लगा। इतवार को नहाने का वक़्त जुमेरात को नहाने के वक़्त से कुछ कम ज़्यादा होता होगा।

गप्पी कई जगहों की खाक छानकर वापस भोपाल लौट आया था। इमामी गेट पर हुलास राय की दुकान के पास जब सारे दोस्त मिले तो डुग्गी ने ठहाका लगाया और बोला—मैं न कहता था कि भोपाल के वक़्त का मारा कहीं और रह ही नहीं सकता। इस वक़्त की बात ही कुछ और है। यह धूप से तय होता है और तोप से दागा जाता है। हमारा वक़्त दूसरों से अलहदा है। कहीं और जाओगे तो जैट लैक के शिकार बन जाओगे। तुम चाहो तो इस वक़्त को निचोड़कर अमृत पी सकते हो। निचोड़ने से अमृत न भी निकले तो कम-से-कम एक पव्वा राशी का या सौंफ का तो निकल ही आयेगा। गप्पी मुस्कुराया बोला...तुमने तो लगता है निचो ही लिया है। रात हो चुकी थी। डुग्गी तरंग में था। उसने परवीन शाकिर का एक शेर पढ़ा...*कोई जंजीर फिर वापस वहीं पे ले के आती है/ कठिन हो राह तो घर छूटता है आहिस्ता आहिस्ता...*। गप्पी ने कहा घर की जगह शहर रख दो तो ज़्यादा सही हो जायेगा।

रामपुरा, गोतमपुरा, देपालपुर और इन्दौर के इस्लामिया करीमियाँ की नौकरियों के बाद कुछ ही महिनों में गप्पी वापस भोपाल लौट आया था। उसके बहीखाते में हर

शहर और कस्बे के अलग-अलग क़िस्से थे। उसमें उज्जैन के माधव कॉलेज के सामने से गुज़रनेवाली छोटी लाइन की रेलगाड़ी थी, रामपुरा के बोहरों के खाली पड़े बड़े-बड़े सुनसान भुतहा घर थे, छोटे से स्टेशन फतिहाबाद के गुलाबजामुन की हंडिया और केसरिया दूध का स्वाद था। गोतमपुरा छोटा-सा कस्बा था लेकिन गप्पी को यह कस्बा रास आ गया था। लोग अच्छे थे। उसने जिस घर में एक कमरा किराये से लिया था उसके बगल के कमरे में रमेश रहता था जो पोस्ट ऑफिस में काम करता था। वह केवेण्डर सिगरेट पीता था। घर के बगल में ही एक ओटला था जहाँ रात गये सारे सटोरिये इकट्ठे हो जाते थे। कस्बे में काफी रात तक चहल-पहल रहती थी। सब कुछ ठीकठाक चल रहा था। नवीं और ग्यारहवीं क्लास में दो एक लड़कियाँ भी थीं। लेकिन एक दिन गप्पी का प्राचार्य से झगड़ा हो गया। प्राचार्य चाहते थे कि गप्पी क्राफ्ट का पीरियड भी ले ले। क्राफ्ट के नाम पर बागवानी ही थी। स्कूल के सामने ही एक चाय की दुकान थी। चायवाला गप्पी को बता चुका था कि स्कूल के कंपाउंड में उग रही घास प्राचार्य हर साल बेच देता था। इसलिए घास बड़ी होने तक नहीं काटी जाती थी। गप्पी ने दूसरे दिन ही प्राचार्य से जाकर कहा कि बागवानी के लिए इस घास का कटवाना ज़रूरी है। प्राचार्य ने पहले तो टालाटूली की और जब बात न बनी तो वह उखड़ गया। गप्पी भी उखड़ गया। प्राचार्य उसी दिन इन्दौर चला गया और दूसरे दिन गप्पी के तबादले का आदेश ले आया। गप्पी का तबादला देपालपुर हो गया।

देपालपुर एक खोड़ला गाँव माना जाता था। उसका नाम नहीं लिया जाता था। लोगों का मानना था कि अगर सुबह-सुबह इस गाँव का नाम ले लो तो दिन-भर खाना न मिले। इसलिए देपालपुर का कोई नाम नहीं लेता था। बस में कंडक्टर से टिकट माँगनेवाले या तो ग्यारह कोस कहते या खोड़ला गाँव कहकर हँस देते। खोड़ला का मतलब था मनहूस...अपसगुनी। इस तरह के कई गाँव थे। खाचरोद का भी नाम नहीं लिया जाता था। गप्पी के नाना कभी खाचरोद में डाक्टर थे। इन्दौर से निकलनेवाले सबसे खूबसूरत अखबार—नई दुनिया में एक न एक खबर खाचरोद की ज़रूर होती थी इसलिए दोस्त मज़ाक में नई दुनिया को खाचरोद टाइम्स भी कहा करते थे। देपालपुर अच्छा खासा कस्बा था बल्कि गोतमपुरा से कुछ बड़ा ही था। देपालपुर के आलू की सारे इलाके में धूम थी। आलू के अलावा यहाँ मोटे सूत की एक दरी बनाई जाती जिसे डोरिया कहा जाता था। स्कूल में कुछ मास्टर आसपास के गाँव के थे। कुछ बरसों से देपालपुर में ही जमे हुए थे और अब यहीं बस गये थे। कुछ मास्टरों ने अपने घर भी बना लिए थे। कुछ मास्टरों ने छोटी-मोटी ज़मीनें खरीदी हुई थीं जिसमें वे आलू की खेती करवाते। उनके खेत पर काम करनेवालों के लड़के स्कूल में पढ़ते थे। अपने खेत पर काम करनेवाले मजदूरों के लड़कों का मास्टर खास ख्याल करते। कुछ मास्टरों ने डोरिया बनानेवाले कारीगरों से तय कर रखा था।

वे कारीगरों से डोरिया खरीदते और इन्दौर जाकर अपनी पहले से बँधी हुई दुकानों पर दे आते। गप्पी को न तो आलू की खेती करनी थी न डोरियों का धंधा। उसे समझ आ गया था कि वह ज़्यादा दिन यहाँ नहीं रह सकता। वह तलाश में था तभी एक दिन उसे पता लगा कि कुछ दिन के लिए इन्दौर के इस्लामिया करीमियाँ में बायलॉजी टीचर की एक लीव वेकेन्सी है...उसने एक कागज पर अपना इस्तीफा लिखा और प्राचार्य को सौंपकर, अपना बोरियाबिस्तर उठाया और वापस इन्दौर चला गया। एक महीन बाद ही छुट्टी पर गया बायलॉजी टीचर वापस लौट आया और एक बार फिर गप्पी बेरोज़गार हो गया।

बेताल फिर डाल पर आ गया था। भोपाल लौटने के बाद एक बार फिर नौकरी की तलाश शुरू हुई। गप्पी दिन-भर चप्पलें घिसता या किराये की साइकिल घसीटता रहता। इस्लाम नगर में गुड़िया शकर की एक नई फैक्ट्री खुली थी। बिन्दा घायल फैक्ट्री की मालकिन को जानते थे। दस-बारह किलोमीटर साइकिल चलाकर गप्पी फैक्ट्री की मालकिन से भी मिलने गया। पर डौल न बैठा। गप्पी मन ही मन चाह रहा था कि भोपाल में नौकरी लग जाये तो वह कॉलेज में दाखिला ले लेगा। पर इस साइंस ग्रेजूएट के लिए भोपाल में कोई नौकरी नहीं थी। न दो कौड़ी की क्लर्की न चार धेले की मास्टरी। भोपाल का समय यूँ भी दूसरी जगहों से आगे चल रहा था। दिनों को गुज़रने से कौन रोक सकता था, दिन कुछ ज़्यादा ही तेजी से गुज़रते जा रहे थे।

दिन चाहे कैसा ही गुज़रे पर शाम होते-होते सारे दोस्त चौक में आ ही जाते थे। शाम थी। सारे दोस्त बिन्दा घायल की दुकान पर खड़े थे तभी गप्पी ने कहा कि अगर कल तक कोई नौकरी नहीं लगी तो मैं सट्टे की पर्चियाँ लिखने लगूँगा। दोस्तों ने सुना तो एकाएक सबको लगा जैसे यह गप्पी की नहीं उन सबकी पराजय की घोषणा है। डुग्गी ने झिड़ककर कहा...बकवास मत करो। यह काम तुम्हारे लायक नहीं है। डुग्गी ने तनाव को कम करने के लिए एक डायलाक मारा...सवाल सिर्फ तुम्हारा नहीं...हमारी नाक का सवाल है। नाक को रख लो अपनी जेब में...गप्पी ने उतनी ही तेजी से डायलाग वापस कर दिया। वह बहुत खीजा हुआ था। उसने कहा मैं घर छोड़ चुका हूँ अब हर काम कर सकता हूँ, मुझे किसी की परवाह नहीं। इतवारे में चुन्नी पहलवान सट्टे की पर्ची लिखने का काम करता था। वह गप्पी का दोस्त था। सट्टा खानेवाले लगभग सभी सेठों को गप्पी और डुग्गी अच्छे से जानते थे। साँभलदास सट्टे का सबसे बड़ा सेठ था। उसका लड़का गप्पी का दोस्त था। वह थोड़ा पगलौट-सा था। केशरीमल जैन और मुन्ने चूड़ीवाले को भी डुग्गी जानता था। केशरीमल की दो जवान होती खूबसूरत लड़किया थीं। बहुत सारे लोग तो उन्हीं की वजह से उसके यहाँ सट्टा लगाने जाते थे। बड़ी लड़की की नवीं क्लास में सप्लीमेंटरी आयी थी। डुग्गी के कहने से गप्पी लड़की को ट्यूशन पढ़ाने भी जाया करता था।

हालाँकि गप्पी को केशरीमल के घर जाने में बहुत शरम आती। शाम के समय जब गप्पी लड़की को पढ़ाने जाता उसी समय सटोरियों के आने का समय होता। गप्पी को आसपास के सारे दुकानदार जानते थे। वह बचपन से चौक में ही खेलते हुए बड़ा हुआ था। वह कनखियों से कई बार आसपास देखता तो उसे लगता जैसे सारे लोग उसी को देख रहे हैं। एकाध बार सीढ़ियाँ चढ़ते हुए उसे ऐसा भी लगा कि किसी ने पीछे से कोई जुमला कसा। वह मन मसोसकर रह गया।

डुग्गी को सट्टे का चस्का लग चुका था। सट्टे के चक्कर में उसने बहुत बड़ी-बड़ी उधारियाँ कर ली थीं। वह रातोंरात अमीर होने का सपना देखता। उस पर सट्टे का जुनून सवार था। कई-कई दिन वह घर से बाहर नहीं निकलता कि तगादा करनेवाले तंग करेंगे। वह कर्ज़े में डूबता जा रहा था। वह घर में, लड़कों में सबसे छोटा था इसलिए कुछ ज़्यादा ही लाड़ला भी था। वह अक्सर अपनी माँ से पैसे के लिए लड़ता रहता। तरह-तरह के नाटक करता। फिल्मी किस्म के डायलाग बोलता। सट्टे में तब एक रुपये के नौ रुपये मिलते थे। डुग्गी कहता कि मकान बेचकर एक दिन के लिए रुपया मुझे दे दो मैं कल तुम्हें नौ मकान दे दूँगा। माँ गाँव की सीधी सादी महिला थी। डुग्गी की बातों में आ जाती। कलपकर यहाँ-वहाँ से निकालकर पैसा दे देती। डुग्गी का काम अब थोड़े बहुत पैसों से नहीं चल पाता। एक दिन डुग्गी माँ का सोने का कंगन ले आया और गप्पी से बोला कि वह जाकर इसे सर्राफे में गिरवी रख आये। गप्पी ने बहुत समझाया पर वह नहीं माना। वह जब-तब दोस्तों से भी पैसे माँगने लगा था। उसकी इन आदतों के चलते कई दोस्त उससे कन्नी काटने लगे थे। गप्पी समझाता पर डुग्गी को समझाना आसान नहीं था।

दूसरे दिन थक-हारकर गप्पी भोपाल डीएसई के पास पहुँचा तो दंग रह गया। डीएसई ने तत्काल उसे उबेदुल्लागंज में मास्टरी की नौकरी का आदेश दे दिया। ऐसा लगा जैसे डीएसई उसी का इंतजार कर रहा था। साइंस के मास्टरों की बड़ी तंगी चल रही थी। डीएसई ने कहा कि आदिवासी क्षेत्रों में जाने को तैयार हो तो तुम्हें लेक्चरार का ग्रेड मिल जायेगा। गप्पी तो भोपाल में रहना चाहता था। उसने डीएसई को पटाने की बहुतेरी कोशिश की पर वह टस से मस न हुआ। उबेदुल्लागंज का आदेश लेकर आ गया। उबेदुल्लागंज में नौकरी की बात जैसे ही टिल्लू को पता चला तो लपककर आया—बोला यह तो बहुत अच्छा है, तुम बिना देर किये चले जाओ। उबेदुल्लागंज में तेजू अब सेठ हो गया है। फिकर मत करो वह सारा इंतज़ाम कर देगा, वहाँ तो समझो अपना ही राज है।

टिल्लू और तेजू बहुत अच्छे दोस्त थे। टिल्लू एकदम पंचर था। सारे उल्टे-सीधे धंधे वह कर चुका था। आये दिन उसका थाने से बुलावा आ जाता। कई बार जेल जा चुका था। तेजू भी जब तक भोपाल में था दादागिरी ही करता था लेकिन वह

समझदार था। उसकी बातों में एक खास किस्म की वज़नदारी थी। तेजू डुग्गी का भी दोस्त था। तेजू पहलवान था। चौक में मोती दादा की दादागीरी थी। दादाओं के अपने-अपने इलाके बँटे हुए थे। हर इलाके के व्यापारी अपने इलाके के दादाओं को पालते थे। मोती का खर्चा पानी चौक के व्यापारी चलाते थे जिससे कोई बाहरी आदमी आकर उन्हें तंग न कर सके। मोती और रज्जू की जोड़ी थी। रज्जू का बदन कसरती था और सर्राफे के व्यापारियों के दीगर कामधाम भी वह करता रहता था। मोती में साहस बहुत था लेकिन उसकी आदतें बिगड़ती जा रही थीं। वह बहुत शराब पीने लगा था। उसकी बीवी उसे बहुत पहले ही छोड़कर चली गयी थी। मोती लौंडेबाज भी था लेकिन पहले वह अपने इलाके के लड़कों पर हाथ नहीं डालता था। उसकी लतें बढ़ रही थीं और खर्चे भी। इसलिए वह खर्चा-पानी देनेवाले व्यापारियों के लड़कों को पकड़कर ही पैसे छीनने लगा था। लड़के डर के मारे पहले तो कुछ नहीं कर पाते, घर में भी किसी से न कहते लेकिन धीरे-धीरे यह बात सेठों को भी पता लगने लगी। तेजू और टिल्लू भी मोती के ही पट्ठे थे। मोती पीकर आता तो यह भी भूल जाता कि उसके बदन में अब पहले जैसा कस-बल नहीं बचा है। एक बार मोती और तेजू का झगड़ा हो गया। तेजू थोड़ी देर तो मोती को रोकने की कोशिश करता रहा, लिहाज भी करता रहा पर मोती रुकने को तैयार ही नहीं था। तेजू को गुस्सा आया तो उसने मोती को बहुत पीटा। टिल्लू ने बीच-बचाव की बहुत कोशिश की पर तेजू किसी के बस का नहीं था। सारे इलाके में मोती की भद पिट गयी। इस झगड़े के बाद मोती कई दिन गायब रहा। कई दिन उसने किसी को शकल न दिखाई। तेजू का भी मन उचट गया था। वह अपने गाँव लौट गया। बहुत कम रामय में ही उसने अपना धंधा जमा लिया था। तेजू दादा से अब उबेदुल्लागंज में तेजू सेठ हो गया था। सुपारी सेठ। उसकी तम्बाखू-सुपारी की दुकान थी। तेजू गप्पी को भी जानता था। डुग्गी ने कहा कल सब उबेदुल्लागंज चलेंगे। फिकर मत करो तेजू सब जमा देगा। जिसको भी पता लगता कि गप्पी को उबेदुल्लागंज की नौकरी लगी है उसका एक ही वाक्य होता फिकर मत करो तेजू है न, तेजू सब जमा देगा।

उबेदुल्लागंज जाने का कार्यक्रम तय हो गया था। गप्पी का मन उदास था। उसे लग रहा था कि इस बार भोपाल छूटा तो हमेशा के लिए छूट जायेगा। कभी वापसी नहीं होगी। वह कभी आगे की पढ़ाई नहीं कर पायेगा। तभी अचानक कहीं से अवधेश दादा प्रकट हुए और सीधे गप्पी से बोले—भोपाल में बैंक में नौकरी करेगा...? सवाल इतना अप्रत्याशित था कि गप्पी लगभग उछल-सा पड़ा। अवधेश दादा ने कहा लेकिन कैशियर की नौकरी है और उसमें तत्काल जमानत के दो हज़ार जमा करवाने पड़ेंगे। दो हज़ार बहुत बड़ी रकम थी। खुशी जितनी तेजी से आयी थी उतनी ही तेजी से लौट गयी। अवधेश गप्पी के साथ ही पढ़ते थे। अवधेश का छोटा भाई अतुल

भी हम लोगों के साथ पढ़ता था। अतुल अवधेश का मौसेरा भाई था। वह अवधेश को अवधेश दादा कहता था इसलिए सब अवधेश को अवधेश दादा कहते थे। अवधेश के बड़े भाई स्टेट बैंक में ऑफीसर थे। दूसरे दिन अवधेश के बड़े भाई ने गप्पी को अपने एक दोस्त के साथ बैंक भेजा और गप्पी को अस्थायी रूप से बैंक की नौकरी मिल गयी। कभी-कभी असम्भव लगनेवाली चीज़ें इतनी आसानी से घटित होती हैं कि उन पर संदेह होने लगता है। यह खुशी इतनी अचानक और इतनी आसानी से मिली कि गप्पी को लगता कि कभी भी यह खुशी उससे छिन जायेगी। नौकरी दिवाली से ठीक दो दिन पहले लगी थी। शाम को सब गप्पी के लौटने का ही इंतजार कर रहे थे। उसके लौटते ही डुग्गी ने कहा मौसम बदमाश हो रहा है। जश्न होना ज़रूरी है। लेकिन जेबें सबकी ही खाली थीं। डुग्गी जुगाड़ में उस्ताद था। थोड़ी देर में ही उसने कहीं से कुछ रुपये उधार लिए और डुग्गी, प्रमोद और गप्पी निकल गये। कमला पार्क के पास से छोटे तालाब की तरफ उतरनेवाले रास्ते पर एक कलारी थी। डुग्गी ने बाहर ठेले से थोड़ा नमकीन खरीदा और इधर-उधर से जुगाड़ कर जो पैसे इकट्ठे हुए थे उससे पव्वा खरीदा। एक पौव्वे में तीन का काम तो नहीं चलना था पर सगुन को कोरा नहीं जाने देना चाहिए...यह डुग्गी का मानना था। पीकर निकले तो डुग्गी ने कहा गुनाह बेलज़्ज़त हुआ...खैर कुछ तो हुआ। थोड़ा आगे बढ़े तो कमला पार्क के पास बोर्ड पर नज़र गयी...हम्माम क़दीमी गरम हो रहा है। डुग्गी ने कहा लेकिन हम्माम तो दीवाली के दूसरे दिन से गरम होता है। गप्पी ने कहा नीचे तारीख देखो! नीचे दीवाली के दूसरे दिन की तारीख चाक से लिखी हुई थी।

हम्माम कदीमी गर्म हो रहा है। हम्माम पुश्तैनी था और यह सिलसिला मुगल बादशाह शाहजहाँ के जमाने से चला आ रहा था। हम्माम से ज़्यादा मजेदार अब्दुल जलील के क़िस्से थे।

अब्दुल जलील ने कहा कि मियाँ फारसी की एक कहावत है...जनाब नामचीन हकीम बू अलीसेना शेख उर रईस कह गये हैं...ब हर साल मुसहिल/ब हर माह के/ब हर हफ्ता हम्माम/ब हर रोज़ मय। डुग्गी ने बहुत जोर से वाह की और मेरे और गप्पी की तरफ मुड़कर बोला...सुना ब हर रोज़ मय। उसके काम का इतना ही हिस्सा था। चमेलीवाले बाबा के मजार के सामने की तरफ तालाब के किनारे से सटा हुआ ही हम्माम कदीमी था। हम्माम दीवाली के दूसरे रोज़ से गरम होना शुरू होता था और यह सिलसिला होली तक चलता था। सारे शहर में जगह-जगह बोर्ड लग जाते कि हम्माम कदीमी गरम हो रहा है। कहा जाता है कि यह पुश्तैनी हम्माम है जिसका सिलसिला मुगल शहंशाह शाहजहाँ के जमाने से चला आ रहा है। कुलसुम बी और

उनके शौहर हम्मू खलीफा से यह हम्माम उनके बेटे अब्दुल जलील को मिला था। अब्दुल जलील के लिए यह दुनिया के सबसे शानदार हम्मामों में से एक था। यूँ भी भोपालियों के लिए भोपाल से बाहर की दुनिया में भोपाल से ज़्यादा शानदार कुछ नहीं है। अब्दुल जलील के लिए भी उनका हम्माम रूसी हम्मामों से बेहतर था। रूसी हम्मामों में जो फर्श था वह पत्थर का होता था जबकि हम्माम कदीमी का फर्श ताँबे के मोटे पतरे का बना था। अब्दुल जलील के साथ एक दिन डुग्गी और गप्पी ने पूरा हम्माम घूम-घूमकर देखा था। अब्दुल जलील बहुत दिलचस्प ढंग से हम्माम की एक-एक चीज़ के बारे में बताते थे। वे हमें हम्माम के पिछवाड़े की तरफ ले गये। वहीं तालाब की तरफ उतरकर एक विशाल भट्टी थी जहाँ से हम्माम को गर्म किया जाता था। एक बार गरम करने के लिए ही पचास से सौ रुपये की लकड़ी उन दिनों खर्च हो जाया करती थी। एक कमरे की ओर इशारा करके अब्दुल जलील ने कहा कि हम्माम का यह हिस्सा जनाना था यहाँ कभी बेगमें नहाया करती थीं। हालाँकि यह हिस्सा मर्दाने हिस्से से अलग था लेकिन जिस समय बेगमें आती थीं तो मर्दों का आना मना था। डुग्गी ने मुझे आँख मारी और अब्दुल जलील से पूछा कि बेगमों को नहलाता कौन था? हमारी वालदा की देखरेख में होता था सारा काम...जलील मियाँ ने डुग्गी की हरकत को बिना समझे तत्काल कहा। हमाम में मालिश करनेवाले कई पहलवान हुआ करते थे और जो लोग हम्माम होकर आते वे इन पहलवानों द्वारा की जानेवाली मालिश के क़िस्से सुनाते। मालिश करनेवाला ऐसा घिस्सा मारता है कि रग-रग खुल जाती है। अब उन बुजुर्गों में से तो कोई मुश्किल से ही मिलेगा जिसने शकूर उस्ताद, मज्जू पहलवान, चुन्नू खाँ और इब्राहीम पहलवान के हाथों का हुनर देखा होगा। जलील मियाँ कहते कि मियाँ हम्माम में आना है तो कुछ बिस्कुट विस्कुट रख लाना। हम्माम से निकलते ही लपककर भूख लगती है। कभी इस हम्माम में पाँच पैसे और दस पैसे मय मालिश का रेट था। डुग्गी ने कहा कि तुम्हारी पहली पगार मिलेगी तो पहले दारू पियेंगे फिर सब हम्माम में नहायेंगे और फिर चल कर खाना खाया जायेगा। भैंस आने से पहले ही दरवाजा तोड़ लिया गया था। प्रमोद ने कहा डुग्गी हर काम एडवांस में करता है।

गप्पी का भोपाल में रहने का सपना तो पूरा हो गया था लेकिन कॉलेज में दाखिला मिलने में एक अड़ंगा फँसा हुआ था। बी.एस-सी के बाद एक साल का गैप था और इसको बहाना बनाकर प्राचार्य ने दाखिला देने से साफ इंकार कर दिया था। गप्पी परेशान था। इसी समय डी.पी. मिश्रा की सरकार उलट गयी और गोविन्दनारायण सिंह के नेतृत्व में संविद सरकार का गठन हुआ। किसी ने कहा कि जाकर मुख्यमंत्री से मिल लो। गोविन्दनारायण सिंह ने उसी दिन शपथ ली थी। वह अभी एमएलए रैस्ट हाउस में ही रह रहे थे। गप्पी ने दो-तीन दोस्तों को साथ लिया

और सीधा मुख्यमंत्री के पास पहुँच गया। डी.पी. मिश्रा की सरकार छात्र आंदोलन के कारण ही उलटी थी इसलिए गार्ड ने जैसे ही सुना कि छात्र मिलना चाहते हैं तो अंदर से बुलावा आ गया। गप्पी ने अपनी समस्या बता दी। मुख्यमंत्री ने सुना। वे बहुत मोटे थे। एक तखत पर बिछे गद्दे पर पसरे हुए थे। बोले कल परसों में हम धर्मपाल गुप्ता को शिक्षा मंत्री बना रहे हैं तुम उन्हें जाकर बता देना। गप्पी ने कहा लेकिन कल एडमिशन की आखिरी तारीख है...मेरा एक साल बर्बाद हो जायेगा। गोविन्दनारायण सिंह ने एक बार फिर दोहराया कि कल-परसों में धर्मपाल गुप्ता शिक्षा मंत्री बन जायेंगे तुम उन्हें बता देना। गप्पी खीज गया। अपने को थोड़ा संयत करते हुए बोला आप समझ नहीं रहे हैं...कल आखिरी तारीख है...गोविन्दनारायण सिंह की ज़बान पर गालियाँ आने में देर नहीं लगती थी...उनके मुँह से उचककर एक गाली बाहर आने को ही थी पर उन्होंने रोककर कहा...कहा न...अब जाओ...। मन मारकर गप्पी वहाँ से चला आया।

गप्पी का मन उखड़ा हुआ था। सीधा डुग्गी के पास आ गया। डुग्गी ने कहा फिकर मत करो, चलो चाचा के पास चलते हैं। कुछ न कुछ हो ही जायेगा। गप्पी और डुग्गी ने जाकर बालकिशन गुप्ता को जाकर बताया तो उन्होंने कहा एक कागज पर लिख दो। वे कागज लेकर शाकिर साहब के पास चले गये। गप्पी सारी उम्मीद छोड़ चुका था। इसलिए दूसरे दिन वह सीधा अपने ऑफिस चला गया। लंच हुआ तो गप्पी को लगा कि कुछ शरारत करनी चाहिए। उसने ऑफिस से एक फोन प्रिंसिपल को लगाया और कहा कि मैं कम्युनिस्ट पार्टी के ऑफिस से बोल रहा हूँ...उसके एडमीशन का क्या हुआ? प्राचार्य बहुत सीधे थे। घबरायी हुई-सी आवाज़ आयी...वो सर...उनका एडमीशन कर दिया है, आप उन्हें भेज दें...। यह क़िस्सा शाम को गप्पी ने सबको बताया। बाद में मालूम पड़ा कि शाकिर साहब ने गप्पी का काग़ज़ मोहिनी देवी को दे दिया था कि वे सचिवालय जाकर इस काम को करवा दें...मोहिनी देवी ने सचिवालय में गप्पी के एडमीशन को लेकर काफी हंगामा किया...समय ऐसा था कि छात्रों की किसी बात को मना ही नहीं किया जा सकता था।

पहले प्यार का अंत और आना गप्पी का
एक नये मकान में। पुरोहित का माओ
कट कालरवाला कोट और
बनना कम्युनिस्ट पार्टी मार्क्सवादी का।

ज़िन्दगी की चट्टानों से टकराकर चकनाचूर हो चुकी है प्यार की नाव...मायकोव्स्की की अन्तिम कविता की इस पंक्ति को लिखकर गप्पी ने डायरी बंद कर दी थी। गप्पी के पहले प्यार का अंत हो चुका था। यह एक ऐसा क़िस्सा था जिसके बारे में बहुत

कम ही लोग जानते थे। जो जानते थे वह भी इसके बारे में बात करने से बचते थे। खुद गप्पी भी इसके बारे में किसी से बात नहीं कर सकता था। डुग्गी को कुछ संदेह था लेकिन उसने इसे कभी ज़बान पर नहीं आने दिया। डुग्गी के बड़े भाई ने ज़रूर एक बार चिढ़कर कोई जुमला बोला था लेकिन उसके बाद वह भी चुप लगा गया। गप्पी और पिंकी ने इस प्रेम कहानी के शुरू होते ही इसका अंत भी जान लिया था। इसके आरंभ में ही इसका अंत छिपा था।

पिंकी की शादी निपटते ही गप्पी ने घर बदलने का तय कर लिया था। यह भी तय था कि घर किसी दूसरे मोहल्ले में लेना है। जल्दी ही यह समस्या हल हो गयी। मारवाड़ी रोड पर चाँद मियाँ ने दो कमरे का एक मकान बनवाया था। चाँद मियाँ उस मकान को बेच चुके थे। यह मकान केसर मेहमूद साहब ने खरीद लिया था। केसर मेहमूद साहब साउदी चले गये थे। उनके साले साहब इस मकान की देख-रेख करते थे। मकान में नीचे एक दुकान थी और ऊपर की मंजिल पर दो कमरे थे, जिन पर टीन की छत थी। दुकान के बगल से ही ऊपर जाने का रास्ता था। गप्पी के घर लेने से पहले ही दुकान में ताज स्टूडियो खुल गया था। ताज फोटो स्टूडियो ताज साहब के भानजे ने खोला था। मकान के सामने बीड़ी के एक बड़े उद्योगपति कालेखाँ का मकान था। आधा मोहल्ला ही कालेखाँ का था। वहीं उनका बीड़ी का कारखाना भी था। काला फूल नाम की बीड़ी बनती थी।

नये मोहल्ले और नये घर में आने से गप्पी सँभलने लगा था हालाँकि उसकी सिगरेटें बढ़ गयी थीं। मोतीलाल विज्ञान महाविद्यालय में उसका दाखिला भी हो गया था। इकहत्तर में कम्युनिस्ट पार्टी और कांग्रेस के बीच एक गठबंधन तैयार हुआ था जिसने कम्युनिस्ट पार्टी से जुड़े बहुत से लोगों को नाराज कर दिया था। कई लोग पार्टी में एक घुटन-सी महसूस कर रहे थे। इसी समय सत्यनारायण पुरोहित का भोपाल आना हुआ। वह नागदा से आया था। वहाँ बिड़ला के कारखाने में ट्रेड यूनियन में काम करता रहा था। एक बड़ी लड़ाई लड़कर आया था। वह बहुत तेज-तर्रार था और बहुत उत्साही भी। वह माओ-कट का गोल कालरवाला कोट पहनता था। उसे मार्क्सवादी पार्टी ने स्टूडेन्ट्स विंग में काम करने के लिए भेजा था। पार्टी का कामधाम देखने का जिम्मा कामरेड श्यामलाल चौबे पर था। सर्दी के दिनों में वो एक लम्बा-सा ओवर कोट पहनते और दिन-भर कैंची सिगरेट पीते रहते। उनका पुरोहित से कुछ न कुछ टंटा चलता रहता। पुरोहित पार्टी को श्यामलाल चौबे की शिकायत भेजता रहता। श्याम लाल चौबे मुझसे या गप्पी से कम ही बातें करते थे। पार्टी का सबसे तेज तर्रार कार्यकर्ता सुल्तान था। वह जुमेराती में खोका लगाकर कच्चे पान बेचता था। श्यामलाल चौबे अक्सर भोपाल से बाहर रहते इसलिए पार्टी का काम भी पुरोहित ही देखता। पुरोहित ने कम समय में ही कई मजदूर यूनियन बना ली थीं। सीपीआई

से बीड़ी मजदूरों की यूनियन का एक बड़ा हिस्सा टूटकर सीपीएम के साथ आ गया था। आरा मशीन मजदूरों की भी एक यूनियन बन गयी थी। हैवी इलेक्ट्रिकल्स कारखाने में ट्रेड यूनियन के एक बड़े नेता थे दादा भौमिक। दादा भौमिक ने सीपीएम की सदस्यता नहीं ली थी पर वे पार्टी के करीब आ गये थे। सबको उम्मीद थी कि वे पार्टी की सदस्यता ले लेंगे। बहत्तर के चुनाव में जब शंकरदयाल शर्मा के पक्ष में सीपीआई ने अपने उम्मीदवार का नाम वापस लिया तो दादा भौमिक ने सीपीआई के ऑफिस में आकर बहुत झगड़ा किया। इसके बाद दादा भौमिक स्वतन्त्र उम्मीदवार की तरह खड़े हो गये। दादा भौमिक हिन्दी ठीक से नहीं बोल पाते थे। पुरोहित से जुड़े सीपीएम के ग्रुप ने दादा भौमिक को सहयोग देने का निश्चय कर लिया था। शहर के इलाकों में होनेवाली जनसभाओं में पुराहित की तकरीरें होतीं। सारी मेहनत के बावजूद दादा भौमिक चुनाव हार गये। कई दिन तक भौमिक अलग-थलग रहे। सीपीएम में आने का उनका इरादा भी बदल गया। वो भी इंटक में शामिल हो गये।

पुरोहित ने दोस्तों का एक अच्छा खासा ग्रुप तैयार कर लिया था। गप्पी, राजेश मिश्रा, ज़ैदी, रामप्रकाश, सुल्तान और भी तीन-चार लोग उसके साथ थे। गप्पी का कमरा एक अच्छा खासा अड्डा बन गया था। बीड़ी मजदूरों का लेबल और धागे का आंदोलन शुरू हुआ तो सारा काम गप्पी के ही कमरे से चलता। सीपीएम का एक ऑफिस लक्ष्मी टाकीज़ के इलाके में खोला गया था। वह बदनाम मोहल्ला था। गप्पी ने शुरू-शुरू में इसका विरोध भी किया लेकिन ऑफिस के लिए शहर में जगह मिलना आसान नहीं था। सीपीएम के दफ्तर पर लाल झण्डा और बोर्ड लगा रहता लेकिन फिर भी उसकी सीढ़ियाँ चढ़ते हुए एक अजीब-सी झिझक होती। लगता पता नहीं दूसरे क्या सोच रहे होंगे। छात्रों में कम्युनिस्ट पार्टियों का कोई काम नहीं था। कॉलेजों में न तो स्टूडेन्ट फेडरेशन ऑफ इंडिया का अस्तित्व था न आल इंडिया स्टूडेन्ट फेडरेशन का। पुरोहित की भी दिलचस्पी स्टूडेन्ट्स में काम करने में नहीं थी। लेकिन एक दिन गप्पी के ही कमरे पर जगत पाठक, ज़ैदी, गप्पी और पुरोहित ने मिलकर एक संस्था का गठन किया। इसका नाम रखा गया यूनाइटेड फ्रन्ट ऑफ प्रोग्रेसिव स्टूडेन्ट्स। यह एक कागज़ी संस्था थी। जगत पाठक समाजवादियों की एस वाय एस से जुड़ा था। ज़ैदी उस समय इंजीनियरिंग कॉलेज में पढ़ रहा था और कुछ दिन पहले ही पार्टी से जुड़ा था। उन दिनों ईरान के शाह के विरुद्ध खोमैनी का आंदोलन चल रहा था और बहुत सारे छात्र ईरान से भागकर भोपाल आ गये थे और उन्होंने शहर के अलग-अलग कॉलेजों में दाखिला लिया हुआ था। ज़ैदी उन छात्रों से जुड़ा हुआ था। भोपाल में एकाएक बहुत सारे ईरानी छात्र नज़र आने लगे थे। कॉफी हाउस में उनका जमघटा लगा रहता। काफी हाउस में अड्डेबाजी करनेवाले पुराने लोगों को इससे परेशानी होती। बीच-बीच में ईरानी छात्र न्यू मार्केट में रैली भी किया करते।

इन छात्रों में बड़ी संख्या खुमैनी समर्थकों की थी लेकिन इन्हीं में से कुछ ईरान की कम्युनिस्ट पार्टी के समर्थक भी थे। गप्पी ईरान की कम्युनिस्ट पार्टी और खुमैनी के बीच चलनेवाले समझौतों पर अक्सर बहस करता। ज़ैदी की दोस्ती छात्रों के दोनों गुटों से थी। ज़ैदी और गप्पी में ईरान की कम्युनिस्ट पार्टी के खुमैनी को सपोर्ट करने के मुद्‌दे पर अक्सर तीखी बहस हो जाती। गप्पी को लगता था कि ईरान की कम्युनिस्ट पार्टी का हश्र सीपीआई की ही तरह होगा। ज़ैदी इससे पूरी तरह सहमत नहीं था। खुमैनी के आंदोलन का और तूदे का भी सारा लिट्रेचर गप्पी के पते पर ही आता और यहाँ से ज़ैदी उसे लेकर ईरानी छात्रों में बाँट आता। गप्पी जानता था कि इन सारी गतिविधियों के चलते उसके कमरे की एक फाइल पुलिस ने तैयार कर रखी है।

फ्रेंच रिवोल्यूशन। भोपाल का पहला चर्च
और भोपाल में तकरीबन सवा सौ साल से
रह रहा फ्रांसीसी परिवार।

फ्रेंच रिवोल्यूशन पर ज़ैदी बालकृष्ण पंजाबी की एक किताब लेकर आया था। यह किताब ग्रंथ अकादमी से छपी थी। पुरोहित ने किताब देखी और कहा कि कल रामप्रकाश से इसकी तीन-चार प्रतियाँ ले लेना। सब किताब पढ़ लें तो फ्रेंच रिवोल्यूशन पर जल्दी ही एक स्टडी सर्कल कर लिया जायेगा। ज़ैदी किताब को उलट-पलटकर देख चुका था। उसने कहा किताब अच्छी है...। फिर उसने किताब को एक तरफ सरका दिया और बोला कि भोपाल में भी एक फ्रेंच परिवार है। गप्पी ने इसके बारे में कुछ-कुछ सुन रखा था लेकिन वह भी बहुत ज़्यादा नहीं जानता था। ज़ैदी की आदत थी कि वह एकाध वाक्य बोलकर चुप हो जाता था। जब लोगों की उत्सुकता बहुत बढ़ जाती और सब उसे कोंचना शुरू कर देते, तब वह धीरे-धीरे खुलना शुरू होता। वह ज्योतिष का भी नीम हकीम था। बीच-बीच में वह दोस्तों के हाथ देखने लगता। एकाध बात बताता और फिर कुछ और करने लगता। फ्रेंच परिवार के बारे में एक वाक्य बोलकर वह चुप हो गया। उसने गप्पी के कमरे की अल्मारी से फ्रेंच रिवोल्यूशन पर मार्क्स की किताब निकाली और उसे पलटने लगा।

गप्पी ने ज़ैदी के हाथ से मार्क्स की किताब छीनी और बोला कि तुम क्या बता रहे थे...? ज़ैदी भूल गया था कि वह क्या बता रहा था। या उसने उस समय ऐसा नाटक किया जैसे याद न हो कि वह क्या बता रहा था। गप्पी ने याद दिलाया कि...तुम किसी फ्रेंच परिवार के बारे में बता रहे थे। ज़ैदी ने कहा ओह वो...हाँ... मैं ठीक से तो नहीं जानता पर किसी ने एक दिन मुझे बताया था। वह बोरबून परिवार के बारे में बताने लगा कि बोरबून खानदान शायद अठारहवीं सदी के अन्तिम दिनों

में भोपाल आया था, वो जो फ्रांसीसी चर्च है न...वो भोपाल का पहला चर्च है, उसे सरदार दुल्हिन फ्रांसिस ने बनवाया था। कहते हैं कि अठारहवीं सदी में सिंधिया की फ्रेंच सेनापति पैथोम से अनबन हो गयी इसलिए बोरबून को शेरगढ़ छोड़ना पड़ा। बोरबून भागकर भोपाल आ गये थे और उन्होंने वज़ीर मोहम्मद खान के दरबार में शरण ली थी। उन्नीसवीं सदी के शुरू में इसी खानदान के बॉल्थजर सेकेण्ड को भोपाल रियासत का प्राइमनिस्टर बनाया गया था। डुग्गी बोला...तो हमारा एक प्रधानमंत्री फ्रेंच भी था, तो अगला फ्रेंच रिवोल्यूशन भोपाल में हो सकता है...ज़ैदी तुम तैयारी कर लो, तुम भोपाल की राज्य क्रांति पर अगली किताब लिख सकते हो। पुरोहित कुछ बोला नहीं पर उसने आँख तरेरकर डुग्गी की तरफ देखा तो वह सकपकाकर चुप हो गया। पुरोहित का मूड देखकर सबने मन मारकर अपनी हँसी रोक ली। ज़ैदी समझ गया था उसने बात सँभालने के लिए बिना रुके आगे कहना शुरू कर दिया...दो बरस बाद नवाब वज़ीर मोहम्मद ख़ान का इंतकाल हो गया। बॉल्थज़र की प्राइमनिस्टरी जाती रही। (बेच्चारा...! पता नहीं किसने बीच में चिच...चिच...की आवाज़ निकालते हुए कहा) लेकिन उसे रीजेन्ट बना दिया गया। ज़ैदी ने आवाज़ को थोड़ा ऊँचा करते हुए कहा...वज़ीर मोहम्मद ख़ान के इंतकाल के बाद सिकंदर बेगम गद्दीनशीन हुईं। बॉल्थजर का विरोध हो रहा था लेकिन बावजूद विरोध के, बॉल्थजर का दबदबा दरबार में कम नहीं हुआ। उसकी जड़ें दूर तक फैली हुई थीं। सिकंदर बेगम बोरबूनों पर मेहबान थीं, उनके जमाने में बोरबूनों को इछावर में जागीरें भी दी गयीं थीं। गप्पी बोला कि हाय, मेरे भी बाबा की एक पत्नी इछावर की थीं...ज़ैदी ने कहा अब टोका-टाकी करोगे तो कुछ नहीं बताऊँगा...डुग्गी बोला...ठीक है, ठीक है, बको जल्दी जल्दी...। ज़ैदी ने फिर शुरू किया, लग रहा था जैसे वह रटकर आया है, टोका-टाकी हुई तो भूल जायेगा। वह फिर शुरू हुआ...बॉल्थजर को हकीमी इलाज की भी अच्छी खासी जानकारी थी और उनके हाथ में कहते हैं बड़ी सिफ़त थी इसलिए उन्हें हकीम शहजाद मसीह के नाम से भी जाना जाता था। इसीलिए...डुग्गी ने फिर एक खोंचा लगाया...ज्योतिष और हकीमी कहीं भी ठसने के लिए सबसे मुफीत नुस्खे हैं। तब तो ज़ैदी भी चाहे तो कहीं भी, किसी भी दरबार में ठस सकता है...गप्पी ने जोड़ा। हाय, ज़ैदी तुम अगर स्टेट के समय में होते तो तुम भी किसी न किसी बेगम के दरबार में ठुस सकते थे... प्रधानमंत्री नहीं तो रीजेन्ट तो हो ही जाते, डुग्गी ने जोड़ा। ज़ैदी ने किसी मजाक का जवाब नहीं दिया। वह आगे बोलता रहा...बॉल्थजर की बीवी मदाम इसाबेला जोनस्टोन ही दुल्हिन फ्रांसिस के नाम से जानी जाती थीं, वह बहुत असरदार थीं और बेग़म के बाद सबसे ज़्यादा रोबदाब उन्हीं का था। गप्पी को याद आया कि उसके पैतृक घर की गली के अंतिम छोर पर एक शानदार महल था जिसे महल दुल्हिन

साहिबा कहा जाता था। हालाँकि वह जर्जर हो चुका था लेकिन एक बार नगरपालिका ने लखेरापुरा का नाम बदलकर महल दुलहन साहिबा मार्ग कर दिया था। इस नाम की एक तख़्ती भी मोहल्ले में लगा दी गयी थी। लेकिन कोई उसे महल दुलहन साहिबा मार्ग नहीं कहता था। विभाजन के बाद इस खाली पड़े महल में पाकिस्तान से आये सिंधी परिवारों को रखा गया था। इसी गली में आगे की तरफ दो-तीन अहीरों के ठिकाने थे। बचपन में जब गप्पी दूध लेने जाता तो वह अक्सर महल दुलहिन साहिबा के सामने से गुज़रता। वहाँ शरणार्थी परिवार की औरतें अक्सर ही कपड़े धोतीं और रस्सियों पर कपड़े सुखाती दिखती थीं।

बोरबून फ्रांसीसी शाही खानदान से जुड़े हुए थे। पुरोहित को कहीं जाना था। वह बीच में ही उठ खड़ा हुआ और बोला हमें इस खानदान के बारे में जानकारियाँ इकट्ठी करना चाहिए लेकिन ज़्यादा ज़रूरी है कि पंजाबी की किताब को पढ़ा जाये...। यह कहकर वह बाहर निकल गया। ज़ैदी का क़िस्सा भी ख़त्म हो चुका था। पुरोहित के निकलते ही सब लोग उठ गये। डुग्गी ने कहा चलो, चलकर चाय पीते हैं और फिर ग्रंथ अकादमी चलकर किताब खरीदने की जुगाड़ करेंगे।

रामप्रकाश ग्रन्थ अकादमी में काम करता था। वह ग्वालियर का भूतपूर्व छात्र नेता था और अभी तक उसके हैंगओवर से पूरी तरह बाहर नहीं आया था। ग्वालियर के छात्र आंदोलन की गूँज बहुत दिनों तक मध्यप्रदेश में बनी रही थी। ग्वालियर से शुरू होकर पूरे प्रदेश में फैल गये छात्र आंदोलन का सहारा लेकर ही द्वारिका प्रसाद मिश्रा की सरकार का तख्ता पलटा गया था। रामप्रकाश उस आंदोलन का छात्र नेता था। रामप्रकाश के पास आंदोलन के क़िस्सों का असमाप्त खजाना था। कोई प्रसंग निकलने की देर होती और रामप्रकाश शुरू हो जाता। वह एक बार क़िस्सा शुरू करता तो एक में दूसरा क़िस्सा जुड़ता चला जाता। जितनी बार वह क़िस्सा सुनाता उसमें कुछ न कुछ नया जुड़ जाता। रामप्रकाश से गप्पी की पहली मुलाकात चंद्रा प्रेस पर हुई थी। चंद्रा प्रेस गप्पी के नये मकान के पास ही मदीना हॉटेलवाली गली में था। वह भोपाल के कुछ सबसे अच्छे और महँगे प्रेसों में से एक था। नया नारा नाम का साप्ताहिक इसी प्रेस में छपता था और रामप्रकाश उसके लिए कुछ न कुछ किया करता। रामप्रकाश को कोई भी अपने काम में शामिल कर सकता था। वह एक साथ पच्चीस कामों में शामिल रहता। वह एक काम के लिए निकलता और रास्ते में कोई दूसरा उसे पकड़कर ले जाता तो वह उसके साथ चल देता। वह एकदम भूल जाता कि वह कहाँ जाने के लिए निकला था और उसे कहाँ पहुँचना था। गप्पी बैंक यूनियन की पत्रिका का संपादक था और उसकी पत्रिका भी चंद्रा प्रेस में ही छपती थी।

गप्पी, डुग्गी और ज़ैदी कुछ देर बाद ही रामप्रकाश के पास पहुँच गये थे। वहाँ चाय और रामप्रकाश के क़िस्सों के दौर चलते रहे और लौटते हुए किसी के भी दिमाग

में नहीं आया कि वो यहाँ क्यों आये थे। लौटकर जब अचानक पुरोहित मिला तो उसे देखते ही तीनों को एक साथ याद आया कि किताब लाना तो भूल ही गये हैं...पुरोहित ने मुँह बनाकर कहा...तुम लोगों के भरोसे कुछ नहीं हो सकता...मुझे कल पार्टी के काम से नागदा जाना है...चालीस-पचास रुपयों की ज़रूरत होगी...किसके पास कितने हैं निकालो...गप्पी कुछ आनाकानी करने लगा तो पुरोहित ने गुस्से में कहा कि बैंक की नौकरी ने कामरेड आपका क्लास बदल दिया है...आप क्रांति के कामों में जरा-सा सहयोग करने में आनाकानी करने लगे हैं...। पुरोहित को जब पैसे चहिये होते तो वह इसी तरह के बड़े-बड़े डायलाग मारा करता। जब वह चला जाता तो कभी-कभी डुग्गी उसकी नकल उतारा करता।

नक्सलबाड़ी विद्रोह। चारू मजुमदार की गिरफ्तारी। वेणु गोपाल का कविता पाठ। आना वेणु गोपाल का गप्पी के कमरे पर। और एक नये गप्पी का जन्म।

गप्पी को शायद रामप्रकाश ने बताया था कि शाम को कम्युनिटी हॉल में समवेत में वेणु गोपाल का कविता पाठ है। वेणु गोपाल रामप्रकाश के ही पास ठहरा हुआ था। गप्पी ने बृजमोहन को बताया था। बृजमोहन और गप्पी क्लासफैलो रह चुके थे। दोनों ने तय कर लिया था कि शाम को वेणु गोपाल के कविता पाठ में जायेंगे। वेणु गोपाल के बारे में कुछ दिन पहले ही सारिका में एक छोटी-सी टिप्पणी छपी थी। कविता के लिए वेणु गोपाल को गिरफ्तार किया गया था। सत्तर के दशक में साहित्य के लिए यह एक बहुत सनसनीखेज खबर थी। नक्सलबाड़ी विद्रोह की खबरों को लेकर अक्सर ही तीखी बहसें हुआ करती थीं। हैदराबाद के पास कागज़ नगर में कुछ लोगों ने गाँधी जी की मूर्ति तोड़ डाली थी और उसके पास नक्सली प्रचारवाले पर्चे पाये गये थे। पुलिस ने कागज़ नगर के एक स्कूल के अध्यापक को गिरफ्तार कर लिया। यह अध्यापक वेणु गोपाल थे। वेणु गोपाल एक कवि थे इसलिए यह सिर्फ राजनीतिक खबर नही थी, एक साहित्यिक खबर भी थी। पुलिस ने वेणु गोपाल के घर पर छापा मारकर कुछ मार्क्सवादी साहित्य भी बरामद किया था। हालाँकि मार्क्स, लेनिन या माओ की किताबों पर कोई प्रतिबंध नहीं था पर पुलिस के लिए यह खतरनाक साहित्य था। वेणु के घर से एक कविता पोस्टर की प्रतियाँ बरामद की गयी थीं।

अंटार्कटिका नाम से निकलनेवाले इस कविता पोस्टर की सज्जा का काम मशहूर चित्रकार लक्ष्मा गौड़ करते थे और उसमें उस दौर के कई कवियों की कविताएँ छपा करती थीं। कुछ नक्सलबाड़ी आंदोलन के प्रभाव की कविताएँ भी उसमें छपी थीं।

पुलिस ने इन्हीं को अपना निशाना बनाया था। वेणु की कविता भी पोस्टर में थी। इसी तरह की जानकारी के साथ एक तेजतर्रार टिप्पणी और वेणु की एक कविता भी छापी गयी थी। 'फुरसत के अभाव' में शीर्षक की यह कविता गप्पी ने, मैंने और बृजमोहन ने साथ-साथ पढ़ी थी। गप्पी ने इस कविता को काटकर अपने कमरे में लगा रखा था।

शाम साढ़े पाँच के आसपास बृजमोहन कमरे पर आया। धीमी-धीमी बरसात हो रही थी। वह छाता लेकर आया था। जल्दी ही गप्पी और बृजमोहन घर से निकल गये। मुश्किल से मोड़ तक पहुँचे होंगे कि बारिश तेज हो गयी। गप्पी के पास छाता नहीं था। दोनों एक ही छाते में जैसे-तैसे अपने को बचाने की कोशिश कर रहे थे। घर से निकल आये थे इसलिए लौटने की इच्छा नहीं हुई। कई बार वो दुकानों के बाहर निकली छतों के नीचे में रुके पर बारिश थी कि थमने का नाम नहीं ले रही थी। दोनों पर वेणु गोपाल को देखने और उसकी कविताएँ सुनने का जुनून सवार था। दोनों आगे बढ़ते चले गये। कम्युनिटी हाल तक पहुँचते-पहुँचते वे पूरी तरह से तर हो चुके थे। वे हॉल से बाहर रुके और उन्होंने अपने पाँयचे और कमीज की अस्तीनों को निचोड़ा। सिर झटककर बालों से कुछ पानी झड़ाया। बृजमोहन ने अपने जूते निकालकर उसमें भर गया पानी खाली किया। उन्होंने हॉल में जाकर देखा, वहाँ कोई नहीं था। एक भी श्रोता नहीं आया था। पहुँचनेवालों में वे ही दो प्राणी थे। आयोजक और कवि भी नदारत था। बारिश इतनी तेज है...लगता है गोष्ठी नहीं होगी...बृजमोहन ने कहा। हॉल के चपरासी ने दोनों को देखा और बोला कि आप लोग तो बुरी तरह भीग गये हैं...पंखे के नीचे आकर खड़े हो जाइए थोड़ा सूख जायेंगे। हॉल का पंखा चल रहा था। गप्पी और बृजमोहन पंखे के नीचे कुर्सी खींच कर बैठ गये और अपने को सुखाने लगे। बहुत देर तक कोई नहीं आया। बृजमोहन ने कहा कि थोड़ी बारिश कम हो तो हम लोग लौट चलें, अब गोष्ठी शायद ही हो...गप्पी तैयार था। दोनों बारिश के कम होने का इंतज़ार कर रहे थे। बारिश धीरे-धीरे कम होने लगी, गप्पी और बृजमोहन निकलने का सोच ही रहे थे कि तभी कुछ लोगों ने एक साथ हॉल में प्रवेश किया। दोनों रुक गये। गप्पी और बृजमोहन इनमें से किसी को नहीं जानते थे।

प्रवेश करनेवालों में एक मंझोले कद का चौड़ी-सी कदकाठी का व्यक्ति था। उसका चेहरा भी चौड़ा और बहुत खुरदुरा था। वह भी थोड़ा भीग गया था इसलिए उसने हथेलियाँ फैलाकर अपना चेहरा पोंछा। तभी गप्पी का ध्यान उसके हाथों पर गया। उसकी हथेलियाँ लगभग चौकोर और बहुत चौड़ी थीं और उँगलियाँ काफी मोटी थीं। अचानक किसी ने कहा कि वेणु जी इधर आ जाइए...। ओह तो यह हैं वेणु गोपाल...बृजमोहन ने लगभग फुसफुसाते हुए गप्पी से कहा। वेणु ने एक हाथ उठाकर

उसी समय आये दो-चार अन्य लोगों का अभिवादन-सा किया और कोई एक वाक्य बोला। उसकी आवाज़ भी काफी भारी थी। क्रांतिकारी कवि की जो छवि गप्पी और बृजमोहन ने अपने मन में बनाई थी, वेणु गोपाल को देखकर एक ही झटके में टूट गयी थी। गप्पी ने सोचा था कोई साँवला-सा लम्बे से चेहरेवाला दुबला-पतला व्यक्ति होगा। उसकी दाढ़ी होगी और बाल कुछ लम्बे होंगे लेकिन यह शख़्स तो उस कल्पना से एकदम उल्टा था। बारिश रुक-सी गयी थी और कुछ श्रोता भी आ चुके थे। कविता पाठ शुरू किया जा सकता है...शायद आयोजक ने कहा। कम्युनिटी हॉल से लगे जिस कमरे में कविता पाठ होना था, वह वाचनालय का कमरा था। उसमें बीच में एक बड़ी-सी टेबल लगी थी और उसके चारों ओर कुर्सियाँ लगी हुई थीं। दीवार से लगी बुकशेल्फ रखी थीं जिनमें बेतरतीब-सी किताबें भरी थीं। अल्मारियों के ऊपर पुराने अखबारों के बंडल रखे थे जिनमें से कई अखबार आगे को लटके से हुए थे और उन पर धूल की परतें जमी हुई थीं। बारिश के कारण कमरे में थोड़ी उमस थी और थोड़ा अँधेरा था। लाइट जल रही थी पर रोशनी अपर्याप्त थी। आयोजक ने वेणुगोपाल का परिचय दिया, परिचय में वही सब बोला गया जो गप्पी पहले ही पढ़ चुका था। काफी देर तक वेणुगोपाल अपनी चर्चित कविताएँ सुनाता रहा। वह कविता भी उसने सुनाई जो सारिका में छपी थी...। गप्पी और बृजमोहन को श्रोताओं में कोई नहीं जानता था इसलिए कविता पाठ खत्म होने के बाद जब दूसरे लोग आपस में बतियाने लगे तो दोनों को लगा कि उन्हें बाहर निकल लेना चाहिए। दोनों को ही कविताएँ ज़्यादा समझ में नहीं आयी थीं। कविता पाठ के बाद बृजमोहन ने ही एक वाक्य वेणुगोपाल से कहा–...बृजमोहन ने जूलॉजी से एम.एस-सी किया था वह बोला कि वेणु जी...मगर...फ्रेशवाटर एनिमल है...गप्पी ने कविता को इतना गौर से नहीं सुना था कि वह याद कर पाता कि वेणुगोपाल ने मगर को किस तरह कविता में रखा है। वेणु ने सुना और धीमे से हूँ...कहा और दूसरी तरफ मुड़कर दूसरे लोगों से बात करने लगा। गप्पी और बृजमोहन बाहर निकल गये।

बहुत दूर तक वो चुपचाप चलते रहे। फिर एक गुमटी पर रुके और उन्होंने चाय पी। गप्पी की सारी सिगरेटें भीग चुकी थीं इसलिए उसने नया पैकेट खरीदा और सिगरेट सुलगा ली।

गप्पी अक्सर ही देर रात अपने कमरे पर लौटता था। एक रात जब वह कमरे पर लौटा तो देखा कि उसकी खटिया पर एक आदमी सो रहा था। वह पट्टेदार कपड़ेवाली लम्बी-सी चड्डी और बनियान पहने था। वह गहरी नींद में था। गप्पी कुछ देर तक उसे देखता रहा लेकिन वह पहचान नहीं पाया। बगल के कमरे में विजय गोयल रहता था। वह जाग रहा था। उसने विजय गोयल से पूछा तो उसने बताया कि कोई वेणुगोपाल हैं। गप्पी अपने कमरे में आया और ज़मीन पर गद्दा बिछाकर

सो गया। वेणुगोपाल से एक दिन उसकी मुलाकात किसी कार्यक्रम में हुई थी और उसने वेणु को अपने कमरे का पता बताया था और यह भी बता दिया था कि वह अकेला रहता है, वेणु चाहें तो वहाँ आकर रह सकते हैं। वेणु तब रामप्रकाश के बरखेड़ीवाले मकान में टिका हुआ था। रामप्रकाश अपने परिवार के साथ रहता था। वेणु गप्पी के कमरे में आया और फिर लगभग डेढ़ दो साल वहीं रहा था। वेणु के आने के बाद गप्पी का कमरा एक साहित्यिक अड्डा बन गया था। वेणु के पास उन दिनों कमाई का कोई जरिया नहीं था। पास ही एक चाय की दुकान थी। शिखर जैन की चाय की दुकान पर दोनों सुबह की चाय पीते। और रात का खाना अक्सर अग्रवाल पूड़ी भंडार में खाते। अग्रवाल पूड़ी भंडार में पूड़ी का पैसा लगता था और सब्जी और रायता फ्री मिलता था। सब्जी और रायता कितनी भी बार लिया जा सकता था। वेणु पूरी तो कम खाता लेकिन सब्जी और रायता कई बार लेता।

शिखर की दुकान पर सुबह-सुबह जब गप्पी और वेणु चाय पीने जाते एक लड़का अक्सर दिखाई देता। दुबला-पतला साँवला-सा यह लड़का अक्सर ही खादी का कलफ लगा रंगीन कुर्ता और पाजामा पहने रहता। उसके बाल घुँघराले थे और वह चश्मा लगाता था। देखने से ही वह लेखक या पत्रकारनुमा लगता था। वेणु के आने से पहले भी वह दुकान पर दिखता था पर गप्पी की उससे कभी पहचान नहीं हुई। वेणु और गप्पी जब बतिया रहे होते वह पीछे की बेंच पर बैठा सुनता रहता। वेणु किसी से भी बेझिझक दोस्ती कर लेता था। वह अक्सर कहता कि उसकी घुमक्कड़ी और खस्ताहालत ने उसे ऐसा बना दिया है। शर्म और संकोच तब तक ही काम दे सकते हैं जब तक आपके जेब में पैसा हो। खाली जेबों में संकोच नहीं टिकता। एक दिन वेणु कमरे पर लौटा तो उसने कहा वह लड़का भी कविताएँ लिखता है और अच्छा पढ़ाकू है...गप्पी ने पूछा कौन लड़का? अरे वही जो शिखर की दुकान पर अक्सर दिखता है...उसका नाम नरेन्द्र जैन है। वह वहीं पीछे मज़हर डेरीवाली गली में एक कमरे में रहता है। मैं उसके कमरे पर गया था, उसकी कविताएँ सुनकर आ रहा हूँ। नरेन्द्र जैन पी एण्ड टी आडिट में काम करता था। दूसरे दिन गप्पी की भी उससे दोस्ती हो गयी और अब शिखर की दुकान पर दो की जगह तीन दोस्तों की बैठक जमने लगी। गप्पी और वेणु चाय पीकर वापस अपने कमरे की तरफ चल देते और नरेन्द्र गली में मुड़ जाता। कभी-कभी डोमनीवाली मस्जिद के पास पीर साहब की पान की दुकान पर ताज साहब मिल जाते। ताज साहब मूड में होते या कोई नया शेर उन्होंने कहा होता तो वह सुना देते और फिर दोनों अपने कमरे की तरफ चले जाते।

गप्पी अभी तक तय नहीं कर पाया था कि उसे क्या करना है, क्या लिखना है। कुछ दिन पहले उसकी दोस्ती अशोक आत्रेय से हुई थी। अशोक आत्रेय कहानीकार था। उसने कुछ कविताएँ भी लिखी थीं। वह रमेश बक्षी के आवेश फोरम

में रहा था। उसकी कई कहानियाँ छप चुकी थीं। उसके प्रभाव में गप्पी ने भी कुछ कहानियाँ लिखी थीं। लेकिन गप्पी का मन कविता की तरफ झुका हुआ था। वह बचपन से कविता लिखता रहा था। कोर्स में पढ़ी कविताएँ और कवि सम्मेलन के कवि ही उसके आदर्श थे। वह गणेश उत्सव और दुर्गा उत्सव में होनेवाले स्थानीय किस्म के कवि सम्मेलनों में कई बार कविताएँ पढ़ चुका था। उसकी एक कविता... आओ दोस्त हम कुत्तों की जमात में शामिल हो जाओ / हर डूबते सूरज की तरफ भौंको हर उगते सूरज के आगे दुम हिलाओ...दोस्तों को पसन्द थी और वह कविता कवि सम्मेलनों में जम भी जाती थी। धर्मयुग में चुटकुलोंवाले कॉलम में उसकी एक कविता छप भी चुकी थी। वेणु को उसने ये सारी बातें बतायी थीं। वेणु ने उलट-पुलटकर उसकी कहानियाँ देखी थीं। वेणु ने बेमन से सारी बातें सुनीं पर कोई प्रतिक्रिया नहीं दी। उसने सिर्फ इतना कहा कि तुम कविताएँ लिख सकते हो। तुम्हें थोड़ा पढ़ने की ज़रूरत है। वेणु के पास अनेक साहित्यिक पत्रिकाएँ थीं। धीरे-धीरे वेणु के पते की जगह गप्पी के कमरे का ही पता छपता और उस पते पर अनेक साहित्यिक पत्रिकाएँ आना शुरू हो गयी थीं। गप्पी उन पत्रिकाओं को देखता। इससे पहले तक उसे नहीं पता था कि लघु पत्रिका क्या होती है। वह सिर्फ धर्मयुग, साप्ताहिक हिन्दुस्तान जैसी रंगीन व्यावसायिक पत्रिकाओं को ही जानता था। साहित्यकारों के नाम वह पहली बार सुन रहा था।

वेणु से वह किसी साहित्यकार का नाम सुनता और दुपहर में जाकर वह किताब की दुकानों पर उनकी किताबें ढूँढ़ता रहता। अक्सर ही उनकी किताबें नहीं मिलतीं। वह किताब की दुकान में पीछे के कमरों में इकट्ठी पड़ी पुरानी किताबों को खँगालता रहता। कई पुरानी किताबें इसी तरह उसने इकट्ठी की थीं। इसी बीच एक दिन खबर आयी कि चारू मजूमदार गिरफ्तार कर लिए गये। वेणु बहुत बेचैन था। वह बेचैन होता या उदास तो बहुत चुप हो जाता। घूमने निकल जाता और ज़्यादा सिगरेट पीने लगता। वह सिगरेट की डिब्बी के खाली हो जाने पर उसे खोलकर उसके पीछे, डाक में आये लिफाफों को खोलकर उनके पीछे या पीले पड़ चुके काग़ज़ के टुकड़ों पर कविताएँ लिखा करता। गप्पी ने उसे कई बार अच्छा काग़ज़ दिया लेकिन वह उसका उपयोग कभी-कभार ही करता। गप्पी इस मामले में वेणु से एकदम उल्टा था। गप्पी को लिखने के लिए हमेशा बहुत अच्छा काग़ज़ चाहिए होता। वह बाज़ार से तरह-तरह का काग़ज़ खरीदता। काली रोशनाई के अलावा वह किसी दूसरी स्याही से नहीं लिख पाता था। नरेन्द्र जैन को स्याही का रंग बदलने का शौक था। कभी वह टर्किश ब्लू से लिखता कभी मेजन्टा से। चारू की गिरफ्तारी के बाद, देर रात में वेणु ने एक कविता लिखी थी...दुश्मनों की खुशी पर मुझे कुछ नहीं कहना है / दोस्तों की उदासी ही मुझसे यह कविता लिखवा रही है...। यह कविता गप्पी को बहुत पसंद थी।

तिहत्तर के शायद अन्तिम दिनों की बात थी...बाँदा में प्रगतिशील लेखक संघ के पुनर्गठन के लिए एक बड़ा आयोजन किया गया था। अलग-अलग समूहों से जुड़े सभी वामपंथी लेखकों को उसमें आमन्त्रित किया गया था। वेणुगोपाल ने गप्पी से चलने को कहा तो वह तैयार हो गया। उस समय तक गप्पी की एक कविता वातायन में छप चुकी थी। जब गप्पी वेणु के साथ बाँदा पहुँचा तो लेखकों में उसे कोई नहीं जानता था। वहाँ लेखकों का मेला लगा था। वेणु किसी लेखक से गप्पी का परिचय कराता तो वह जरा-सी गरदन हिला देता और फिर वेणु से बात करने लगता या आगे बढ़ जाता। गप्पी अंदर ही अंदर आहत हो रहा था। सारे लेखकों के ठहरने का प्रबंध एक ही भवन में किया गया था। दुपहर तक गप्पी परेशान हो चुका था। उसने वेणु से कहा कि वह यहाँ नहीं रहेगा...कहीं होटल में ठहर जायेगा। बाँदा बहुत छोटी-सी जगह थी। वहाँ कोई होटल नहीं था। बड़ी मुश्किल से कहीं एक कमरा ठहरने को मिला। शाम को असगर वजाहत, गप्पी, वेणु और सनत कुमार घूमने निकले और उस कमरे पर गये। कहीं से खोजकर ठर्रे की एक बोतल लाई गयी और कमरे पर ही बहुत देर तक सब बतियाते रहे। देर रात जब सब सभास्थल पर लौटे तो किसी ने बताया कि धूमिल और विजेन्द्र में कविता को लेकर कई घंटों से बहस चल रही है। वेणु तेजी से उधर मुड़ गया और गप्पी वापस लौट गया। धूमिल की कविताएँ उसने पढ़ी थीं लेकिन धूमिल को देखकर उसे बहुत आश्चर्य हुआ। वह एकदम किसान की तरह दिखता था। बहुत झटके से वाक्य बोलता था। उसका एक आतंक-सा था। वह लगभग सूक्तियों में बोलता था, जैसे कविता की पंक्तियाँ बोल रहा हो। दूसरे दिन वेणु गोपाल की चप्पल कोई पहन गया था, वेणु नंगे पाँव घूम रहा था। सव्यसाची ने अपनी चप्पल उतारकर कहा...वेणु इन्हें पहन लो। लेकिन वेणु ने चप्पलें नहीं पहनीं। वह नंगे पाँव चल रहा था, तभी धूमिल ने पीछे से आकर वेणु को पकड़ा और बोला—ससुरे बहुत क्रांति-क्रांति कर रहे हो...नट को कभी बोल्ट से अलग होते देखा है, गर्दन को धड़ से अलग होते देखा है...कैसा बलबलाके खून निकलता है...। वेणु ऐसे मौके पर चुप हो जाता था। वह चुप था और बस धीमे-धीमे मुस्कुरा रहा था। वेणु ने गप्पी का परिचय कराया। धूमिल ने एक नज़र गप्पी को देखा और पीछे मुड़कर चला गया।

राजनीतिक प्रस्ताववाली गोष्ठी में काफी हुड़दंग हुआ और प्रस्ताव पास नहीं हो पाया। मनमथनाथ गुप्त अध्यक्षता कर रहे थे। उन्होंने तय कर दिया था कि कोई भी पाँच मिनिट से ज़्यादा नहीं बोलेगा। जैसे ही पाँच मिनिट की सीमा पास आती वो वक्ता को टोकना शुरू कर देते। बोलनेवाले उनकी टोकाटाकी से काफी खीज गये थे। कुछ देर बाद इसी को लेकर झगड़ा शुरू हो गया। सनत कुमार बहुत दुबला-पतला और छोटे कद का व्यक्ति था, वह तेजी से आया और मनमथनाथ गुप्त की तरफ

लपका। मनमथनाथ गुप्त खड़े हो गये थे। वो लगभग बाक्सर की तरह लगते थे। एक तरफ मनमथनाथ गुप्त खड़े थे और दूसरी तरफ चंद्रभूषण तिवारी, सव्यसाची, धूमिल, कर्ण सिंह चौहान आदि खड़े होकर चिल्ला रहे थे। गोष्ठी खत्म करने की घोषणा कर दी गयी। गोष्ठी खत्म होते ही दो गुट बन गये थे। एक बड़ा गुट पहले से तैयार किये गये राजनीतिक प्रस्ताव से अलग हो गया था। गप्पी के लिए सारी चीज़ें बहुत आश्चर्य से भरी थीं। वह सिर्फ तमाशबीन की तरह इन्हें देख रहा था। उसे कुछ समझ नहीं आ रहा था। हिन्दी के इतने सारे लेखकों को वह पहली बार देख रहा था।

बाँदा से लौटते हुए गप्पी उदास था और थोड़ा चिढ़ा हुआ भी। उसे हिन्दी लेखकों के व्यवहार से चिढ़ हो रही थी। उसने मन ही मन तय किया था कि वह अब लेखक बनकर बतायेगा। बाँदा से लौटने के बाद एक बिल्कुल नये गप्पी का जन्म हुआ। वह रात-दिन जब वक़्त मिलता किताबों में घुसा रहता। वेणुगोपाल की जानकारियों से आक्रांत रहता। वेणु की वजह से इस बीच सोमदत्त, फज़ल ताबिश और शरद जोशी से भी उसकी पहचान हो गयी थी। वेणु उत्साहित कम करता और हतोत्साहित ज़्यादा। गप्पी कविता लिखता और वेणु को सुनाता। वेणु अक्सर ही एक ठंडी-सी प्रतिक्रिया देता।

संपूर्ण क्रांति और क्रांति के बीच
लंच का अवकाश।

संपूर्ण क्रांति का पहला दिन था। बाज़ार बंद था। इक्का-दुक्का जो दुकानें खुली दिखतीं छात्र उसे बंद करवा देते। कहीं-कहीं झड़पें भी हो चुकी थीं। छात्रों के कई समूह बन गये थे और उन्होंने अनाज के गोदामों पर छापे मारने का अभियान चला रखा था। पुलिस ने पहले दिन जगह-जगह लाठीचार्ज किया। कई गिरफ्तारियाँ हुईं और पुलिस के लाठीचार्ज से बहुत सारे लोग घायल हो गये। गप्पी ऑफिस जाने के लिए निकला तो जुमेराती के पास आकर एक पुलिसवाले ने उसे रोका और कहा वापस जाओ। इस बात को लेकर पुलिसवाले से उसकी बहस हो गयी। पुलिसवाला ताव में आ गया और जब तक गप्पी पलटकर दौड़ लगाता, पुलिसवाले का एक लट्ठ उसके पुट्ठों पर पड़ा। चोट इतनी तेज थी कि वह तिलमिला गया लेकिन भागने के सिवा कोई चारा नहीं था। पहले दिन की घटनाओं को लेकर अनेक संगठनों ने अगले दिन के लिए भोपाल बंद का नारा दिया था। शाम गप्पी के कमरे पर मीटिंग हुई और यूनाइटेड फ्रंट ऑफ प्रोग्रेसिव स्टूडेन्ट की तरफ से भी भोपाल बंद का आह्वान करने का एक वक्तव्य तैयार किया गया और प्रेस में जारी कर दिया गया। फ्रंट हालाँकि एक कागज़ी संस्था ही थी। पुरोहित उसी दिन उज्जैन

रवाना हो गया था। दूसरे दिन शहर का माहौल बदला हुआ था। बहुत बड़ी तादाद में पुलिस बुला ली गयी थी। चारों ओर नाकेबंदी कर दी गयी थी। ऑफिस के समय गप्पी घर से निकला और ऑफिस चला गया। दस-ग्यारह बजते-बजते छात्रों के और जनता के अनेक समूह सड़कों पर आ गये थे और उन्होंने अनाज के गोदामों पर छापे मारना शुरू कर दिया था। जहाँ से भी सूचना आती पुलिस उसी दिशा में दौड़ लगा जाती। पुलिस लगातार इधर-उधर दौड़ रही थी। बारह एक बजे तक स्थिति बेकाबू होने लगी थी।

एक बड़े समूह का नेतृत्व जैनेन्द्र जैन कर रहा था। वह कुछ साल पहले तक छात्र नेता था। वह हमीदिया कॉलेज की स्टूडेन्ट यूनियन का अध्यक्ष रह चुका था। उसके अध्यक्ष बनने की भी एक कहानी थी। हमीदिया कॉलेज में कांग्रेस समर्थित दो दल थे। एक का नेता गुफरान-ए-आज़म था और दूसरे का हसनात सिद्‌दीकी। गप्पी हसनात की विद्यार्थी कांग्रेस में था और इकहत्तर-बहत्तर के चुनाव में लगभग यह तय था कि विद्यार्थी कांग्रेस से अध्यक्ष के पद का उम्मीदवार गप्पी ही होगा। लेकिन एन वक़्त कुछ ऐसा हुआ कि कुछ लोगों ने विरोध किया और विद्यार्थी कांग्रेस से अशोक भाभा को उम्मीदवार बना दिया गया। गुफरान के दल को अध्यक्ष का कोई उम्मीदवार नहीं मिल रहा था। गुफरान ने गप्पी को उम्मीदवार बना दिया। विद्यार्थी परिषद कई साल से हमीदिया कॉलेज में स्टूडेन्ट यूनियन का चुनाव हारती चली आ रही थी। इसलिए इस बार उसने राष्ट्रवादी विद्यार्थी दल के नाम से अपना संगठन बनाया था। जैनेन्द्र जैन इंजीनियरिंग कर चुका था लेकिन छात्र राजनीति करने के लिए उसने हमीदिया कॉलेज में दाखिला लिया था। राष्ट्रवादी विद्यार्थी दल ने उसे अपना उम्मीदवार बनाया था। अशोक भाभा और गप्पी की लड़ाई में जैनेन्द्र जैन जीत गया। जैनेन्द्र हमीदिया कॉलेज से निकलने के बाद से गायब था। जब जयप्रकाश नारायण का आंदोलन शुरू हुआ तभी वह अचानक फिर प्रकट हुआ था। दूसरे दिन वह विद्यार्थी परिषद से जुड़े एक बड़े समूह का नेतृत्व कर रहा था। गोदामों पर छापे मारने के कारण छात्रों के अलावा उसमें बहुत सारे गरीब तबके के लोग और कई लूटपाट करनेवाले लुम्पैन भी शामिल हो गये थे। यह समूह जब बुधवारा चौराहे के पास पहुँचा तो किसी ने आकर जैनेन्द्र के कान में कुछ कहा। जैनेन्द्र के चेहरे पर एक भाव उभरा और उसने तेजी से पैंतरा बदला। वह एक ड्रम पर चढ़ गया और जोर से चिल्लाया...भाइयो आप सुबह से भूखे-प्यासे क्रांति कर रहे हैं इसलिए मैं अब खाने के लिए...लंच का अवकाश घोषित करता हूँ...हम लंच के बाद फिर इकट्‌ठे होंगे। जैनेन्द्र की घोषणा के साथ ही बहुत सारे लोग तितर-बितर हो गये। कुछ लोग इस तरह से आंदोलन को रोकने के पक्ष में नहीं थे वे गुस्से में दूसरी तरफ बढ़ गये। इस बीच ही जैनेन्द्र अचानक गायब हो गया। कोई नहीं जान

पाया कि वह किधर गया और कब अचानक गायब हो गया। यह भी रहस्य बना हुआ था कि वह आदमी कौन था और उसने जैनेन्द्र से कान में क्या कहा था?

लगभग दो ढाई बजे गप्पी ने प्रेस जाने के बहाने ऑफिस से एक जीप ली और शहर का हाल देखने निकल आया। यह एक बंद जीप थी और कुरैशी बहुत हुनरमंद ड्राइवर था। कुछ दूर आने पर ही गप्पी को समझ आ गया था कि शहर में बहुत गड़बड़ हो चुकी है, आगे जाना खतरे से खाली नहीं है। उसने कुरैशी से कहा कि ज़्यादा गड़बड़ लगे तो जीप को वापस ऑफिस की तरफ मोड़ लेना। रास्ते में ही पता चला कि गप्पी के कमरे के चारों ओर पुलिस का पहरा लगा है और कुछ देर पहले ही जगत पाठक को वहाँ से गिरफ्तार कर लिया गया है। जगत कमरे पर आया था और इससे पहले कि वह ऊपर जा पाता पुलिस ने उसे धर दबोचा। भोपाल बंद का आह्वान करनेवालों में प्रोग्रेसिव स्टूडेन्ट फ्रंट का नाम भी अखबारों में छप गया था। तभी तेज पत्थरबाजी शुरू हुई और अचानक गोलियाँ चलने की आवाज़ आने लगी। कुरैशी ने तेजी से गाड़ी पलटाई और सँकरी गलियों से निकालते हुए वापस ऑफिस की तरफ गाड़ी मोड़ दी। ऑफिस पहुँचते ही गप्पी तेजी से ऑफिस में घुस गया। तभी कर्फ्यू का एलान शुरू हो गया। सारे शहर में कर्फ्यू लगा दिया गया था। ऑफिसवालों से जल्दी से जल्दी घर पहुँचने को कहा जा रहा था। ऑफिस की छुट्टी हो गयी। लोग अपनी-अपनी गाड़ियाँ उठाकर घर की ओर निकलने लगे। गप्पी की समस्या थी कि वह कहाँ जाए। कमरे के चारों ओर पुलिस थी और कमरे के नीचे से ही जगत को गिरफ्तार किया गया था। वह ऑफिस के दरवाजे से बाहर निकला ही था कि सामने ही खड़ा टी आई उसकी तरफ लपका। गप्पी तेजी से वापस ऑफिस में घुस गया। वह रात तक ऑफिस में ही घुसा रहा और काफी रात गये पीछे की गलियों से होता हुआ ऑफिस के पास ही रहनेवाले एक दोस्त के घर चला गया।

शहर कई महीनों तक अफवाहों से भरा रहा। सरकार ने गोली से मरनेवालों की संख्या सात घोषित की थी और एक छात्र पत्थर लगने से मरा था। मरनेवालों में गप्पी के एक बैंक सहकर्मी का छोटा भाई भी पुलिस की गोली से मारा गया था। वह अपने घर की खिड़की से झाँक रहा था और पुलिस ने निशाना लगाकर उसे गोली मार दी थी। मरनेवालों की संख्या को लेकर अफवाहों का बाज़ार गरम था, लोगों का कहना था कि पचास से अधिक लोग मारे गये हैं और सरकार ने लाशें गायब कर दी हैं।

गप्पी की डायरी का एक पृष्ठ।
26 जून, 1975

कल एक मनहूस रात थी जिसकी काली छाया आज के दिन पर गिर रही थी। कल दो घटनाएँ घटी थीं। सुबह-सुबह पता चला कि ऊँघनेवाली भुआजी नहीं रहीं।

ऊँघनेवाली भुआजी को मैंने बारह-तेरह साल से नहीं देखा था। ऊँघनेवाली भुआजी से हमारे परिवार का कोई रिश्ता नहीं था सिवा इसके कि वो पिताजी को राखी बाँधती थीं और इसी रिश्ते से हम उन्हें भुआ कहते थे। उनका असली नाम गोपी बाई था। वो एक गरीब ब्राम्हणी थीं। मेरे बाबा के पास आनेवाली ऐसी औरतों की अच्छी खासी संख्या थी। वे खुद किसी से राखी नहीं बँधवाते। राखी बाँधने की कोई जिद करती तो कहते भैया को बाँध दो। भैया का मतलब था मेरे पिता। ब्राम्हणी पिता को राखी बाँध देती और इस रिश्ते से वह हम भाइयों की भुआ हो जाती। ऊँघनेवाली भुआजी सिर्फ राखी के दिन हमारे घर आती थीं। वे मुश्किल से ही कभी एकाध वाक्य बोलती थीं। पिता उनसे राखी बँधवाने में अक्सर चिढ़ते और बहुत देर तक टालाटूली करते रहते। वे कमरे के एक कोने में बैठ जातीं और दीवार से टिककर ऊँघने लगतीं। जब भी वे जागतीं माँ से कहती कि भैया से बोलो राखी बँधवा ले। पिता नहीं आते, वो दो-तीन मिनिट इंतज़ार करतीं और फिर दीवार से टिककर ऊँघने लगतीं। हम भाइयों ने उनका नाम ऊँघनेवाली भुआजी रख दिया था।

उन्हें नींद में चलने की बीमारी हो गयी थी। उनके घर की छत पर मुँडेर नहीं थी। शायद वे रात में कभी उठी होंगी और नींद में चलते हुए ही शायद छत से गिर गयी होंगी। रात को कोई नहीं जान पाया कि वे कब मर गयीं। वे किसी स्वप्न में चलते-चलते ही इस दुनिया से चली गयीं। एक स्वप्न उन्हें छल गया। सुबह-सुबह उनकी लाश घर के नीचे मिली थी। रात को बहुत सारे लोग यह भी नहीं जान पाये थे कि देश में इमरजेन्सी लागू हो गयी है। ऊँघनेवाली भुआजी की मृत्यु की खबर ने मुझे बेचैन कर दिया था। मैं खुद भी अपने डिप्रेशन का कारण नहीं समझ पा रहा था। ऊँघनेवाली भुआ जी से तो ऐसा कोई रिश्ता मेरा नहीं था। बस एक धुँधली-सी स्मृति थी। यह स्मृति उनकी कम थी, घर के किसी कोने में भाइयों के बीच उन्हें और उनके ऊँघने को लेकर होनेवाली कानाफूसी और हँसी की ज़्यादा थी। लगा जैसे कोई प्यारी-सी स्मृति अचानक मुझसे छिन गयी है। इमरजेन्सी के लगने और ऊँघनेवाली भुआजी की मृत्यु में कोई सम्बंध नहीं था लेकिन पता नहीं क्यों दोनों घटनाएँ एक-दूसरे में गड्डमड्ड हो रही थीं।

नींद में ही मुझसे ऊँघनेवाली भुआजी और आजादी को छीन लिया गया था। मैं जाग रहा होता तब भी क्या कर लेता? पर मैं सोते हुए छला गया। आधी रात को मिली आजादी आधी रात को छीन ली गयी थी।

आख़िरी किश्त के बाद

क़िस्से सुनाना एक ऐसी लत है कि एक बार लग जाये तो छूटती नहीं। न वक़्त का ख़्याल रहता है न जगह का। बस मौका मिला और शुरू...। जब लगता है कि बस अब क़िस्सा खत्म होने को है तभी मालूम पड़ता है कि एक क़िस्से की दुम पकड़कर दूसरा क़िस्सा बाहर आ जाता है। दुनिया में कई अचंभे होते हैं। कई स्त्रियों ने जुड़वाँ बल्कि तीन या चार बच्चों को भी एक साथ जन्म दिया है। जानवरों में तो एक साथ जन्मे बच्चों की संख्या दर्जन से भी ऊपर होती है लेकिन मनुष्य हो या दुनिया का कोई भी जानवर एक साथ इतनी औलादों को जन्म नहीं दे सकता जितना क़िस्से दूसरे क़िस्सों को जन्म दे सकते हैं। क़िस्सों के प्रजनन का कोई निर्धारित समय नहीं होता। यह प्रक्रिया तो बिना रुके लगातार हर समय हर जगह चलती ही रहती है। धरती के इस हिस्से में तो कभी उस हिस्से में। मुझे तो लगता है कि दुनिया के सारे क़िस्से आपस में जुड़वा औलादें हैं। एक क़िस्सागो जब चुप होता है तो दुनिया के किसी दूसरे हिस्से में कोई दूसरा क़िस्सागो आगे का क़िस्सा शुरू कर देता है। दुनिया में कोई जगह या कोई समय ऐसा नहीं होता जिसमें कहीं न कहीं कोई न कोई क़िस्सा न सुना रहा हो। ब्रम्हांड में जितनी- जितनी आवाज़ें हैं, उसमें सबसे ज़्यादा आवाज़ें सुनाये जा रहे क़िस्सों की हैं। सारे क़िस्सों की शक़लें चाहे आपस में न मिलती हों लेकिन उनमें कुछ न कुछ ऐसा ज़रूर होता है जो एक दूसरे से मिलता-जुलता है। सबका रोना लगभग एक-सा और सबकी हँसी एक-सी...।

समापन का पूर्वकथन।

मैं एक अजीब-सी मुश्किल फँस गया हूँ। मेरी कुछ पुरानी डायरियाँ, कुछ पत्र और कुछ पर्चियाँ अचानक ही मेरे हाथ लग गयी हैं। दिक्कत यह नहीं है। दिक्कत यह है कि उसमें कुछ क़िस्से, कुछ बातें हैं जिन्हें क़िस्सों की पहली, दूसरी, तीसरी, चौथी याने पहले की किसी किश्त में होना था। इन क़िस्सों में माना कि कोई सिलसिला नहीं है लेकिन असम्बद्धता की भी एक सम्बद्धता होती है। टूटी-बिखरी कड़ियों के बीच भी एक ढीला-ढाला-सा ही सही पर सूत्र बँधा रहता है। एकबारगी मन में आया कि जब इन क़िस्सों की किताब बनाऊँगा तो उन क़िस्सों को जो बाद में मिले, उनकी उपयुक्त जगहों पर फिट कर दूँगा। प्रौद्योगिकी के इस युग में जब ग्रुप फोटो में अनुपस्थित व्यक्ति का फोटो बाद में जोड़ देना सम्भव है, तो क़िस्सों को उनकी सही जगह पर जोड़ देने में क्या दिक्कत है। तभी अंदर से एक आवाज़ आयी कि माना, हिन्दी में बहुत ज़्यादा पाठक नहीं हैं लेकिन जिन पाठकों ने पत्रिका में उन क़िस्सों को पढ़ा होगा, उनके साथ अन्याय होगा...वास्तविक दिक्कत यहीं से शुरू हुई। गप्पी के पैदा होने के क़िस्से से इमरजेन्सी तक चलते आये इस सिलसिले के बाद अचानक फिर मैं पाठकों को पीछे ले जाऊँ...यह कितना उटपटाँग होगा। सोचो तो सोचने से कई गलियाँ निकल ही आती हैं। गलियों से फिर कई और गलियाँ। यक़ीन करें मैं माफ़ी पाने के रास्ते नहीं तलाश रहा हूँ। कई बार होता है कि आप जिन शहरों को छोड़ चुके होते हैं, उन्हीं शहरों में एक अर्से बाद वापस जाते हैं, या वापस जाना चाहते हैं। वापस उन्हीं गलियों में जाते हैं जिनमें कभी आपने कई बरस पहले या बचपन में गिल्ली-डंडा खेला था। साइकिल चलाई थी या पहिया घुमाया था। अगर एक समय बीतने के बाद आप वापस अपने बचपन की स्मृतियों में लौट सकते हैं, अपने पीछे छोड़ दिये गये शहर में लौट सकते हैं तो क़िस्सों के एक जगह पहुँचने के बाद वापस क़िस्सों के बीच छूट गये क़िस्सों के पास जाने में एतराज़ क्यों भला!

समय की सरल रेखा में चलने की पुरानी आदत में थोड़ा ही सही पर खलल इससे पड़ेगा और अगर पड़ेगा तो पड़ना भी चाहिए। पैदल से फर्जी भयो टेढ़ो-टेढ़ो जाए...न सही अपन फर्जी पर टेढ़-मेढ़े तो चल ही सकते हैं। नियम-कायदों में कुछ न कुछ तोड़फोड़ तो करते रहना चाहिए। जीवन का कोई सिलसिला होता है या नहीं अपने को नहीं पता लेकिन होता भी हो तो भी इतना तो तय है कि स्मृतियों में कोई सिलसिला नहीं होता। स्मृतियाँ समय के हिसाब से नहीं चलतीं।

कभी बाद की बात पहले याद आती है और पहले की बात बाद में। मैं स्मृतियों के इस खेल का ही पौंहचा पकड़कर चल रहा हूँ...।

तो हे पाठको! कुछ समय के लिए कैलेण्डर और कलाई घड़ी या दीवार घड़ी की तरफ देखना बन्द कर दीजिए और मेरे साथ क़िस्सों के इस खेल में शामिल हो जाइए। इसमें आपको कई बार आगे-पीछे जाना पड़ेगा। कई बार दाएँ-बाएँ जाना पड़ेगा। इस खेल में हो सकता है कि जुलाई के बाद जून आ जाये और शाम के बाद अचानक सुबह हो और रात के बाद दुपहर। स्मृतियों की बायोलाजिक क्लाक पर कोई भी शासक इमरजेन्सी लागू नहीं कर सकता।

आपातकाल के लगते ही देश की घड़ियाँ अचानक सही समय पर चलने लगीं। रेलगाड़ियाँ समय पर चलने लगीं और ऑफिसों में लोग समय पर पहुँचने लगे। लेट-अटेण्डेन्स रजिस्टर बना दिये गये और देर से आनेवालों को उसमें न केवल अपने आने का समय दर्ज़ करना पड़ता बल्कि देर से आने का समय और कारण भी बताना पड़ता। एक दिन मात्र दस मिनिट देर से पहुँचने पर गप्पी के सामने लेट अटेन्डेन्स रजिस्टर लाया गया। गप्पी ने उसमें आने का समय डाल दिया। रजिस्टर थोड़ी देर बाद ही वापस गप्पी के पास लाया गया और चपरासी ने कहा कि साहब कह रहे हैं कि देर से आने का कारण भी इसमें लिखें। गप्पी को बहुत गुस्सा आया। उसने कारणवाले कॉलम में लिखा—नींद देर से खुली। चपरासी रजिस्टर अंदर ले गया। कुछ देर बाद ही ऑफिस मैनेजर का बुलावा आया। कैबिन में घुसा तो ऑफिस मैनेजर ने गुस्से में गप्पी की तरफ देखा और पूछा कि यह क्या कारण लिखा है? गप्पी ने कहा कि यह एक नैसर्गिक कारण है। ऑफिस मैनेजर ने कहा लेकिन इस तरह का कारण नहीं लिखा जा सकता। गप्पी गुस्से में था उसने पलटकर कहा कि कारणों की एक सूची आप दे दें कि ये ही कारण दर्ज़ किये जा सकते हैं। गप्पी और ऑफिस मैनेजर के बीच बहस हो गयी। ऑफिस मैनेजर को कुछ न सूझा तो बोला ठीक है...आप आगे से कारण के कॉलम में कुछ न लिखें। गप्पी दनदनाता हुआ वापस आ गया। थोड़ी देर बाद ही उसने पन्द्रह दिन के अवकाश की एक दरख़्वास्त अंदर भिजवा दी। उसकी छुट्टी की दरख़्वास्त पर अस्वीकृत का लाल रिमार्क लग कर शाम तक वापस आ गया। इमरजेन्सी ने गप्पी को बहुत तनाव में ला दिया था। वह सुबह ऑफिस आता और हर दिन पन्द्रह दिन की छुट्टी के लिए एक दरख़्वास्त लिखता और अंदर भिजवा देता। हर दिन शाम तक उसकी दरख़्वास्त पर अस्वीकृत लिखकर उसके पास वापस आ जाता।

सारी ताकत प्रबंधकों के हाथ में आ गयी थी। यूनियन नेपथ्य में चली गयी थी। गप्पी के बैंक की यूनियन ने इंटक की यूनियन से एफिलेशन ले लिया था। इस बात को लेकर गप्पी का यूनियन के नेताओं से काफी विवाद हो चुका था। समय ही ऐसा था कि कोई कुछ नहीं कर सकता था। सारे दोस्त गप्पी को समझाने की कोशिश करते लेकिन उसे जितना अधिक समझाने की कोशिश की जाती वह उतना

ही ज़्यादा भड़क जाता। उसका आये दिन किसी न किसी अफसर से झगड़ा हो जाता। उसे चार्जशीट दिये जाने की तैयारी बैंक कर चुका था। एक लम्बे अर्से बाद पुराना गप्पी जाग गया था। पिनपिनाता हुआ हर किसी से भिड़ जाने को उद्धत गप्पी।

लड़ने-भिड़ने के जब सारे रास्ते बंद हो गये हों, संघर्ष की तमाम ताकतें जब समझदारी भरी चुप्पी अख़्तियार कर चुकी हो तो आदमी अतीत में शरण ढूँढ़ने लगता है, शायद वहीं से उसे वापस लड़ने की ताकत हासिल होती है। इसी समय मुझे कुछ पुरानी डायरियाँ और पर्चियाँ मिल गयीं और मैं उन्हें टटोलने लगा। बीच-बीच में जब गप्पी का मूड ठीकठाक होता तो मैं उसे उन क़िस्सों के बारे में बताया करता। गप्पी मेरी तरह किसी अतीत में जाने के लिए तैयार नहीं था। अतीत को उस तरह याद नहीं किया जाना चाहिए जैसा वह था। हम जब उसे दुबारा याद करते हैं तो अक्सर वह वैसा नहीं होता है जैसा वह वास्तव में था। मैं अतीत में जाने के लिए उन पुराने क़िस्सों को याद नहीं कर रहा था, गप्पी को सुनाने का भी मक़सद यह नहीं था। एक हद तक वर्तमान के तनावों के बीच से राहत की एक स्पेस तलाश करने के लिए मैं उन क़िस्सों में जाता था और लौट आता था। मैं चाहता था कि गप्पी भी मेरे साथ इस सफ़र पर रहे पर...।

खो गई डायरी, छूट गई पर्चियाँ और क़िस्सा
महाराज के शेर और गप्पी की माँ के
प्रपितामह के गुस्से में दरबार से
वापस चले आने का।

गप्पी कभी-कभार ही डायरी लिखता था, उसकी याददाश्त बहुत अच्छी थी। उसे स्कूल के दिनों के अपने साथ पढ़नेवाले सारे दोस्तों और मास्टरों के नाम याद थे। मेरी याददाश्त बहुत खराब थी। डायरी लिखना लेकिन मुझे भी बहुत पसंद नहीं था। पर कई बरस पहले मैंने एक डायरी बनाई थी। कभी बचपन की या गप्पी के परिवार की कोई बात, गप्पी के परिवार का कोई सदस्य सुनाता तो मैं उसमें लिख लेता था। यह बात लेकिन बहुत पुरानी हो गयी थी। वह डायरी कहीं रखकर मैं भूल गया था और जब मैंने क़िस्से लिखना शुरू किया तो याद ही नहीं आया कि मेरे पास ऐसी कोई डायरी थी। हालाँकि वह कोई डायरी नहीं थी। वह एक कॉपी थी जो कोरी बची रह गयी थी। उसमें कुछ बातें मैंने लिख छोड़ी थीं। वह डायरी कई साल से मैंने नहीं देखी थी। फिर मैं याद कर करके छोटी-छोटी पर्चियों पर गाहे-बगाहे याद आनेवाली बातें लिख लिया करता। उन पर्चियों को मैं अपनी टेबल की एक दराज में डाल देता। उसमें से भी कई पर्चियाँ यहाँ-वहाँ हो गयी थीं।

स्मृति के बनिस्बत विस्मृति का डीलडौल बहुत बड़ा था। स्मृति कभी दिमाग के दरवाजे की साँकल बजाने को आती तो विस्मृति उसके सामने आकर खड़ी हो जाती। स्मृति को वापस लौट जाना पड़ता। विस्मृति जब खा-पीकर खर्राटे भर रही होती तभी स्मृति चुपचाप से आकर बतियाने की कोशिश करती। वह बहुत धीरे-धीरे बतियाती कि कहीं विस्मृति न जाग जाये। विस्मृति के बारे में नजीब महफ़ूज़ की एक दिलचस्प कहानी मैंने पिछले दिनों पढ़ी थी।

> मैंने एक विशालकाय व्यक्ति देखा जिसका पेट समंदर जितना बड़ा था और मुँह इतना चौड़ा कि उसमें हाथी समा जाए।
> मैंने आश्चर्य में डूबकर उससे पूछा : आप कौन हैं महाराज?
> उसने उतने ही आश्चर्य से मेरी ओर देखते हुए कहा : मैं विस्मृति हूँ। तुम इतनी जल्दी कैसे मुझे भूल गए?
>
> *(अनुवाद : जितेन्द्र भाटिया)*

कहानी को पढ़ते ही सबसे पहले स्कूल के दिनों के एक सहपाठी की याद ने मेरे दिमाग की कुण्डी खड़काई। उसका नाम चिरोंजीलाल था। वह लांबाखेड़ा से आया था, लांबाखेड़ा भोपाल से सटा हुआ गाँव था। शहर फैलते हुए लगभग वहाँ तक पहुँच चुका था। वह कदकाठी से पूरा पहलवान और पढ़ने में एकदम भौंदू था। वह आये दिन किसी न किसी से लड़ बैठता और उसकी पिटाई कर देता। आये दिन उसकी शिकायत होती। मास्टर उसे सजा देते। कभी बेंच पर खड़ा कर देते और कभी क्लास से बाहर धूप में। वह कुछ देर तो गुस्से में खड़ा रहता फिर जेब से कुछ न कुछ खाने की चीज़ निकालता और खाने लगता। उसकी जेबें हमेशा खाने की चीज़ों से भरी रहतीं। वह किसान परिवार का लड़का था। वह गाँव से आता तो कभी अमरूद, कभी बेर और कभी कबीट लेकर आता। मुझे और गप्पी को भी खिलाता। मैं बहुत दुबला-पतला था। वह अक्सर मुझ पर ताकत आजमाया करता। मैं अक्सर उससे बचने की कोशिश करता। जितना बचने की कोशिश करता वह उतना ही तंग करता। उमर में तो वह हम लोगों से थोड़ा ही बड़ा था लेकिन अपने डीलडौल के कारण सारे लड़कों से ज़्यादा बड़ा लगता था। एक दोस्त की याद आयी तो और भी कई दोस्तों की याद ने पीछे-पीछे रेलगाड़ी बना ली।

मुझे आज भी याद है सारे दोस्त उसे हाथी कहते थे। वह बहुत मोटा नहीं था। लगभग तीस-पैंतीस साल बाद एक दिन वह मेरे घर आया और दरवाजे पर आकर खड़ा हो गया। बोला पहचाना? मैंने कहा—हाँ पहचान लिया, तुझे नहीं पहचानूँगा! हम लोग बिरजीसिया स्कूल में साथ-साथ पढ़ते थे। वह बोला तो मेरा नाम बता? मैंने कहा—यार मैं जानता हूँ। बोला नहीं पहले मेरा नाम बता? मैंने कहा—पहले अंदर तो

आ जा। उसने कहा—नहीं मैं अंदर नहीं आऊँगा, पहले मेरा नाम बता। उस पर एक ज़िद-सी सवार हो गयी थी। एक ही वाक्य वह बार-बार दोहराए जा रहा था। वाक्य का डण्डा, याद आने-आने को होते नाम को वापस भगा देता। बचपन की कई बातें याद आ रही थीं। यह भी कि हम उसे कभी हाथी कभी गजानन कहकर तंग करते थे। मैंने कई बातें बतायीं, पर वह टस से मस न हुआ। बोला पहले नाम बता। लेकिन मुझे नाम याद ही नहीं आ रहा था। लग रहा था कि उसका नाम मेरी ज़बान पर रखा है लेकिन नाम था कि ज़बान से बाहर निकलने को तैयार नहीं था। मैं हार गया।

मैंने कहा कि यार माफ कर दे...मुझे नाम याद ही नहीं आ रहा है। उसका नाम गजेन्द्र था। वह उन दिनों मेरा बहुत अच्छा दोस्त था। बोला तुम्हारी विज़ुअल मैमोरी अच्छी है लेकिन आडियो मैमोरी कमज़ोर है। वह चला गया। उम्र के साथ इस तरह की कई दुर्घटनाएँ आए दिन होती रहतीं और मैं कई बार लज्जित होता। कई दोस्तों ने मेरे लिखे क़िस्सों को पढ़कर शिकायत की थी कि तुम गप्पी और अपने कई दोस्तों के नाम भूल गये हो। मैंने कहा कि मैं गप्पी की जीवनी या अपनी आत्मकथा नहीं लिख रहा हूँ। मैं तो याद रह गयी बातों और बेतरतीब क़िस्सों को बिना किसी क्रम के दर्ज़ करने की कोशिश कर रहा हूँ। शहर के बारे में भी कई बातें जो मुझे याद आयीं मैंने यहाँ-वहाँ बिना किसी सिलसिले के इसमें शामिल कर ली हैं।

अचानक एक दिन मुझे अपनी एक पर्ची मिली। उसमें एक क़िस्सा टीपा हुआ था, गप्पी की माँ के प्रपितामह का। गप्पी की माँ के एक चचेरे भाई ने उम्र के आखिरी पड़ाव पर अपनी एक आत्मकथा लिखी थी। वह नरसिंहगढ़ महाराज की अदालत में जज रह चुके थे। बाद में वे बकायदा जज बना दिये गये। आत्मकथा में उनके जीवन के कई क़िस्से थे। इसमें गप्पी की माँ के प्रपितामह का एक दिलचस्प क़िस्सा उन्होंने दर्ज किया था। वह छपी हुई किताब नहीं थी। टाइप किये हुए सौ सवा सौ काग़ज़ थे जिन्हें उनके बेटे ने एक जिल्द में बँधवा दिया था। गप्पी के मामा ने वह आत्मकथा एक बार मुझे पढ़ने के लिए दी थी। उससे मैंने उस क़िस्से को एक पर्ची पर जल्दी से उतार लिया था।

> सिद्धनाथ जी ठाकोर मेरे प्रपितामह थे। **(याने वह गप्पी के नाना के पिता के पिता थे)** वह शाजापुर से नरसिंहगढ़ आये थे। महाराज प्रताप सिंह जी 1873 में नरसिंहगढ़ की राजगद्दी पर बैठाये गये थे। वह उस समय नाबालिग थे इसलिए शासन चलाने के लिए एक कौंसिल बनाई गई थी। इस कौंसिल के प्रेसीडेंट कोक सिंह जी थे। महाराज प्रताप सिंह जी ने बालिग होने पर शासन की बागडोर अपने हाथों ले ली। उन्हें पहलवानी का शौक था। कसरती बदन था और गाहे-बगाहे अपने राज्य के पहलवानों से कुश्ती डाला करते। अपनी कोठी के पीछे ही उन्होंने एक अखाड़ा बनवा लिया था। कहा जाता है कि उन्होंने उस दौर के देश के प्रसिद्ध पहलवान गामा पहलवान को भी नरसिंहगढ़ बुलाकर अपना मेहमान बनाया था। एक बार महाराज

कहीं जा रहे थे...नरसिंहगढ़ में शेर बहुत थे...झाड़ियों की आड़ से एक शेर निकला और महाराज की बग्गी के घोड़े पर उसने हमला कर दिया। उन्होंने पलक झपकते ही अपनी तलवार खींची और शेर को काट डाला। महाराज प्रताप सिंह नरसिंहगढ़ के पहले महाराज थे जो इंग्लैण्ड गये थे। एडिनबरा युनिवर्सिटी ने उन्हें मानद उपाधि प्रदान की थी। नमक पर लगनेवाला मेहसूल उन्होंने सबसे पहले हटाया था। अगर अंग्रेजों ने महाराज प्रताप सिंह का अनुसरण किया होता तो प्रेमचंद ने नमक का दरोगा नहीं लिखी होती और गाँधी जी को दांडी मार्च की जगह कोई दूसरा आंदोलन चलाना पड़ता। महाराज प्रताप सिंह ने एक कोठी बनवाई थी और उसके बाहर एक सुंदर बगीचा बनाया गया था। महाराज ने दूर-दूर के शहरों से तरह-तरह के फूलों के पौधे मँगवाकर उसमें लगाये थे। वह कोठी तो बची रही और आज भी मौजूद है लेकिन उसके साथ बनाया बाग वक़्त के साथ उजड़ गया। ताकत के स्मारक बचे रहते हैं और बगीचे उजड़ जाते हैं। महाराज प्रताप सिंह, सिद्धनाथ जी ठाकोर को शाजापुर से गुरु बनाकर नरसिंहगढ़ लाये थे। सिद्धनाथ जी का दरबार में बहुत सम्मान था।

महाराज प्रताप सिंह ने एक शेरनी पाल ली थी। महाराज अक्सर जब दरबार में बैठते तो एक बड़े पालतू कुत्ते की तरह शेरनी उनकी बगल में बैठी रहती। महाराज एक हाथ से उसका सिर और पीठ सहलाया करते। एक दिन सिद्धनाथ जी जब दरबार में पहुँचे तो महाराज के बगल में शेरनी नहीं थी। सभासदों से कोई राय-मशविरा चल रहा था। महाराज ने अपने गुरु को प्रणाम किया और पता नहीं महाराज को क्या शरारत सूझी कि उन्होंने सीटी बजाकर शेरनी को अपने पास बुला लिया। सिद्धनाथ जी ने जैसे ही शेरनी को देखा तो बुरी तरह से डर गये...। सिद्धनाथ जी का डरना था कि शेरनी के अभ्यस्त हो चुके सभासद जोर से हँस पड़े। गुरुजी अपमान से तिलमिला गये और गुस्से में उल्टे पैर दरबार से बाहर निकलकर बिना कहीं रुके घर आ गये। घर आकर सिद्धनाथ जी पाठ करने बैठ गये। महाराज गुरुजी रुकिये...गुरुजी रुकिये...कह कर आवाज़ लगाते रहे पर सिद्धनाथ जी नहीं रुके। गुरुजी का नाराज़ होना साधारण बात नहीं थी। महाराज थोड़े घबरा गये। महाराज उठे और हाथी पर बैठकर गुरुजी को मनाने उनके घर पहुँचे। सिद्धनाथ जी बामुश्किल माने। उन्हें हाथी पर बिठाकर दरबार लाया गया। उस दिन के बाद जब भी सिद्धनाथ जी दरबार में पहुँचते शेरनी को अंदर भेज दिया जाता।

(गप्पी की माँ के चचेरे भाई की आत्मकथा का एक पृष्ठ)

आत्मकथा में सिद्धनाथ जी के कई क़िस्से थे
तो उसमें एक क़िस्सा यह भी था।

सिद्धनाथ जी बहुत विद्वान नहीं थे। गाँव के साधारण पण्डितों की तरह संस्कृत का कामचलाऊ ज्ञान था। पंडिताई के चलते कुछ ज़रूरी श्लोक उन्होंने कंठस्थ कर लिए थे। संस्कृत न जाननेवालों के बीच इतने से काम चल जाता था। उनका दबदबा था।

वह महाराज के गुरु थे। इसलिए किसकी हिम्मत थी कि कोई उन्हें टोक दे। वह तान्त्रिक थे और माना जाता था कि उन्हें देवी का इष्ट है। देवी का इष्ट क्या होता है यह कोई नहीं जानता था। उनसे डरने का एक कारण यह भी था। एक दिन दरबार में गीता पर प्रवचन कर रहे थे। उन्होंने कोई श्लोक पढ़ा, अशुद्ध था, किसी विद्वान ने गुरुजी पर व्यंग्य किया और पूछा कि गुरुजी इस श्लोक का शुद्ध पाठ क्या है? ऐसा पहली बार हुआ था। आज तक उनसे ऐसा बेहूदा सवाल किसी ने नहीं किया था। उनके पाठ पर कोई उँगली उठाये ऐसी किसकी मज़ाल थी! सिद्धनाथ जी गुस्सैल आदमी थे। सवाल पूछनेवाले की तरफ आँखें तरेरकर देखा, अंजली से जल छोड़कर तत्काल आसन से उठे और बोले कल पता लगेगा कि शुद्ध क्या है और अशुद्ध क्या है। गुरुजी पाँव पटकते हुए दरबार से चल दिये। गुरुजी जब भी गुस्से में कहीं से आते तो आते ही अपने ठाकुरजी के कमरे में घुस जाते। आसन को जोर से झटकारते और बिछाकर पाठ करने बैठ जाते। घर के लोग समझ जाते कि गुस्सा होकर लौटे हैं। उसके बाद कोई उनके आसपास नहीं फटकता। उस दिन भी जैसे ही गुरुजी घर में दाखिल हुए सीधे ठाकुरजी के कमरे में पहुँच गये और आसन बिछाकर पाठ करने लगे।

शुद्ध-अशुद्ध का बखेड़ा खड़ा करनेवाला विद्वान स्वजाती था। दूसरे दिन खबर लगी कि उसकी अचानक ही मृत्यु हो गयी। सारे गाँव में बातें होने लगीं। दोपहर होते-होते खबर शाजापुरवालों को भी लग गयी। शाजापुर में सिद्धनाथ जी को कौन नहीं जानता था। जात-बिरादरीवाले जानते थे कि सिद्धनाथ जी तांत्रिक हैं और उन्हें देवी का इष्ट है। इसलिए सबको लगा कि स्वजाति बंधु की मृत्यु का कारण सिद्धनाथ ही हैं। तत्काल बिरादरी की पंचायत बुलायी गयी, काफी बहस-मुबाहिसा हुआ। सब इस बात पर एकमत थे कि स्वजाति बंधु की मृत्यु का कारण सिद्धनाथ ही हैं। सबने एकमत से सिद्धनाथ जी को जाति से अलग कर दिया। सिद्धनाथ जी एक प्रतिष्ठित पंडित थे। उनको जात बाहर कर दिया जाना शाजापुर जैसे छोटे से गाँव की एक बड़ी घटना थी। घंटे भर में ही सारे गाँव में यह खबर फैल गयी। नरसिंहगढ़ खबर पहुँचने में कितनी देर लगना था। खबर जब नरसिंहगढ़ पहुँची तो दरबार में हड़कंप मच गया। जात-बिरादरी का मामला था उसे अनदेखा नहीं किया जा सकता था। महाराज ने सिद्धनाथ जी को बुलाया, समझा-बुझाकर किसी तरह उन्हें शांत किया और शाजापुर जाने का आग्रह किया।

सिद्धनाथ जी महाराज की बात मानकर शाजापुर चले गये। वहाँ पहुँचकर बिरादरी के पंचों को बुलावा भेजा। दिन-भर इंतज़ार करते रहे पर उनके बुलावे पर कोई नहीं आया। सिद्धनाथ जी का पारा बमुश्किल नीचे आया था। शाम होते-होते पारा थर्मामीटर फोड़कर बाहर बिखर गया। उनने अपने शाजापुर के मकान के

ठाकुरजी के कमरे में आसन बिछाया और पूजा पर बैठ गये। ठाकुरजी का कमरा सिद्धनाथ जी का कोपभवन था। वह गुस्से में आते तो उनका चेहरा बुरी तरह से तन जाता और कान के ऊपर की नस तेजी से फड़कने लगती। नस बार-बार उभरती-डूबती। कभी-कभी तो लगता कि कहीं वह कनपटी को फाड़कर बाहर न आ जाये। क़िस्सों की एक बड़ी दिक्कत यह है कि उसमें आकस्मिक घटनाएँ अक्सर घटा करती हैं। कुछ ऐसी घटनाएँ आकस्मिक रूप से घट जाती थीं कि उनसे अंधविश्वास को बल मिलता था। लोग तत्काल उन घटनाओं के लिए किसी न किसी अंधविश्वास को विश्वास में बदल देते थे। सिद्धनाथ जी के बारे में तो यह प्रसिद्ध था ही कि वह तान्त्रिक हैं और उन्हें देवी का इष्ट है। दूसरे दिन ही खबर लगी कि बिरादरी के उन पंचों को जिन्होंने सिद्धनाथ जी के बुलावे का अपमान किया था, हैजा हो गया। गाँव भर में खबर फैल गयी। चारों तरफ अफरातफरी मच गयी। लोग घबरा गये। आपस में सलाह-मशविरे का दौर चल रहा था कि किसी भी तरह सिद्धनाथ जी को शांत किया जाये। लोगों ने सिद्धनाथ जी की सिद्धियों के आगे अपने हथियार डाल दिये। बड़े-बूढ़ों ने अपना पहलू बदला और कहने लगे कि हमने पहले ही समझाया था कि सिद्धनाथ पूरा सिद्धनाथ है, उसे सिद्धि प्राप्त है। उसके साथ छेड़छाड़ मत करो, लेकिन हमारी किसी ने सुनी ही नहीं...अब भुगतो। कुछ बड़ी-बूढ़ियाँ पंचों के घर गयीं और उनकी औरतों को समझाया कि जाकर सिद्धनाथ जी से क्षमा माँग लें। स्त्रियाँ अपने लिए चाहे उतना न डरें लेकिन अपने पतियों और बाल-बच्चों के लिए वे आसानी से डरायी जा सकती हैं। स्त्रियों को लगा कि कोई ऊँच-नीच हो गयी तो कल सारा गाँव स्त्रियों को ही दोष लगायेगा कि इन्होंने वक्त रहते बात नहीं सँभाली। स्त्रियों ने आपस में सलाह की और जाकर सिद्धनाथ जी के पाँव पकड़ लिए। सिद्धनाथ जी थोड़े पसीजे। बोले...माँ देवी मेरा अपमान नहीं सहेगी...पर मैं किसी का बुरा नहीं चाहता। लो यह चरणामृत ले जाओ और अपने पतियों को पिला दो...देवी की इच्छा हुई तो संकट टल जायेगा। इसके बाद सिद्धनाथ जी ने एक जाति भोज दिया। सब उनसे डरे हुए थे। किसकी मज़ाल थी कि भोज में न आता। सब आये। उनने सबको दक्षिणा दी और कलंक से मुक्त होकर वापस नरसिंहगढ़ लौट गये।

एक पत्र जो गप्पी के पिता और गप्पी की माँ की शादी के बारे में गप्पी के पिता के पिता को गप्पी की माँ के पिता के पिता ने लिखा।

गप्पी के पिता कभी किसी काग़ज़ को आसानी से नहीं फेंकते थे। पीले पड़ चुके ऐसे अनेक काग़ज़ उनके पास थे जिनके अक्षरों की रोशनाई भी इतनी फीकी पड़ चुकी थी कि उन्हें पढ़ना लगभग असम्भव था। कई बार वह उन काग़ज़ों को निकालते।

पढ़ने की शायद कोशिश करते, कुछ असमंजस में पहले उन्हें फाड़ने का सोचते लेकिन तभी कोई वाक्य समझ आ जाता और उन्हें कोई बात याद आ जाती और वह उस काग़ज़ को वापस सँभालकर रख देते। बहुत पुराने-पुराने पत्र उनके पास सँभले हुए थे। उनकी शादी के बारे में उनके पिता और उनके श्वसुर के पिता के बीच हुआ पत्राचार भी उनके पास था। वह शायद उन्हें उनके पिता से मिला होगा।

मतलब यह कि गप्पी के पिता के पिता जिन्हें हम सब बाबा कहते थे और गप्पी की माँ के पिता के पिता याने जिन्हें सब बासाहब कहते थे, के बीच हुआ 1932 का पत्राचार अभी तक सँभला हुआ था। इसमें कई पोस्टकार्ड थे। 1932 में यह पोस्टकार्ड 1/2 याने आधा आने का था और उस पर तीन पाई का टिकट लगा होता था। आधे आने का एक सिक्का भी होता था जिसे अधन्ना कहा जाता था। पीला मटमैला-सा छोटा-सा सिक्का। माधव शुक्ल मनोज का एक गीत था...*घूरे के दिन फिर गये तो भी/ऊँसई के ऊँसई हम रये/बड़े-बड़ों के आगे हम तो/फिक गये एक अधन्ना से!* तैंतीस में पोस्टकार्ड नौ पाई का हो चुका था। बत्तीस और तैंतीस में लिखे गये ये पोस्टकार्ड एक धागे में बँधे हुए थे। इसके साथ ही काग़ज़ पर लिखी गयी कुछ चिट्ठियाँ भी थीं। पता नहीं वे हाथोंहाथ भिजवाई गयी थीं या लिफाफे में रखकर आयी थीं। उनके साथ के लिफाफे इस बण्डल में नहीं थे। नरसिंहगढ़ से 9.4.32 को बासाहब द्वारा लिखा गया एक पत्र पढ़कर उस दौर की शादियों का अंदाज़ होता था।

> मान्यवर श्रीमान वेव्हाईजी साहब प्रिय सहस्त्रायु...सादर सस्नेह करद्‌दयन्वित नमस्कार विनंती अत्रकुशलं तत्रास्तु आपका कृपापत्र ता. 7 का लिखा बाबू मुक्ताप्रसादजी के हस्त प्राप्त होने से वर्तमानविदित हुवे—मेने जलूस की मंजूरी की रिपोर्ट दी थी उस्मे बेन्ड सरकारी आधा 2 दिन के लिए ही इस कारण से लिखा था की बाजारू बेन्ड भी किया गया है क्योंके सरकारी बेन्ड दिन में 2 वक्त ही बजावेगे ओर बाने बीनोरी पसी चाई कामोमे हरवक्त जरूरत पडेगी इसलिए दोनो किये गये हे अब पूरे बेन्ड के लिए लिखूंगा हो जावेगा पूरे बेन्ड मे 20 आदमी होंगे गेस के हंडे ज़्यादा से ज़्यादा 5 या 7 मिल सकेगे सरकारी गेस खराब हो गये जो मिल सकेगे कर लिए जावेगे पीनस भी मंजूरी मे हे यह तो नित्य ही जरूरत मे हे इस्कीफिस नही है भोई का प्रबन्ध किया गया हे (इसके बाद का एक शब्द इन पत्रों को धागे में पिरोने के चक्कर में किये गये छेद के कारण कट गया है) आतशबाज़ी निम्ननिर्ख से तैयूयार कराली जावेगी जितनी लिखेगे बम गोले फी. दो पैसे चरखी फी .दो पैसे अनार फी सेकड़ा 9 आने मेहताब की सेर एक रुपया कोटी फी.दो पैसे झाड फी आठ पैसे जो पसंद हो बनवाली जावेगी जो यहां प्रबंध हो सकेगा उस्मे कोई दिकूत नही हे आप लिखे वो तामील होवेगी कोट जो भेजा उस्माफिक दरजी से बनवाय ले बारात ठेराने के लिए सरकारी हवेली जो मकान के करीब हे मंजूरी ली गई हे स्त्री पुरूष

सब को ठेरने में सुभीता हे चिरंजीव कल मेरट बाई को लेने गये हें चार पांच दिन मे वापिस आना होवेगा रतलाम आपके लिखे अनुसार लिख दिया हे की हाथीदांत चूडे का इन्तज़ाम नहि किया जावे टीप यहां से कल भेजी गई हे उस्मे पत्र भेजना रेहगया हे (इसके बाद एक शब्द समझ नहीं आ रहा) सर्वमंडली पधारने की कृपा करें ओर यहां योग्य जो सेवा हो लिखे

आपका कृपाकांक्षी दर्शनेच्छुक...

1932 में मालवा के एक गाँव में पढ़े-लिखे मध्यवर्ग की यह हिन्दी आपको पढ़ने में दिक्कत दे सकती है। इसमें मालवा की अपनी दिक्कतें हैं। दीर्घ मात्रा...खासतौर पर जहाँ ऐ की मात्रा या औ की मात्रा आये वहाँ ए या ओ की ही मात्रा बोली भी जाती है और लिखी भी जाती है। अनुस्वार भी अक्सर गायब हैं और पूर्णविराम या अर्धविराम तो जैसे चलन में ही नहीं थे। मुझे जो पत्र मिले वे सब नरसिंहगढ़ से लिखे पत्र थे। भोपाल से गप्पी के बाबा के द्वारा लिखे पत्र नहीं थे। नरसिंहगढ़ में इस तरह की चीज़ों को सँभालने का रिवाज़ नहीं था। उनकी हिन्दी इनसे ज़रूर अलग रही होगी। गप्पी के बाबा को उर्दू और फारसी का भी ज्ञान था और संस्कृत का भी। मैंने गप्पी के बाबा का लिखा तो कुछ नहीं पढ़ा लेकिन गप्पी के पिता का लिखा बहुत बार पढ़ा है। गप्पी कुछ बातों में अपने पिता से बहुत अलग था। पिता बहुत संयत थे। गप्पी बहुत बेचैन तबीयत का था।

कासिद उनको देख के आजा/और कोई पैगाम नहीं है। भोपाल का पहला डॉकघर और पहले डॉक टिकट।

डुग्गी अचानक ही कमरे में आया और इतने दबे पाँव आया कि उसके आने का पता ही नहीं चला। मैं गप्पी के पिता और माँ की शादी के बारे में लिखे गये उन पुराने पोस्टकार्डस् को देख रहा था । डुग्गी ने देखा तो अचानक ही उसका माथा ठनका। बोला यार इन पोटकार्डस् को देखा तो याद आया कि मुझे जुमेराती पोस्ट ऑफिस तक जाना है। मैंने कहा इतनी दूर जाने की क्या ज़रूरत है, पोस्ट ऑफिस तो चौक में भी है। बोला नहीं जुमेराती पोस्ट ऑफिस में ही काम है। मैं थोड़ा मन मारकर उठा तो वह बोला–तुम उस पोस्ट ऑफिस के बारे में कुछ जानते भी हो, साथ चलोगे तो तुम्हारा जनरल नॉलेज बढ़ा दूँगा। मैंने कहा–पता है बहुत पुराना पोस्ट ऑफिस है और उसकी बिल्डिंग भी बहुत पुरानी है। बस यहीं तो मात खा गया हिन्दुस्तान...बड़े दिनों बाद डुग्गी ने यह जुमला बोला। एक समय था जब बात-बात पर वह यह जुमला बोला करता था। गप्पी के कमरे से जुमेराती पोस्ट ऑफिस बहुत

दूर नहीं था। एकाध किलोमीटर होगा। शहर में ऐसी दूरिया पता नहीं लगती थीं। सँकरी गलियों में बाज़ार और भीड़ के बीच चलते हुए पता नहीं चलता कि आप कितनी दूरी तय कर चुके हैं। पैदल के अलावा साइकिल का विकल्प था। गप्पी कमरे पर नहीं था। मैं डुग्गी के साथ हो लिया। डुग्गी शहर को मुझसे ज़्यादा जानता था।

कमरे से उतरकर आगे बढ़े तो डुग्गी बोला उर्दू कविता में चाहे डॉकघरों का बहुत हवाला न हो लेकिन उर्दू की शायरी कासिदों से भरी है। शायद ही किसी और भाषा की कविता में डाकिया इतनी बार आया होगा...और आया भी होगा तो कम-से-कम इस तरह तो नहीं ही आया होगा। उसने किसी चालू से शेर का एक मिसरा पढ़ा...कासिद की लाश आ गयी ख़त के जवाब में...। मैंने वाह-वाह नहीं की। डुग्गी ने इस पर कोई एतराज़ भी नहीं किया। कोई और मौका होता तो कहता कि तुम साले भोपाल में रहकर भी बिल्कुल अनकल्चर्ड हो। तुम्हें शेर सुनने की तमीज़ नहीं है। शेर सुनने की इसी तमीज़ को लेकर कप्पू क़ैफ़ साहब से डाँट खा चुका था। कुछ दिन पहले की बात थी। कप्पू किसी बात पर क़ैफ़ भोपाली से चिढ़ गया था। कैफ़ साहब जब भी कुछ नई ग़ज़लें होतीं तो या तो खुद ही मथुरा बाबू के कमरे पर चले जाते या मथुरा बाबू को मालूम पड़ता तो क़ैफ़ साहब को बुलावा भिजवा देते। मथुरा बाबू कम्युनिस्ट पार्टी के नेता थे। वह ललवानी प्रेस के ऊपर एक कमरे में रहा करते थे। भोपाल के हिन्दी उर्दू के साहित्यिकों का एक स्थायी अड्डा मथुरा बाबू का कमरा हुआ करता था। मथुरा बाबू अकेले थे। उनकी शादी तो हुई थी लेकिन बहुत पहले ही उन्होंने या उनकी बीवी ने उन्हें छोड़ दिया था। उन्हें पीने-पिलाने और साहित्यिकों के बीच रहने का चस्का था। हरिशंकर परसाई और मुक्तिबोध भी उनके दोस्तों में थे और जब भी परसाई या मुक्तिबोध भोपाल आते तो उनका ठिकाना मथुरा बाबू का कमरा ही होता। मथुरा बाबू खुद भी बहुत पढ़ाकू थे और उनके पास किताबों का अच्छा-खासा ज़ख़ीरा था।

तो मैं बता रहा था कि कप्पू क़ैफ़साहब से नाराज़ था। क़ैफ़ अपनी कुछ नई ग़ज़लें लेकर मथुरा बाबू के कमरे पर आये थे। कप्पू भी मौजूद था। क़ैफ़ साहब ने ग़ज़लें पढ़ना शुरू किया। कप्पू तनकर एकदम चुपचाप बैठा हुआ था। क़ैफ़ साहब कुछ देर तो पढ़ते रहे फिर अचानक कप्पू को चुप देखकर गुस्से में आ गये और बोले कि लगता है आपको शेर समझ नहीं आ रहे हैं या आपमें शेर सुनने की तमीज़ नहीं है। क़ैफ़ साहब ऊँचे पूरे पठान थे। ग़ज़ल को अपनी भारी-भरकम आवाज़ में तरन्नुम से पढ़ते थे, ग़ज़ल पढ़ते हुए हाथों को लहराया करते थे। उनके आसपास बैठनेवाले थोड़ी दूरी बनाकर बैठते थे। कप्पू बहुत दुबला-पतला और छोटे कद का था। कप्पू ने पलटकर कहा कि मुझे शेर भी समझ आता है और सुनने की भी तमीज़ है। क़ैफ़

साहब ने कहा तो आप इतने चुप क्यों बैठे हैं...दाद क्यों नहीं दे रहे हैं? कप्पू बोले कि आप की कदकाठी और मेरी कदकाठी में ज़मीन आसमान का फ़र्क़ है। जिस तरह आप ग़ज़ल पढ़ते हैं, उस तरह तो मैं दाद नहीं दे सकता। क़ैफ़ साहब गुस्से में चुप हो गये। उनका मूड उखड़ गया था। उन्होंने एकाध ग़ज़ल और पढ़ी और बाकी के काग़ज़ जेब में भर लिए, बोले अब किसी और दिन सुनाऊँगा...मथुरा बाबू समझ गये थे कि अब क़ैफ़ साहब से कुछ कहना बेकार है। कप्पू ने भी जल्दी में अपना पैग खत्म किया और बाहर चला गया।

डुग्गी ने जुमेराती पोस्ट ऑफिस से अपना काम खत्म किया और लौटते में बोला यह भोपाल का पहला डॉकघर है। इसे इंपीरियल पोस्ट ऑफिस कहा जाता था। 1862 में बना था...यह डाकघर, शाहजहाँ बेगम ने बनवाया था। बेगम ने इसके बाद रियासत के सभी जिलों और तहसीलों में पोस्ट ऑफिस खुलवाए थे। इसी में पहली बार पोस्टमेन की नियुक्ति की गयी थी। पता नहीं भोपाल की शायरी में पहली बार कासिद कब आया...। उन दिनों हिन्दुस्तान की हर रियासत के अपने अलग डाक टिकट हुआ करते थे। बेगम को लगा कि भोपाल के भी अपने अलग डाक टिकट होने चाहिए। तो उन्होंने भोपाल के अलग डाक टिकट चालू करवाए। उस समय दो तरह के टिकट जारी किये गये। एक रियासत के अंदरवाली डाक पर लगनेवाले टिकट और दूसरे रियासत से बाहर जानेवाली डाक पर लगनेवाले टिकट। बाहर जानेवाली डाक पर ब्रिटिश डाक टिकट लगाये जाते। उन दिनों पोस्ट ऑफिस में ख़त लिखनेवाले लोग भी तैनात किये जाते थे। चिट्ठी लिखनेवाले और बाहर से आयी चिट्ठी को बाँचकर सुनानेवाले...। चिट्ठी पढ़ने और लिखनेवाले हमारे लोकगीतों में मिलते थे...पचास और साठ के दिनों की पुरानी फिल्मों में भी इस तरह के मजेदार पात्र होते थे। तुम्हें उन फिल्मों की याद है...मेरे मन में जैनेन्द्र जी की कहानी पर बनी एक पुरानी फिल्म की स्मृति तैर गयी...उसका नाम क्या था यह याद नहीं आ रहा था...शायद परख या ऐसा ही कोई नाम...। डुग्गी ने कहा...डाकघरों की सील उर्दू में हुआ करती थी। बाद के दिनों में यह सील अंग्रेजी में बनाई जाने लगी। भोपाल के टिकट में भोपाल रियासत का निशान—दो मछलियाँ हुआ करता था। अब तो वह निशान कहीं देखने में ही नहीं आता...क़िस्से के चलते रास्ते का पता ही नहीं चला। चौक आया तो हम लोग टोपन की दुकान पर रुक गये...चाय पीने की तलब लग रही थी।

मैं जब गप्पी के कमरे पर पहुँचा तो गप्पी आ चुका था। कहीं से घूमते-फिरते ताज साहब भी कमरे पर पहुँच गये थे। गप्पी ने उन्हें कप्पू और क़ैफ़ साहबवाला क़िस्सा सुना दिया था। मैं जब कमरे में दाखिल हुआ तभी ताज साहब ने एक वाक्य कहा—एक तरफ क़ैफ़ जैसा पठान और दूसरी तरफ सुहा मुजद्दिदी...। मैं यह तो

समझ गया था कि बात किस संदर्भ में कहीं गयी है लेकिन सुहा मुजद्दिदी के बारे में मुझे कुछ नहीं पता था। गप्पी ने भी ताज साहब की तरफ कुछ इसी अंदाज़ में देखा कि यह सुहा मुजद्दिदी क्या है? ताज साहब बोले अरे मियाँ सुहा मुजद्दिदी के बारे में जोश ने कहा था कि बौना क़द देवपैकर दिमाग़...। सुहा अच्छे शायर थे लेकिन उनकी ग़ालिब की शरा...अरे क्या कहते हैं वो तुम्हारी ज़बान में...हाँ टीका...बहुत शानदार किताब है। ग़ालिब पर लिखी गयी सबसे बेहतरीन किताबों में उसका शुमार होता है। अलबत्ता उनका क़द बहुत बौना था, थे भी बहुत दुबले-पतले और हल्के...उनकी बीवी ऊँची पूरी थीं। जब गुस्सा होती तो सुहा को हाथों में उठातीं और दीवार में बने किसी भी बड़े वाले ताक में रख देतीं...सुहा जैसे कोई चीज़ हों। सुहा बहुत गुस्सा होते। गालियाँ बकते। उनकी बीवी अपने काम में लगी रहतीं। सुहा समझ जाते और फिर बीवी से मिन्नतें करने लगते। जब बहुत गिड़गिड़ा लेते तब जाकर उनकी बीवी उनको ताक से नीचे उतारतीं। कहते हैं उनका थोड़ा-सा ही कलाम सलामत रह पाया। बाकी के कागजात रद्दी के साथ बिक गये...। ताज साहब कुछ याद करने लगे...फिर एक शेर पढ़ा...

देखा ख़िरामें-नाज़ सुहा जा रहे हैं वो
पस्ती को सूए-आलमें-इम्काँ लिए हुए।

ख़िरामें-नाज़ : नाज़ों भरी चाल। पस्ती : तुच्छता। सूए-आलमें-इम्काँ : परम की ओर।

नीचे पोस्टमेन ने साँकल बजाई। शायद कोई रजिस्ट्री थी। मुझे फिर कासिद वाली बात याद आ गयी। गप्पी नीचे उतरा तो मैंने ताज साहब से पूछा कि आपने कासिद पर कभी कोई शेर नहीं कहा? ताज साहब याद करने लगे फिर बोले मुझे छोड़ो लेकिन शेरी का एक शेर कमाल का है। शेरी साहब से मेरी और गप्पी की सिर्फ दुआ-सलाम भर थी। उनकी शायरी कुछ हद तक रिवायती शायरी थी। क़ैफ़ साहब और ताज साहब की तरह उनसे दोस्ती नहीं थी। शेरी साहब ने बचपन में ही शेर कहना शुरू कर दिया था। उन्हें तब लिखना भी नहीं आता था। उनके घर में नीचे की मंजिल पर एक किरायेदार थे, उन्हें लिखना-पढ़ना आता था। शेरी साहब को रात-बिरात कभी भी इलहाम होता और वह दौड़ते हुए नीचे उतरते और अपने किरायेदार से कहते कि एक शेर या एक ग़ज़ल हुई है...किरायेदार काग़ज़-क़लम उठाते, शेरी साहब बोलते और वह लिखकर काग़ज़ उन्हें थमा देते। शेरी साहब की ग़ज़लें रिसालों में छपने लगी थीं। कोई उनकी उम्र के बारे में नहीं जानता था। ताज साहब ने एक दिलचस्प क़िस्सा उनके बारे में सुनाया था। बचपन की बात थी। ताज साहब ने

बताया कि हम भी बहुत छोटे थे। बचपन के किसी दोस्त के साथ गली में पहिया घुमा रहे थे। उसी समय शेरी गली की परचून की दुकान पर आये। परचून की दुकान से उन्होंने अपने क़मीज़ के अगले हिस्से को छोला बनाकर उसमें खड़ा नमक लिया और एक बोतल में थोड़ा-सा खाना पकाने का तेल लिया और बिना हमारी तरफ देखे तेजी से घर की तरफ चले गये। कुछ देर बाद ही सफेद शफ्फाक पोशाक में एक शख़्स ताँगे से उतरा। उसने आसपास के लोगों से पूछा कि शेरी भोपाली कहाँ रहते हैं। किसी ने शेरी साहब के घर का पता बता दिया। ताज को लगा कि शेरी ने ज़रूर कुछ हरकत की होगी, यह शख़्स शेरी की पिटाई करने आया है। ताज और उनका दोस्त एक तरफ खड़े होकर अगले दृश्य का इंतज़ार करने लगे। लग रहा था कि अब शेरी की पिटाई होगी तो मज़ा आयेगा...। कुछ देर बाद वह शख़्स और शेरी नमूदार हुए। शेरी घर तक नहीं पहुँचे थे। वह क़मीज़ के अगले हिस्से को उसी तरह पकड़े हुए थे, उसमें खड़ा नमक भरा था, हाथ में तेल की कुप्पी थी। वहीं पटिये पर वह शख़्स और शेरी बैठ गये। ताज इंतज़ार कर रहे थे लेकिन वह शख़्स तो शेरी से बहुत अदब के साथ पेश आ रहा था। कुछ देर में वह शख़्स ताँगे में बैठकर चला गया और शेरी भी उठे और घर की तरफ रवाना हो गये। मज़ा किरकिरा हो गया था। ताज और उनका दोस्त पहिया घुमाते हुए गली में आगे निकल गये...।

गप्पी डाक लेकर वापस कमरे में आ गया था। मैंने ताज साहब से कहा आप शेरी साहब का शेर सुना रहे थे। ताज साहब ने कहा हाँ...*कासिद उनको देखके आ जा/और कोई पैगाम नहीं है।* सादा पर कमाल का शेर था। मैंने और गप्पी ने इसे दो-तीन बार दोहराया। शेर मन पर छप गया था।

बेटे नहीं कबीट का पेड़ उर्फ तख़ल्लुस भोपाली की पानदानवाली ख़ाला। सुल्तान जहाँ बेगम के ट्रेफिक नियम के बारे में ढेंढस भोपाली का शेर।

दोपहर ढलते-ढलते जावेद आ गया। जावेद आया तो थोड़ा मन बदल गया। मैं और गप्पी कई दिनों से तख़ल्लुस की पानदानवाली ख़ाला की तलाश कर रहे थे। हम दोनों को ही उर्दू नहीं आती थी। जावेद ने वादा किया था कि वह पानदानवाली ख़ाला लेकर आयेगा और पढ़कर सुनायेगा भी। उसी ने एक बार मुल्ला रमूजी के कुछ मजाहिया लेख और गुलाबी उर्दू के कुछ हिस्से पढ़कर सुनाए थे। गप्पी उर्दू सीखना चाहता था। उसने उर्दू के सारे अल्फाबेटस् लिखना सीख भी लिया था। वह बार-बार उनको लिखने का अभ्यास करता रहता लेकिन इससे आगे कभी गाड़ी नहीं बढ़ पाती। ताज साहब शकीला बानू भोपाली की बहन को उर्दू पढ़ाने जाते थे। वह भी शकीला के

साथ कव्वाली गाती थी। गप्पी कई दिन से ताज साहब के पीछे पड़ा था। आखिरकार एक दिन ताज साहब राजी हो गये कि वह गप्पी को उर्दू पढ़ा देंगे। ताज साहब ने कहा कि वह पचास रुपये महीना लेंगे और पचास रुपये एकमुश्त नहीं लिए जायेंगे, जिस दिन जितने रुपयों की ज़रूरत होगी उस दिन उतने रुपये देना होंगे। गप्पी तैयार हो गया। ताज साहब आते और दारू खरीदने के लिए जितने रुपये कम पड़ते, ले जाते। कभी तीन रुपये कभी पाँच रुपये। उर्दू सिखाने के नाम पर हर बार उनका जवाब होता बस अगली बार से शुरू करूँगा। कई महीने निकल गये। ताज साहब ने उर्दू नहीं पढ़ाई। एक दिन पीर साहब की दुकान पर ताज साहब बैठे थे, गप्पी उधर से निकला तो ताज साहब ने आवाज़ देकर बुलाया। बोले तुम्हारे लिए एक शेर कहा है। इसे लिख लो। उन्होंने सिगरेट के एक खाली पैकेट को खोलकर दिया और कहा इसी पर लिख लो। ताज साहब ने शेर पढ़ा—

हमें एक दूसरे के ज़हन की ख़ुशबू नहीं आती
मुझे हिन्दी नहीं आती, तुम्हें उर्दू नहीं आती।

शेर सुनाकर बोले अभी तक का सारा हिसाब ख़त्म हुआ। यह शेर मैं तुम्हारे लिए किसी मुशायरे में पढ़ दूँगा। गप्पी ने वह पर्चा जेब में रखा और मुस्कुराते हुए कमरे पर चला गया। गप्पी फिर कभी उर्दू नहीं सीख पाया। हर बार कुछ पढ़वाने के लिए किसी न किसी उर्दू जाननेवाले को ढूँढ़ना पड़ता। जावेद पानदानवाली ख़ाला की एक पुरानी-सी प्रति कहीं से ढूँढ़कर लाया था। जावेद की तख़ल्लुस से जान-पहचान नहीं थी। बोला कोई जुगाड़ लगाते हैं और एक दिन उनसे मिलने चलेंगे। उनका एक दिलचस्प क़िस्सा है कि तख़ल्लुस ताँगे में बैठकर जा रहे थे। ताँगेवाला बहुत बूढ़ा था। तख़ल्लुस ने ताँगेवाले से कहा...मियाँ इस उम्र में भी ताँगा चला रहे हो, यह तो आराम करने की उम्र है। क्या आपका कोई बेटा नहीं है? ताँगेवाले की दुखती रग पर जैसे तख़ल्लुस ने उँगली धर दी थी। पलटकर बोला—क्या बताऊँ मियाँ, होने को तो पाँच बेटे हैं लेकिन बस यूँ सिमझ लो कि आँगन में जो पेड़ लगाया था वह कबीट का पेड़ निकला, उसके नीचे बैठ सकते हैं न लेट सकते हैं। क़िस्सा सुनकर सचमुच मज़ा आ गया। तख़ल्लुस के क़िस्सों और उसकी ज़बान का यही मज़ा था। पानदानवाली ख़ाला के समर्पण में ही उन्होंने अपनी ज़बान के बारे में इशारा कर दिया था। लिखा है—**अपनी माँ के नाम जिन्होंने फरमाया अल्लाह रखे, अब तू औरतों की ज़बान भी लिखने लगा है**। जावेद ने किताब खोली और बोला, इन दिनों जो पानी की किल्लत हो रही है यह आज की किल्लत नहीं है...लो एक छोटा-सा हिस्सा इस किल्लत के बारे सुन लो...(उसने पढ़ना शुरू किया)

आज सुबह से ही ख़ाला बुर्के के अंदर ख़ाली घड़ा लटकाए आ गईं और घड़े को दोनों पैरों के बीच में रखते हुए दीवार का सहारा लेकर बैठ गईं। रमज़ान शरीफ़ का महीना और ख़ाला का सुबह-सुबह आना सब ही को नागवार हुआ मगर बर्दाश्त कर लिया। अलबत्ता ख़ाला को किसी ने लिफ्ट नहीं दी के अगर ज़रा भी किसी ने पूछ लिया तो घंटा-भर को फारिग़ हो गये। लेकिन ख़ाला को भला कहाँ बर्दाश्त थी। दस-पंद्रह मिनट तो इंतज़ार किया लेकिन जब कोई मुँह से बोला ही नहीं तो फिर खुद बोल उठीं—क्या बाई आज सबने बेसेहरई के रोज़े रख छोड़े हैं। कोई मुँह से बोलता ही नहीं। हम तो ख़ाली मोहब्बत में आ जाते हैं।

नहीं नहीं ख़ाला बैठो, ख़ैरियत तो है? रोज़े तो पूरे हो रहे होंगे? औरतों ने पूछा। मगर यह ख़ैरियत पूछना ही ग़ज़ब हो गया। इसी को सवालिया समझकर ख़ाला शुरू हो गयीं। अरे बीबी! क्या निगोड़ी ख़ैरियत पूछती हो पानी भी वह बिलू-बिलू है के होश उड़े जाते हैं। यह रमज़ान का मुबारक महीना देखो, मुँह में रोज़ा है। गर्मी का यह हाल है के चील अण्डा छोड़ रही है। पानी का कोसों पता नहीं। पूरे शहर में करबला मची हुई है। क़तरे क़तरे पानी को तरस गए। ये मुए मिनसीपाल्टीवालों का हाल दुनिया से निराला है। ख़ाली नल ज़मीन में दफ़न कर दिए हैं। झाड़ूफिरों में हवा ही हवा भरी है। पानी का नामोनिशान नहीं है। ख़ाला ने एक हाथ दराज़ करते हुए कहा—फजिर से नल पे बैठी हूँ जाके तब कहीं दो घंटे में एक बाल्टी पानी देखना नसीब होता है। क़तरा-क़तरा पानी टपकता है जैसे आग लगा बैल मूत रहा है।

ख़ाला म्युनिस्पिल्टी में दरख़्वास्त दे दो, कुछ इंतज़ाम कर देगी। औरतों ने राय दी।

ऐ बस बीबी! ख़ुदा का नाम लो, लाख दरख्वास्तें दे दो मगर कमबख़्त मारी के सर पे जूँ नहीं रेंगती। कल ही वो मिम्बर के पास गई थी। निगोड़ा मारा संडा घूर घूरके देखता रहा। जब मैंने बुर्क़े का पल्लू उठाके सूरत दिखाई तो झट से मुँह फेर के कहने लगा—हाँ अम्मा तुम्हें क्या पूरे शहर को तकलीफ है। तुम्हारी दरख़्वास्त दे दो, कोशिश कर दूँगा। लो बीबी! सुना ये मिम्बर बना है। वोट के दिनों में आया था तो कैसे कल्ले चीर-चीरके कहता था के अम्मा ये तुम्हारा चबूतरा पक्का करा दूँगा। नाली का कचरा साफ करा दूँगा। और अब देख लो जब से मिम्बर बना है तो अम्मा झाड़ूफिरी के मकान पे एक दिन नहीं आया। हम राँड बेवाओं को जब मुफ्त का पानी भी नहीं दे सकते तो फिर काहे की मिन्सपिल्टी से तनखाह लेता है हराम मुफ़्त में। न हुआ शाजा बेगम (शाहजहाँ बेगम) का ज़माना! एक दरख्वास्त में भड़ुओं को बारह पत्थर बाहर करा देती। मगर अब तो हलाल करके डाल दे सड़क पे तो कोई पूछनेवाला नहीं। हद हो गई बीबी के घंटे-भर में एक बाल्टी पानी की नहीं मिलती। इधर नलों की हालत देखो तो मक्खियों की तरह एक पे एक गिरे पड़ते हैं।

वो चीख-पुकार होती है के कान के पर्दे फटे जाते हैं। एक को एक खाए जाता है। तौबा है अल्लाह पानी न हुआ चील का मूत हो गया।

जावेद ने किताब बंद कर दी। म्युनिसपेल्टी की बात से नवाब सुल्तान जहाँ बेगम की बात निकल आयी। वह पहली अंग्रेजी पढ़ी-लिखी शासक थीं। उन्होंने ग्यारह बरस की उमर में हेयर एवेरेंट बनाये जाने पर अंग्रेजी में ऐसा भाषण दिया कि अंग्रेजों ने भी दाँत तले उँगली दबा ली। वह इस बात को लेकर खासी परेशान थीं कि रियासत में शिक्षा का स्तर बहुत घटिया था। लड़कियों की एजूकेशन तो बहुत ही पिछड़ी हुई थी। नई शिक्षा पद्धति के लिए उन्होंने मोती महल में शहर की नामी-गिरामी हस्तियों की एक मीटिंग बुलाई थी। पर लड़कियों की शिक्षा को लेकर एक अजीब-सी हिचक लोगों में बनी हुई थी। बेगम ने पहली बार ताजमहल के पास सुल्तानिया गर्ल्स स्कूल की शुरुआत करवाई। पहले साल में उस समय 140 लड़कियों ने दाखिला लिया। उन्होंने अपनी आत्मकथा में लिखा था कि उनके वक्त तक रियासत में एक भी ग्रेजूएट नहीं था। सुल्तान जहाँ बेगम खुद भी मुंशी हुसैन खाँ से अंग्रेजी पढ़ती थीं। कहते हैं कि सुल्तान जहाँ बेगम का नशराह (कुरान में पारंगत होने का समारोह) जब 1872 में हुआ तो पूरे भोपाल में आतिशबाजियाँ, रोशनी और दावतें की गयीं। उन जश्नों पर उस जमाने में 2 लाख 96 हज़ार 419 रुपये 9 आने और 6 पाई का खर्चा हुआ था। एना मियाँ ने दिशा मिश्रा को बताया था कि कई फौज़ी खिताबों से नवाज़ी गई बेगम को तुर्की में हजरत मोहम्मद पैगम्बर सल्लासम का मुँए मुबारक (मूँछ का बाल) सोने में मढ़कर पेश किया गया था, जिसे पचास हाफिज जहाज़ के जरिये इस्ताम्बूल से बम्बई लाये थे। गुलाब की शीशियों से धोये गये जहाज़ के डेक पर रखकर लाये गये इस पवित्र चिन्ह को बाद में मोती मस्जिद में एक माह तक दर्शनार्थियों के लिए रखा गया था। आधुनिक नज़रियेवाली बेगम ने पहली मर्तबा भोपाल में ड्रेनेजवाली पक्की सड़कों को बनवाया। पहली बार सड़कों पर चिमनियोंवाले लेम्पपोस्ट की जगह बिजली की रोशनी के खम्बे लगवाए गये। और पहली बार भोपाल में कीप टू लैफ्टवाला ट्राफिक नियम लागू हुआ। भोपालियों के लिए यह बहुत अटपटी बात थी। ट्राफिक के नियम होना ही एक अजूबा था। भोपाली तो मानता था कि सारी सड़कें और चौराहे उसके लिए हैं। वह जहाँ चाहे खड़ा हो, जहाँ चाहे चले, जहाँ चाहे पीक थूक दे और जहाँ चाहे खड़ा होकर पेशाब की धार मार दे। इस अटपटे नियम के लागू होने पर भला ढेंढस भोपाली जैसा शायर कैसे चुप रहता...उन्होंने तत्काल एक फड़कता हुआ शेर कहा–

आदम की बाँई पसली से हव्वा का है वजूद
औरत की हुकूमत हो तो उल्टी तरफ़ चलो।

संजय गाँधी की रैली में भाँगला और इमरजेंसी के बारे में कप्पू रोज़ एक नया चुटकुला लेकर आता था।

कप्पू का इन दिनों एक ही काम था वह शहर भर में भटकता रहता और जहाँ भी उसे इमरजेंसी के बारे में कोई नया चुटकुला सुनने को मिलता वह शाम तक सबको वह चुटकुला सुना देता। इमरजेंसी को लेकर हज़ारों चुटकुले शहर में फैले हुए थे। ये चुटकुले ही सबसे बड़ी राहत थे। संजय गाँधी का उदय हो चुका था और उनको लेकर कई क़िस्से अवाम के बीच प्रचलित थे। सत्ता पर संजय गाँधी का वर्चस्व बढ़ता जा रहा था। बीससूत्रीय कार्यक्रम पर पाँचसूत्रीय कार्यक्रम हावी हो चुका था। प्रकाशचन्द्र सेठी जो उन दिनों प्रदेश के मुख्यमंत्री थे, उनकी लड़की को लेकर एक क़िस्सा उन दिनों बहुत चर्चा में था। संजय गाँधी की चर्चाओं में उनकी प्रेमिकाओं की चर्चा होती या किस मंत्री ने या किस मुख्यमंत्री ने संजय गाँधी की चप्पलें उठायीं, इसकी चर्चा होती। हर कोई संजय गाँधी के दरबार में कोर्निश बजाने को तैयार खड़ा था। एक क़िस्सा यह भी प्रचलित था कि संजय गाँधी ने इंदिरा गाँधी को चाँटा मार दिया। संजय गाँधी के पाँचसूत्रीय कार्यक्रम में सबसे ज़्यादा हल्ला नसबंदी का था। अनेक खबरें और अनेक अफवाहें हवाओं पर तैरती रहतीं। नसबंदी पर कई खतरनाक चुटकुले रोज बनते और जनता में फैल जाते। कप्पू एक दिन कमरे पर आया और उसने कहा कि एक नया चुटकुला मार्केट में आया है। सबने कहा सुनाओ...सुनाओ...कप्पू बोले...एक मोहल्ले में सबकी नसबंदी हो गयी...सिर्फ एक मज्जू खाँ बचे। वह बाहर गये हुए थे, वापस आये तो सीधे डाक्टर के पास गये कि डाकसाब मेरी भी नसबंदी कर दो। डाक्टर ने पूछा क्यों? बोले सारे मोहल्ले की नसबंदी हो गयी है, किसी का कुछ फेल हो गया तो मैं ही पकड़ा जाऊँगा...। जोर का ठहाका लगा। गप्पी ने सिगरेट सुलगायी तो कप्पू का भी हाथ बढ़ गया। कप्पू ने सिगरेट देखी और बीच में ही हाथ रोककर कहा कि रहने दो, मैं बीड़ी पिऊँगा...उसने बीड़ी सुलगा ली। तभी उसे एक चुटकुला और याद आ गया, बोला लगे हाथ एक और सुन लो...इंदिरा जी स्वर्ग गयीं तो पहले जवाहरलाल नेहरू मिले, पूछा देश का क्या हाल है? इंदिरा जी ने कहा सारे देश का आराम हराम है। फिर लालबहादुर शास्त्री मिले पूछा कि देश का क्या हाल? इंदिरा जी ने कहा सब जगह जय जवान है...जय किसान है। अंत में महात्मा गाँधी मिले, पूछा इंदिरा बेटी मेरी घड़ी, चश्मे और डण्डे का क्या किया? इंदिरा जी ने कहा : बापू चश्मा और घड़ी तो म्यूज़ियम में रख दिया है। बापू ने पूछा और मेरा डण्डा? इंदिरा जी ने कहा उसे हमने जनता के पृष्ठ भाग में घुसेड़ दिया है! चुटकुला सुनकर गप्पी ने बहुत जोर का ठहाका लगाया। वह बहुत दिन बाद इतना खुलकर हँसा था। इमरजेंसी में बने

चुटकुले अगर इकट्ठे कर लिए जाते तो जनता के वास्तविक गुस्से का अंदाजा लगाया जा सकता था।

संजय गाँधी की रैली का दिन था। शहर के चप्पे-चप्पे पर पुलिस थी। सारी दूर पुलिस की टुकड़ियाँ गश्त कर रही थीं। शहर के सारे लुंपैन, चोर-उचक्के दबिश में आने के कारण यूथ कांग्रेस में शामिल हो गये थे। जगह-जगह लोग झुण्ड बनाकर सड़क के दोनों ओर खड़े संजय गाँधी की रैली का इंतज़ार कर रहे थे। जब रैली हमीदिया रोड पर आयी तो बैंक के लोकल हेड ऑफिस के सारे कर्मचारी उसकी गैलरियों में आ गये। गप्पी और मैं भी रैली देखने के लिए पहली मंजिल की गैलरी में खड़ा था। रैली आयी तो संजय गाँधी पर नज़र पड़ने से पहले रैली में शामिल भाँगला पर निरंजन की नज़र पड़ी। उसने तत्काल मुझे और गप्पी को कोहनी मारकर कहा...देख भाँगला जा रहा है...। भाँगला ऊपर देखने से बच रहा था। लेकिन अचानक उसने ऊपर देखा और उसकी नज़र हम लोगों पर पड़ी। वह झेंप-सा गया। फिर वह नीचे देखने लगा।

वह हम लोगों का बहुत अच्छा दोस्त था। वह राष्ट्रीय स्वयंसेवक संघ का कार्यकर्ता था और छत्तीसगढ़ में बैंक का कर्मचारी था। हम लोग जब भी मिलते हम लोगों में बहस होती। संघ को लेकर हम अक्सर उसे छेड़ते। वह बहस करने लगता। लेकिन तीखी बहसों के बाद भी उससे दोस्ती बनी रहती। एक बार गप्पी ने उससे कहा कि यार गुरु गोलवलकर की 'बंच ऑफ थाट्स' चाहिए। किताब आसानी से उपलब्ध नहीं होती थी। भाँगला ने कहा कि किताब तो मैं दे सकता हूँ...लेकिन वह हिंदी में है और तुम्हें पढ़कर लौटाना पड़ेगी। गप्पी ने कहा कि मैं उस किताब को खरीदने के लिए तैयार हूँ...लेकिन भाँगला ने मना कर दिया। मैंने कहा—कैसे कार्यकर्ता हो यार...एक तो कोई उसे पढ़ना चाहता है, खरीदना चाहता है, पैसे देने को तैयार है और तुम हो कि किताब देने को तैयार नहीं हो? निरंजन ने भी छेड़ा। भाँगला ने कहा मुझे मालूम है कि गप्पी उसका क्या करेगा...इस तरह के राष्ट्रविरोधियों के लिए वह किताब नहीं है। मैंने कहा हो सकता है गप्पी का हृदय परिवर्तन हो जाये। छोड़ो छोड़ो...भाँगला ने कहा कि मैं तुम जैसे कम्युनिस्टों को अच्छी तरह जानता हूँ। तुम पढ़ोगे और फिर बाल की खाल निकालोगे। कुछ दिन बाद लेकिन उसने 'बंच ऑफ थाट्स' के हिन्दी अनुवाद विचार नवनीत की एक पुरानी-सी प्रति लाकर दी थी।

भाँगला को संजय गाँधी की रैली में देखकर हम सबको आश्चर्य हो रहा था। रैली आगे निकल गयी और हम लोग वापस अपनी सीटों पर लौट आये। थोड़ी देर बाद ही भाँगला भी आ गया था। उसके आते ही सब उस पर टूट पड़े...निरंजन चिल्लाया...तुम साले संघी संजय गाँधी की रैली में शामिल हो गये...। भाँगला बहुत देर तक हम लोगों के साथ रहा। उसने कहा तुम नहीं समझोगे...यह रणनीति है।

संजय गाँधी तो हमारा ही काम कर रहा है। तुर्कमान गेट पर नहीं देखा, उसने क्या किया...। भांगला रुका फिर बोला—बुरा वक़्त है। बहुत सारे कार्यकर्ता इस समय यूथ कांग्रेस की रैली में शामिल हैं। अगर शामिल नहीं होंगे तो गिरफ्तार कर लिए जायेंगे। बैंक से भी सस्पेन्ड हो जायेंगे...कुछ लोग सस्पेन्ड किये जा चुके थे और वे भी जेल में थे। संजय गाँधी की रैली से एक अजीब से डिप्रेशन ने सबको घेर लिया था।

गप्पी की 1975 में बिना तारीखवाले
किसी दिन की डायरी का एक पृष्ठ।

पता नहीं क्यों आजकल कुछ ऐसा होता है कि दोस्तों के बीच से अचानक उठ कर अपने कमरे पर चले जाने का मन होता है। कई बार ऐसा हो चुका है कि मैं बिना किसी से कुछ कहे अचानक उठकर अपने कमरे पर चला आया। दोस्त समझते कि मैं वहीं-कहीं आसपास ही हूँ, वे मेरा इंतज़ार करते रहते लेकिन मैं नहीं लौटता। डुग्गी कई बार शिकायत करता। गुस्सा होता है कि कम-से-कम मैं बताकर जाया करूँ। कई बार सोचता हूँ तो अजीब लगता है। घर में था तो वहाँ देर से आने या कहीं जाने से पहले बताना पड़ता था। देर से आने या बिना बताये कहीं जाने पर डाँट पड़ती थी। प्रतिबंध था तो घर वापस जाने की इच्छा ही नहीं होती थी। कई बार तो रात-रात भर नहीं लौटता था। अब जब कोई प्रतिबंध नहीं, कोई कहने-सुननेवाला नहीं। कोई टोकनेवाला नहीं, तो अचानक मुझे अपने कमरे पर जाने की इच्छा होने लगी है। कमरे में कौन मेरा इंतज़ार कर रहा है। कोई नहीं। फिर भी मैं क्यों बार-बार कमरे में लौट आता हूँ। मन सिर्फ प्रतिबंधों में ही विद्रोह नहीं करता, वह स्वतन्त्रता में भी विद्रोह करता है। वह प्रदत्त स्वतन्त्रता से संतुष्ट नहीं होता, उसे अर्जित स्वतन्त्रता चाहिए।

यह अजीब दौर है। बाहर जो स्वतन्त्रता थी अचानक उसमें एक डर ने कब्ज़ा जमा लिया है। इमरजेन्सी ने मेरी स्वतन्त्रता को अजीब विरोधाभास से भर दिया है। मैं घर के प्रतिबंधों से आजाद हूँ लेकिन बाहर की स्वतन्त्रता एकाएक छीन ली गयी है। पटियों पर देर तक नहीं बैठ सकते। भोपाल जिन पटियों के कारण जाना जाता है, उन्हें लगातार तोड़ा जा रहा है। पता नहीं पटियों से किसी सत्ता को क्या डर हो सकता है। पटियों पर सरकार को लगता होगा कि फालतू बैठे लोगों के बीच खतरनाक विचार पनपते हैं। सरकार विचार से डरती है। लोगों के इकट्ठे होने से डरती है। हालाँकि भोपाल की राजनीति को पटिया-पोलेटिक्स कहा जाता है। कई बड़े और लोकप्रिय नेता पटियों से विधानसभा तक पहुँच गये और कई बड़े नेता वापस पटियों पर आ गये। मुहावरे में भी और हक़ीक़त में भी। विरोध की कोई आवाज़ नहीं। बचे-खुचे पटियों पर भी रात देर तक बैठने पर पुलिसवाले आकर डंडा फटकारने लगते हैं। कोने कुचालों में रात-रात भर खुली रहनेवाली चाय की दुकानें आठ बजे

के बाद से ही बंद कराई जाने लगी हैं। पोकर की दुकान भी बंद होने लगी। उसमें दरवाजे नहीं हैं। एक बैंच को अड़ाकर दुकान बंद कर दी जाती है। मुझे लगता है देर रात को पुलिसवाले उसे जगाकर उससे अपने लिए चाय बनवाते होंगे। लेकिन अब देर रात को न कहीं चाय मिल सकती है न सिगरेट। इस डर से कि रात को कहीं सिगरेट खत्म न हो जाये मैं ज़्यादा-ज़्यादा सिगरेट खरीदने लगा हूँ और इसी चककर में मेरी सिगरेटें बढ़ गयी हैं।

डुग्गी कहता है जेल के बाहर का शहर ज़्यादा बड़ी जेल में बदल गया है। मेरे बचपन ने मुझमें एक बुरी आदत को विकसित कर दिया है। जिस भी बात का मुझसे मना किया जाता मैं उसे ज़रूर करता। उसे करने की ज़िद मुझमें पैदा हो जाती। फिर चाहे उससे मुझे कोई भी नुकसान क्यों न हो। मेरी कई बुरी आदतें इसी ज़िद का परिणाम हैं। बैंक में हर दिन कुछ नये आदेश चले आते हैं। कल ही एक आदेश निकला है कि हर कर्मचारी को अपने दिन-भर के काम की डायरी लिखना पड़ेगी। इस तरह की डायरी मैंने अपने जीवन में भी कभी नहीं लिखी। इस आदेश ने मुझे बुरी तरह परेशान कर दिया। शाम होते-होते हर सीट पर एक डायरी रख दी गयी। गुस्सा तो ऐसा आया कि डायरी को खिड़की के बाहर सन्ना दूँ पर निरंजन ने मुझे रोक दिया। निरंजन और मंडोत्रा मुझे हर दिन खबर देते हैं कि मेरे खिलाफ क्या हो रहा है। हर कभी मेरा तबादला करने का आदेश निकल जाता है। गनीमत यह है कि ऐसा कोई भी आदेश अभी तक मुझे दिया नहीं गया है।

डायरी लिखने के आदेश के खिलाफ़ मैंने एक पत्र कल अपने प्रबंधक को सौंप दिया था कि यह मेरे सेवा नियमों में किया जा रहा परिवर्तन है अतः नियम के अनुसार मुझे पन्द्रह दिन का नोटिस दिया जाये। विभाग प्रमुख ने वह पत्र लॉ डिपार्टमेन्ट को भेज दिया है। इस बीच कई दोस्तों ने मुझे समझाया कि यह बुरा वक़्त है तुम व्यर्थ का पंगा मत लो। मैं चाहता हूँ कि मुझे एक लम्बी छुट्टी मिल जाये जिससे मैं अपने मन को शान्त कर सकूँ...लेकिन वह हो नहीं रहा है।

रात काफी हो चुकी है। आज मैंने खाना भी नहीं खाया। जब तक मैं भोजनालय पहुँचा वह बंद हो चुका था। मुझे चाय की तलब लग रही है...कमरे में चाय बनाने का सामान नहीं है और बाहर कोई दुकान इस समय नहीं खुली होगी। सोचता हूँ कि कम-से-कम चाय बनाने का सामान कमरे पर लाकर रख लूँ...।

पता नहीं यह इमरजेंसी कितने दिन चलेगी!

डायरी का दूसरा पन्ना।

एक चिड़िया बहुत देर से मेरे कमरे में चक्कर लगा रही है। वह बाहर जाती है और थोड़ी देर में ही चोंच में एक तिनका दबाकर वापस कमरे में आ जाती है। उसने छत

से लटके पंखे के ऊपर एक घोंसला बना लिया है। वह शायद अंडे देनेवाली है। वह जिस ढंग से अंदर-बाहर आ जा रही है, उसमें पंखे का चलना उसके लिए खतरे से खाली नहीं। मैंने पंखा बंद कर दिया है। मैं उसे बाहर निकालने की कोशिश करता हूँ पर वह बाहर नहीं जाती। जाती भी है तो तुरंत वापस आ जाती है। दरवाजा और खिड़की खुली हुई है पर लगता है वह बाहर जाने से डर रही है। कमरे की टीन की छत तप रही है। पंखा बंद होने के कारण कमरे में घुटन बढ़ती जा रही है। पता नहीं कितने दिन इसी घुटन में रहना पड़ेगा। पता नहीं कितने दिन मुझे उसके अंडों से बच्चों के निकलने और उनके उड़ान भरने का इंतज़ार करना होगा...।

❑ ❑ ❑